KB074305

고독의 창조적 기쁨

고독의
창조적 기쁨

펜턴 존슨 지음
김은영 옮김

우리가
사랑한 작가들의
삶과
독신 예찬의 말들

멜
카르북스

시인이자 수도사인 괴짜 친구

폴 퀘논을 위해

그리고 내가 여기 있네,

모든 아름다움 한가운데!

이 시를 쓰며!

상상해 보게나.

_프랭크 오하라, 〈문학적 자서전〉

나의 선생님은 항상 나였다.

_유도라 웰티,《작가의 시작》

일러두기

1. 이 책은 Fenton Johnson, At the Center of All Beauty: Solitude and the Creative Life(W. W. Norton & Company, 2020)를 우리말로 옮긴 것이다.

2. 작품명의 경우 국내에 소개된 것은 번역된 제목을 따랐고, 국내에 소개되지 않은 것은 원어 제목을 독음대로 적거나 우리말로 옮겼다.

3. 이해를 돕기 위해 원어 표기가 필요한 경우 이탤릭체로 병기했다.

4. 책 제목은《 》로, 수록작이나 매체, 영화, 공연, 음악, TV 프로그램 등의 제목은〈 〉로 묶었다.

5. 옮긴이 주와 편집자 주는 본문 하단에 각주(°)로 표기했다.

1.

나의 독신자들

$\bullet \quad \bullet \quad \bullet$

켄터키 깊은 산골의 어느 봄날, 마리 테레즈 수녀님이 로마 가톨릭 교리서에 나오는 주요 교리를 포스터로 그리게 했다. 7학년이었던 나는 '천국으로 가는 세 갈래 길'을 그리기로 했다. 그 길은 천직*vocation*, 다시 말해 소명에 관한 장에 등장했다. 그리고 천직이라는 말은 라틴어 'vocare'(부르다)에서 유래했다.

그 그림은 우연을 거듭하며 40여 년을 지나 1,600킬로미터를 건너 지금 내 사무실 벽에 걸려 있다. 그때 나는 들판을 지나 뭉게구름이 두둥실 떠 있는, 천국으로 향하는 인생의 항로를 그렸다. 얼룩진 들판에는 노란색 튤립을 그려 넣었는데, 시골에서 나고 자라 남성이 지배하는 삶을 살아온 마리 테레즈 수녀님은 천국으로 가는 길에 튤립 따위는 없다고 딱 잘라 말했다. 그러곤 내가 반항의 기미라도 보이면 지시봉으로 내려칠 기세로 내 주변을 맴돌았다. 나는 결국 튤립을 하나씩 지웠다.

들판이 끝나는 지점에 두 개의 발자국을 그리고, 그 앞에는 물음표를 그려 넣었다. 세 갈래로 갈라진 길은 각각 교회가 지정한 세 가지 소명으로 이어졌다. 왼쪽은 신앙생활의 길로, 구름에 싸인 십자가와 사제의 비레타°, 《성무일도서》를 그렸다. 가운데는 결혼의 길로, 결혼반지와 아기 침대, 혼인계약서를 구름이 감싸고 있었다. (그 나이에 혼인계약서를 생각하다니 선견지명이 있었던 모양이다) 오른쪽 길에는 구름 위에 '독신'이라는 글자를 그려 넣었다. 가톨릭에서 독신은 합당한 소명이며, 공식적으로 다른 두 소명과 동등한 위치에 있었다. 혼자 지내는 삶을 어떻게 표현해야 할지 고민하던 그날 저녁이 떠오른다. 그 고민은 '파티 타임'이라는 글자 위에 춤추는 음표들로 마무리되었다.

중년을 훌쩍 넘은 지금 그 포스터를 보며 내가 놀랍다고 생각한 것은 신앙생활이나 결혼과 마찬가지로 혼자 사는 삶 또한 특별한 소명이라는 가르침이 그 안에 녹아 있다는 사실이다. 다시 말해 독신의 삶도 개인의 필요나 선택이 아닌 인간의 운명이자 신의 부름에 대한 응답이라는 것이다. 우주가 추구하는 선의 범위에 독신의 삶이 포함된다는 획기적인 가르침이다. 히브리 성서는 독신에 대해 별로 언급하지 않지만 유대교는 결혼과 출산을 반드시 치러야 할 의무로 여긴다. 아마 힌두교보다 더 중요하게 여길 것이다. 이슬람교는 독신자를 기껏해야 게으름뱅이 정도로 보거나 최악의 경우 말썽꾼으로 생각한다. 불교의 경우 승려는 혼자 사는 삶을 표방하지만 일반인은 당연히 결혼해야 한다고 여긴다.

놀라운 점은 하나 더 있다. 당시 나는 겨우 열두 살이었지만 스스

° 가톨릭 성직자가 쓰는 사각모자 -옮긴이

로 어떤 길을 택할지 알고 있었다는 사실이다. 마리 테레즈 수녀님보다 훨씬 나이 든 게텔핑거 신부님이 우리 반 친구들에게 어느 길을 가고 싶은지 물었을 때 '독신'이라고 대답한 아이는 나뿐이었다.

포스트모던 시대에 들어선 지금도 대중문화는 독신의 삶을 청소년이나 20대 청년의 '파티 타임'으로 그린다. (내가 그린 포스터처럼!) 그 시기가 지나고 나면 독신은 결혼이나 재혼 전에 들르는 간이역 취급을 받는다. 또는 매력이 없어 짝을 찾지 못하거나 지나치게 까다롭거나 혹은 성적으로 억압되어 있거나 문란하거나 이기적인 성격 같은 단점 때문에 결혼이라는 문명화된 관습을 따라가지 못하는 사람들에게 갖다 붙이는 말이다.

하지만 그 모든 착각은 이미 과거의 이야기다. 우리는 인구혁명의 한가운데 살고 있다. 20세기에 발생한 시골에서 도시로의 대규모 이동만큼이나 거대하고 유의미한 변화가 지속될 것이다. 전 세계적으로 어마어마한 수의 사람들이 독신을 선택하거나 짝을 이루는 관습적인 삶에서 벗어나 혼자만의 삶을 꾸려 나가고자 한다. 특히 기회와 능력만 된다면 독신을 선택하겠다는 여성이 점점 늘어나고 있다.

전 세계적으로 독신자의 수가 늘어나고 있는 것이 분명한 사실이지만 그에 대한 인식과 논의는 한참 부족하다. 주거 시설, 의료 서비스, 음식점의 설계부터 빵집에서 판매하는 커다란 빵의 크기까지 우리가 사는 도시는 아직도 부부가 중심인 이상적 가족의 형태, 특히 자녀가 둘인 4인 가족에 맞춰져 있다. 무엇보다 중요한 건, 점점 더 많은 사람이 풍요롭고 만족스러운 독신생활을 영위하고 있음에도 여전히 부부와 4인 가족을 이상적인 가족의 형태로 이야기하면서 우리에게 결혼에 대한 환상을 심고 있다는 사실이다.

누군가는 이러한 변화를 사회 붕괴의 징조로 보기도 한다. 하지만 나는 이 인구변화에서 사회 기반의 붕괴가 아니라 더욱 다양한 인간관계의 가능성을 본다. 독신자에게는 분명 우리의 관심과 지지를 받을 만한 이야기가 있을 것이다. 나는 20대 초반에 이미 조카가 많이 생겼고 또 태어날 예정이었기에 지구상에 내 가족의 유전자가 부족할 일은 없겠다고 생각했다. 그러니 넘쳐 나는 사람들로 몸살을 앓는 지구를 위해 내가 할 수 있는 또 다른 이타적 선택을 하고자 한다. 나는 아이 없이 살 것이다. 대신 교사로서, 그리고 작가로서 봉사하는 삶을 살기 위해 최선을 다할 생각이다.

고독을 추구하거나 독신의 삶을 살고 있는 수백만 사람들에게 무언가 심오한 지혜가 숨어 있는 건 아닐까. 어쩌면 고독은 이제야 꽃 피울 수 있게 된 인간의 특성 가운데 하나일지도 모른다. 과거를 연구하고, 과거로부터 배우고, 그 교훈을 더 나은 미래 건설에 적용한다는 서양의 진보 개념을 지지한다면 독신자의 삶과 일을 연구하는 것이야말로 가족의 개념을 새롭게 이해하는 데 열쇠가 될 것이다.

◆　　　◆　　　◆

나는 독신으로 잘 살고 있으며 독신을 당연한 것으로 받아들이게 되었다. 그동안 여러 남자와 몇몇 여자를 만났고, 그들을 알게 된

걸 행운이라고 생각한다. 그중 많은 이들과 친구 관계를 유지해 왔고 적어도 한 번, 아니 두 번은 멋진 사랑을 했다. 그들 가운데 한 명은 불행하게도 젊은 나이에 세상을 떠났지만 그렇다고 해서 우리가 서로를 발견했다는 엄청난 행운이 사라진 것은 아니다. 책으로만 사랑을 배운 내게 현재형 사랑을 가르치며 뜻밖에 찾아온 행운에 그는 거의 매일 놀라워했다. 친밀한 관계를 유지하기 위해 애쓰는 편인 내가 그동안 연락하고 지내 온 친구들은 대부분 자신에게 더 잘 맞는 짝을 찾았다. 그 모습을 보며 결국 나는 혼자 살 운명이라고, 나는 고립된 언덕이며 외로운 산과 같은 존재라고 더욱 확신하게 되었다.

배우자는 발견하는 것이 아니라 만들어 가는 것이라고 주장할지도 모르겠다. 만약 내가 누군가의 옆을 지키거나 누군가가 내 옆을 떠나지 않는다면 적어도 우리는 겉으로 보기에 정해진 운명처럼 보일 수도 있다. 하지만 나는 생각이 다르다. 결혼을 하거나 종교의 부름을 받는 일처럼 독신의 삶도 얽히고설킨 여러 요인과 수많은 결정에서 비롯된 것이다.

내 할머니가 예언처럼 말했듯, 영화 〈나우 보이저Now, Voyager〉의 베티 데이비스와 〈인디스크릿Indiscreet〉의 캐리 그랜트가 말했듯, 우리 가운데 몇몇은 태어날 때부터 혼자 살아야 할 운명이기도 하다. 즉 '결혼할 부류'가 아닌 것이다. 우리는 대부분 상황에 밀려 독신으로 살아간다. 그렇지 않은 사람이 몇이나 되겠는가? 마음을 주고 나서 쉽사리 회복하지 못하는 사람도 있고 배우자를 잃은 사람도 있다. 부끄러움이 많아 배우자에게 벌거벗은 몸을 보이기를 꺼리는, 다시 말해 육체적 관계를 두려워하는 사람도 있다. 홀로 아이를 키우는 게 더 편해서 독신을 선택하는 여성도 많다. 인연을 찾지 못해서, 경제적으로 넉넉해서, 아니면 경제적인 불편함을 기꺼이 감수하면서도 독신을 선택하거나 배우자 없는 출산을 선택하기도 한다. 정체를 숨기기 위해 어쩔 수 없이 결혼을 했던 게이나 레즈비언은 이제 친구와 연인을 만나며 만족스러운 독신의 삶을 영위할 수 있다. 봉사활동이나 예술, 교육에 헌신하며 살아가는 사람도 있고, 혼자 시간을 보내며 관계를 더욱 풍요롭게 만들어 가는 사람도 있고, 그때그때 상황에 맞추어 살아가는 사람도 있다. 한편 불을 훔치고도 신에게 복종하느니 차라리 쇠사슬로 바위에 묶여 매일매일 고문을 받는 쪽을 선택한 프로메테우스처럼 반항심을 품고 살아가는 사람도 있다. 프로메테우스는 최초의 독신자다.

생각해 보건대 이 모든 것은 점점 중요한 삶의 방식이 되고 있다. 과거에는 존재하지 않았던 소셜 미디어의 등장으로 불협화음이 발생하고 홍수처럼 쏟아지는 기술이 우리는 절대 혼자가 아니라고 작정하고 증명하려 드는 가운데, 독신에 대한 나와 같은 생각이 전통적 규범에서 벗어나 사회적, 감정적 미개척지로 들어가는 급진적 사고방식이기는 하지만 말이다.

◆　　　　◆　　　　◆

나는 결혼과 분리해서는 아무런 의미가 없는, 대중문화와 인구학자가 사용하는 '싱글'이라는 용어가 아니라, 트라피스트회° 수도사이자 영성 작가 토머스 머튼이 선호하는 용어인 '독신'에 대해 말하고 있다. 머튼은 '독신남' '독신녀' 대신 성별을 내포하지 않은 '독신'이라는 단어를 사용했으며, 수 세기 동안 이어진 결혼에 대한 근거 없는 믿음을 비난하지 않았다. 평생 독신으로 살겠다는 한 친구는 그 말이 지나치게 혼자를 강조하는 것처럼 들린다고 싫어했다. 나 역시 그렇긴 하다며 동의했다.

독신이라는 말은 아름답게 어우러져 숲을 이루는 나무들보다는 끈기 하나로 바위틈을 뚫고 버티고 선 한 그루의 뒤틀린 소나무를, 투명하게 반짝이는 물가에 꼿꼿이 선 한 마리의 왜가리를, 혹은 프로방스 평원 위로 웅장하게 솟아오른 세잔의 생트 빅투아르 산을 연상시킨다. 사실 우리는 왜가리나 생트 빅투아르 산처럼 그저 혼자 지내기를 좋아하는 사람일 뿐이다. 하지만 나는 그 안에 담긴 부정적 의미로 인해 '혼자 지내기를 좋아하는 사람'이라는 말을 좋아하기는 해도 사용하지는 않는다. 가령 연쇄살인범은 결혼을 했더라도 혼자 지내기를 좋아하는 사람이라고 묘사되기 일쑤다.

독신자를 결혼하지 않은 사람으로 정의한다면, 특히 고독을 결합의 부재로 정의한다면 그것은 마치 침묵을 소음이 없는 것으로 정의하는 것과 같다. 고독과 침묵은 긍정적인 제스처다. 그리하여 불자는 방석에 앉아야 우리가 알아야 할 것을 배울 수 있다고 말한다. 나 또한

° 가톨릭교회의 한 관상수도회로, 고독과 침묵 속에서 기도에 힘쓰며 철저한 금욕생활을 통해 하느님의 명대로 살고자 했다. −옮긴이

독서와 글쓰기라는 고독한 수련을 통해, 즉 의식적이고 의도적인 침묵을 수행하며 알고자 하는 것을 배울 수 있다고 이야기하는 것이다.

그렇다면 독신자를 어떻게 정의 내려야 하는가. 혼자 사는 삶에 익숙한 조니 미첼° 의 말을 빌리자면 독신자는 시청에 서류가 없는 사람들이다. 우리에게는 교회나 정부가 주는 독신증명서나 독신허가서가 없다. 그저 마음속에 스스로 증명서를 발부하고 살아간다. 또한 우리는 별난 구석이 있어 훌쩍 떠나 홀로 명상과 사색에 잠기기 쉬운 사람들이다.

몇 분 혹은 몇 시간 동안 나와 동료가 되어 함께 여행을 떠나 줄 당신을 위해, 나와 같은 길을 걷고 있는 독신자 친구들을 위해 이 글을 쓴다. 산책길에서, 박물관에서, 교회에서, 그리고 목소리와 이미지가 뒤섞여 정신없는 온라인 채팅 방에서 혼자 있는 당신을 마주친다면 나는 한눈에 알아볼 수 있다. 당신이 방에 혼자 있을 때조차도.

하지만 이제 우리는 고독과 침묵 속에 심사숙고해도 답이 나오지 않는 선문답에 이르렀다. 독신자는 인간의 태피스트리에 어떤 모습으로 표현될까? 홀로 앉아 글을 쓰고 그림을 그리고 책을 읽고 불빛의 변화를 지켜보는 일이 어떤 의미가 있을까? 홀로 도시의 거리나 가을 숲을 한가로이 걷는 이유는 무엇일까? 독신이라는 것만으로도 엄청난 일인데 독신의 삶, 특히 아이 없이 홀로 사는 삶은 어떤 의미가 있는 것일까? 심지어 박테리아도 잘하는 번식을 하지 않는 삶이 어떤 쓸모가 있단 말인가?

○ 1943년 출생한 캐나다 출신의 가수 -옮긴이

서점에 가면 '배우자를 찾는 법', '관계를 유지하는 법', '헤어지고도 잘 사는 법', '또다시 짝을 찾는 법'처럼 관계를 맺으며 살아가는 삶에 대한 책들로 가득한 선반을 발견하게 된다. 어떻게 짝을 얻고 어떻게 짝이 되어 살아가는지에 대해 교회는 강의하고 설교자는 설교하고 치료사는 조언한다. 전 세계적으로 혼자 사는 사람이 늘어나고 있지만 혼자 사는 법에 관한 책을 찾기란 그리 쉬운 일이 아니다.

하지만 서점을 둘러보다 보면 선반에 놓인 고전문학 작품 가운데 상당수가 평생을 독신으로 살았거나 결혼 비슷한 것도 하지 않은 사람들이 쓴 것이라는 사실을 알게 될 것이다. 분명 나 같은 독신자가 알 수 없는 본능에 이끌려 충동적으로 고독을 노래했을 것이다. 다른 이들로 하여금 고독을 추구하거나 적어도 독서를 통해 고독을 경험하게 하는 데 그들의 재능을 썼던 것이다.

혼자 사는 삶에 대한 긍정적인 관점을 찾다 보니 어느새 독신 작가와 예술가의 작품, 삶, 살던 곳과 작업실을 집중적으로 살펴보게 되었다. 혼자 사는 삶이 주는 가치와 보상에 대해 그들이 가르치는 것을 배우고 전수하고 싶었다. 독신 작가와 예술가에게 시간을 쏟아부을수록 그들의 환영과 목소리가 나를 쫓아다니며 비극, 불운, 외로움이 아닌 그들 삶의 본질적인 모습을 제대로 이해하고 있다며 격려했다. 그들은 작품과 이야기를 통해 마치 나를 에워싼 엄청난 구름을 목격한 것처럼 말했다. 헨리 데이비드 소로는 "혼자 여행을 떠나는 사람은 오늘 출발할 수 있지만 동행이 있는 사람은 그 사람이 준비를 마칠 때까지 기다려야 한다"고 말했으며, 루이자 메이 알코트는 "나는 자유로운 독신자가 되어 인생의 노를 스스로 젓고 싶다"고 했다. 아멜리아 에어하트°는 청첩장에 다음과 같이 적어 남편이 될 사람에게 보냈다. "나는 가끔씩 혼자 있고 싶을 때 지낼 장소가 필요할지도 모릅니다. 아무리 화려한 새장이라 하더라도 그 안에 갇히는 일은 감당할 자신이 없거든요."

독신이나 고독에 대해 글을 쓰려면 그에 합당한 언어를 다시 만들거나 어휘의 용도를 변경해야 한다. 우리에겐 고독을 제대로 표현할 수 있는 단어가 없다. 독신인 여자가 사랑을 논할라치면 혈연, 결혼, 가족이라는 말을 빼놓고는 설명할 수가 없다. 또한 우정을 설명할 만한 단어도 딱히 없다. 중요한 관계에 대해 말하려면 교회나 정부가 승인한 관계를 설명하는 데 사용되는 단어라든가 성욕에 해당하는 단어를 쓸 수밖에 없다. 금욕을 설명할 때면 금욕이 '무엇인지' 알아보는 것이 아니라 "성욕을 억제하고 쾌락을 멀리하며 세상을 벗어나 절제하는 일"과 같은 말로 '무엇이 아닌지'에 초점을 두고 설명한다.

나는 이 책 전반에 걸쳐 독신남bachelor과 독신녀spinster라는 단어에 내포된 경멸적 의미를 없애고 두 단어에 담긴 어원의 품격, 즉 정직한 노동의 의미를 살리고자 한다. 'bachelor'는 고대 프랑스어 'bacheler'에서 유래된 단어로, 더 큰 대의를 위해 훈련 중인 기사나

° 여성 최초로 대서양 횡단 비행에 성공한 비행사 ―옮긴이

종자°를 의미했으며 'spinster'는 생계로 실을 자아 벌거벗은 사람들에게 따뜻함을 안겨 주던 미혼 여성을 의미했다. 물론 단편적 분석이다 보니 예외가 있을 수 있겠지만, 별도로 언급하지 않는 한 이 책에 등장하는 거의 모든 작가, 예술가는 기질, 기회, 절제, 운명, 자유의지에 따라 다른 이를 위해 자신을 내어 줄 방법으로 독신을 선택한 사람들이다.

◆   ◆   ◆

대중문화가 좀처럼 인정하지 않는 비밀이 한 가지 있다. 결혼생활 중에도 혼자만의 삶을 영위할 수 있다는 사실이다. 내가 알고 지내는 금실 좋은 부부들은 모두 각자의 삶을 누리며 산다. 그들은 부부로서의 대가와 책임감뿐 아니라 혼자로서의 대가와 책임감을 이해한다. 다섯 번 결혼한 노벨문학상 수상자 솔 벨로는 친구 마거릿 슈타트에게 쓴 편지에서 이렇게 말했다. "한 친구가 나보고 그러더군. 빙하와 화산이 어우러진 진정한 독신자라고 말이지. 내가 독신을 완벽하게 만들었다나." 그리고 편지 말미에 이렇게 덧붙였다. "나는 한 번도 내 상황을 받아들인 적이 없는 것 같은데 말이야. 나는 그저 내가 처한 상황의 본질적인 측면과 타협하지 않고 예술가로 성공하기 위해 70년간 작품 활동을 해 왔을 뿐이네."

성공한 예술가. 책을 출판하고 꽃을 장식하고 그림을 전시하고 음

° 기사의 시중을 드는 하인 ─옮긴이

악을 연주하는 일과 별도로 그것은 혼자만의 고독한 싸움이다. 예술가가 된다는 것은 작품을 만드는 일을 의미하지 않는다. 그것은 과정의 문제이며 존재의 방법이다. 예술가는 매 순간 홀로 싸워야 한다. 관례적인 의식과 형식, 근거 없는 믿음의 도움 없이 평생을 혼자 힘으로 살아간다.

내가 연구한 예술가들은 은둔자가 아니었다. 인생의 한 행로로서 내가 높이 평가했던 그런 은둔의 삶과는 달랐다. 가령 폴 세잔은 흔히 우리가 말하는 '싱글'의 삶을 조금도 보여 주지 않았다. 세잔은 그의 아들을 낳고 마침내 결혼까지 한 마리 오르탕스 피케와 오랫동안 폭풍 같은 관계를 유지했지만 실은 독신이나 다름없었다. 그는 혼자 있을 때 가장 큰 만족감과 성취감을 느끼는 사람이었다.

헨리 제임스만큼 달력이 약속으로 가득 찼던 사람도 없다. 세 번의 결혼을 했던 조라 닐 허스턴은 배우자와 같이 산 기간은 겨우 몇 달뿐 대부분 결혼생활에 구애받지 않고 시간을 보냈다. 독신자의 대사제로도 불리는 헨리 데이비드 소로는 월든 호숫가 오두막에 살면서 수많은 방문객을 맞았고, 방문객이 없는 날이면 시내로 나갔다. 내가 연구한 몇몇 독신자, 작가 에밀리 디킨슨과 유도라 웰티, 화가 조르조 모란디와 조셉 코넬은 친척들과 생활했으며 소로 역시 짧은 생애의 마지막 십 년을 친척과 같이 살았다.

잠깐잠깐 연애를 했지만 주로 혼자 살았던 사람도 있다. 월트 휘트먼이 대표적이다. 독신에 대해 달변을 늘어놓은 토머스 머튼은 정기적으로 수도사를 찾아가 그들과 생활하며 담화를 나눴고 전 세계의 작가, 사상가들과 엄청난 양의 서신을 교환했다. 또한 친구들과 함께하기 위해 근처 루이빌에 진료를 받으러 가기도 했으며, 그의 공간에 방문객을 초대하기도 했다.

이제 그들을 작품을 통해 살펴보려고 한다. 작품이야말로 우리가 작가와 예술가를 생생히 기억할 수 있는 가장 확실하고 심오한 방식이다. 조지프 콘래드는 "상상력이 풍부한 작가는 작품에 여실히 드러난다"고 했다. 그의 친구 헨리 제임스는 작가란 "아무리 자신의 모습을 없애려 해도 모든 책 모든 페이지에 드러나는 법"이라고 말했다. 내가 연구하는 독신자들은 그들의 가장 개인적인 모습을 작품 속에서 드러낸다.

겉으로 보이는 것과 달랐던 헨리 데이비드 소로와 니나 시몬, 헨리 제임스, 조라 닐 허스턴에게 특히 눈길이 갔다. 그들을 선택한 이유는 그들에게 뛰어난 통찰력이 있어서가 아니다. 인간은 삶에 대한 기록을 남기기 마련이고, 더군다나 작가와 예술가가 되기 위해서는 고독을 충분히 체험해야 하기 때문이다. 나는 나이가 들고 혼자 사는 삶에 깊숙이 빠져들수록 내면적 성숙과 충실한 독신생활을 위해 이 독신자들을 롤 모델로 여기기 시작했다. 나의 독신자들은 근거 없는 이야기나 가십에 등장하는 말라비틀어진 존재가 아니다. 그들은 한 개인 혹은 한 가정을 넘어 작은 변화에도 민감한 이 세상에 살아 숨 쉰다. 나의 독신자들은 세상의 아름다움, 그 중심에 있다.

◆　　　◆　　　◆

어머니는 산책을 나갈 때마다 지팡이를 가져가셨다. 무릎이 성하고 걸음걸이가 괜찮았던 시절에도 그랬다. 밑에 무엇이 있는지 확인하는 데 쓸 거라고 하시며 지팡이로 돌을 들추어 그 밑을 보여 주셨다. 어느 날, 바위 밑에 선명한 무지갯빛 도마뱀이 있었다.

"동성애자에게는 오랜 고립의 역사가 있다." 어느 독신주의 작가가 말했다. 일리 있는 말이다. 혹자는 독신이 성 소수자의 전유물은 아니지만 적어도 그들이 돌아갈 고향 같은 곳이라고 말할지 모른다. 하지만 독신은 우리 모두의 고향이 아닐까. 여성 권리 운동의 개척자이자 행복한 결혼생활을 보내며 일곱 명의 자녀를 두었던 엘리자베스 캐디 스탠턴이 1898년 미국 여성참정권 상원위원회가 열리기 전 남긴 진술을 생각해 보자.

헤아릴 수 없이 끝없는 고독의 순간을 생각해 보라. 앞서간 사람들과 달리 우리는 세상에 홀로 태어나 유독 우리에게만 힘든 상황 아래 홀로 남겨진다. 죽음이 가장 가까운 관계를 갈라놓을 때 우리는 고통의 그림자 아래 홀로 앉아 있다. 인생의 가장 위대한 승리와 가장 끔찍한 비극, 그 한가운데를 우리는 홀로 걷는다.

인간은 그들이 이룬 업적으로 영웅 혹은 성인으로 칭송받지만, 그 신성한 위치에 우리는 홀로 서 있다. 무지, 빈곤, 부패 속에 극빈자로 굶주리거나 범죄자가 되어 도둑질을 한다. 동료들의 조롱과 무시를 받고 어두운 법정과 좁은 골목길로 이리저리 쫓겨 다닌다. 홀로 심판대에 서고 홀로 감옥에 들어가 우리의 범죄와 불행을 한탄하고 홀로 단두대에 서서 속죄한다. 이 모든 과정을 거치며 혼자라는 끔찍한 외로움, 고통, 형벌, 책임감을 깨닫는다.

우리에게는 늘 우리와 함께하는 고독이 있다. 빙산보다 더 접근하기 어렵고 깊은 밤의 바다보다 더 깊은 고독. 전지전능한 신만이 허락된 그곳.

그것이 바로 혼자 사는 삶이다.

불행의 씨앗이 전통적 가족 형태와 마을 중심 공동체 사회의 붕괴에 있다고 말하는 전문가와 학자의 이야기를 종종 듣거나 읽는다. 사실 외로움은 자본주의, 소비지상주의, 네트워크에 빠져 버린 사회에서 비롯된 것이다. 돌멩이 뒤집듯 외로움을 고독으로 받아들이고 싶어 하는 사람들이 내적으로 해결해야 할 외로움을 외적으로 달래려 하기 때문이 아닐까.

심오한 고독을 경험해 본 사람은 분명 가르칠 게 많을 것이다. 이 책에 등장하는 작가, 예술가, 성 소수자, 그 밖에 최근 이혼을 겪은 여성과 아이를 낳은 지 얼마 안 된 여성, 배우자를 잃고 비탄에 빠진 사람, 말기 환자, 노숙자가 그러하다. 이들은 모두 한 달이든 일 년이든 아니면 평생이든 사회나 가족으로부터 버림받고 아웃사이더로, 이방인으로 고통받는다.

상처 입은 사슴이 가장 높이 뛴다.

에밀리 디킨슨 〈시 165〉°

프랑스 정치가이자 사회학자인 알렉시 드 토크빌은 아메리카 제국이 건설되고 민주주의가 한창 실험 단계에 오르던 초창기를 지켜보며 이렇게 말했다. "그 결과 민주주의는 끊임없이 인간을 안으로 몰고 가 마침내 완전히 외로움에 휩싸이게 할 것이다." 토크빌은 민주주의가 서로를 고립시켜 위험해질 거라고 암시한다. 하지만 나는 어머니의 아들답게 고립이라는 돌을 들추어 그 밑에 숨겨진 고독이라는 도전에서 위안을 발견한다. 고독을 두고 남자인 토크빌은 민주주의의 어두운 면이라 하고, 여자인 엘리자베스 캐디 스탠턴은 전제 조건이라 한다. 이러한 의견 차이는 의미가 있을까? 두 사람의 의견 차이가 어느 정도는 성별에서 비롯된 것일까? 스탠턴은 은둔생활을 옹호하지 않는다. 그 대신 그녀는 혼자 사는 삶에 내면의 역량이 중요하다면 사회가 나서서 법 앞에 남녀 불문 모든 인간의 평등을 보장해 주어야 개개인이 독신생활을 감당할 수 있다고 주장한다.

외로움의 문제를 감당하지 않고는 그 누구도 자유로울 수 없다.
외로움은 살면서 누구나 겪는 일이다.

크리스토퍼 프라이

° 에밀리 디킨슨은 시에 제목을 붙이는 대신 번호를 달아 두었다. ―편집자

내면을 돌아보는 것이 우리에게 매우 중요한 일이라면 더 많은 정보를 얻고 책임질 줄 아는 인생의 여행자가 되자. 그렇다면 먼저 휴대폰을 끄고 더 많은 시간을 혼자 보내 보도록 하자. 그리고 독신자의 삶과 고독을 연구해 보자.

2

우리 각자의 은둔처

♦ ♦ ♦

내 것은 없었다. 그것을 나중에서야 알았다. 평범한 어린 시절을 보냈지만 한편으론 혼자인 것을 숨기기 위해 혹독한 시련을 치렀다.

집 근처 겟세마니 수도원의 트라피스트회 수도사들과 부모님은 나의 첫 롤 모델이었다. 내가 살던 곳은 중세 시대 모습을 하고 있었다. 마치 알 수 없는 역사의 힘이 노르망디의 한 지역을 켄터키 놉스 지역으로 그대로 옮겨 놓은 듯했다. 그때만 해도 겟세마니 수도원에서는 손동작으로 대화를 했고, 복마(卜馬)를 이용해 농사를 지었으며, 종탑의 종이 울리면 기상했고, 또 하던 일을 멈추고 기도를 올렸다. 새벽 3시 새벽기도로 시작해 아침기도, 삼시경, 육시경, 구시경°, 해 질 무렵 저녁기도, 그리고 끝기도로 하루를 마감했다. 밤이 되면 교회는 어둠에 묻히고 성상만 촛불 속에 빛났다. "너그럽고 자애로우신 동정 마리아님, 편안한 밤 되게 하시고 저희에게 영원한 안식을 주소서." 1950년대에 수도원은 말을 팔고 트랙터를 들였다. 가스를

° 성무일도의 소시경으로, 삼시경은 오전 9시에, 육시경은 정오에, 구시경은 오후 3시에 바친다. -옮긴이

내뿜으며 시끄럽게 돌아가는 기계들을 중세 영국의 시인 제프리 초서가 본다면 어리둥절했을 것이다. 그것 말고도 켄터키 시골 마을에서는 초서가 살던 시대의 식료품 조달인, 상인, 지주, 법률가, 농부, 여장부 배스°, 그의 서기라 할 수 있는 나를 발견할 수도 있었다.

그 시절 노르망디를 그대로 옮겨 놓은 수도원에서는 젖소를 길렀고, 시간이 지날수록 숙성되어 통신판매에 적합한 치즈를 만들어 팔았다. 서글서글한 성격에 술을 좋아했던 아일랜드계 미국인 핀탄 수도사는 고립된 마을에 활기를 불어넣을 방법을 찾다가 시간이 지나면서 숙성되는 또 다른 제품 개발에 착수했다. 버번위스키가 듬뿍 들어가는 그의 할머니의 과일 케이크였다. 작은 양조장 '시그램'의 관리감독으로 일했던 아버지가 수도원에 위스키 몇 병을 잘못 배달한 바람에 수도사들에게 버번위스키를 조달하게 된 것이었다.

수도원은 고립되어 있었지만 주류문화의 축소판이었다. 거리와 들판, 저녁 뉴스에 그 모습을 드러낸 엄청난 힘이 성벽 안까지 파고들어 왔다. 1960년대와 1970년대는 수도원 바깥뿐 아니라 안에서도 우상타파 현상이 나타나던 시기였다. 그 격동의 시기에 당시 수도원장들은 수도사와 지역 주민의 상호 교류를 허락하는 일에 어느 때보다 더 느긋했다. 사제 교육을 받은 사제 수도사 가운데 우리에게 루이스 신부님으로 알려진 토머스 머튼은 삭발 머리를 기르고 켄터키 주 북부의 루이빌로 용감하게 들어갔다. 사제 수도사들은 휴식이 필요할 때면 문명과 문명이 주는 안락을 찾았다. 그에 반해 속세의 일

° 제프리 초서의 《캔터베리 이야기》에 등장하는 여성 ―옮긴이

을 하는 일반 수도사는 신중하지만 좀 더 자유롭게 마을 사람들과
어울렸다. 그렇게 내 성장기와 맞물린 10년이 시작되었다. 트라피스
트회 수도사들은 자주 언덕을 넘어 우리 집에 왔다가 저녁식사 시간
전에 수도원으로 돌아가곤 했다.

자식을 여덟이나 낳고 더 이상 이름을 무엇으로 해야 할지 몰랐
던 부모님은 수도사들에게 내 이름을 지어 달라고 부탁했다. 치즈 통
신판매를 도입하며 시대를 앞서간 클레멘트 수도사의 아명(兒名) 존
과 할머니의 과일 케이크를 판매 카탈로그에 올린 핀탄 수도사의 이
름을 따라 나는 존 펜턴이 되었다. 어머니는 '클레멘트'에 줄을 그으
며 "사람들이 우리 아이를 클렘이라고 부를 거예요. 내 눈에 흙이 들
어가기 전에는 안 돼요."라고 말했고, 아일랜드식 이름인 '핀탄'이 낯
설어 철자를 틀리는 바람에 존 펜턴이 된 것이다. 겟세마니 수도원을
설립한 두 수도사의 이름을 따랐다니, 평생 당혹스러운 이야깃거리
다. 최근에 핀탄의 의미가 '흰 불꽃'이라는 사실을 알고서는 기분이
좋았다.

그들은 우리 가족과 저녁식사를 하며 내게 200년 전 이야기를
들려주었다. 텔레비전이나 영화, 책에서 보는 것과는 거리가 먼 그 이
야기들이 다른 사람은 몰라도 내겐 당연한 일이었다. 현재 살아 있는
형제 다섯 중에 넷이 결혼했지만 다들 혼자만의 시간을 보내며 독신
이나 다름없이 지내고 있다. 그들은 하루 중 많은 시간을 정원을 가
꾸거나 나무로 무언가를 만들거나 숲을 어슬렁거리거나 그림을 그리
거나 책을 읽거나 글을 쓰며 혼자 보낸다. 나 역시 샌프란시스코 버

널 하이츠에 살던 시절에는 많은 시간을 오로지 혼자 보냈다.

✦   ✦   ✦

독신을 계획한 것은 아니었다. 20대와 30대에는 일부일처제에 대한 생각이 확고했고, 30대 중반에는 홀로코스트 생존자의 외동아들을 만나 내 인생의 단 하나뿐인 사랑을 했다. 그는 파리의 어느 병원에서 에이즈로 죽었다. 오랫동안 많이 슬펐지만 그래도 다른 누군가를 만나 짧건 길건 다시 사랑할 수 있을 줄 알았다. 하지만 가끔씩 데이트만 하며 살다 보니 어느새 수십 년이 지나 버렸다. 물론 외로운 시기도 있었지만 어느새 혼자 지내는 고독한 시간을 소중히 여기게 되었다. 나는 정말 누군가를 만나고 싶었을까? 인간이 온전해지려면 짝이 필요하다고 언제 어디서든 쉬지 않고 떠들어 대는 사회의 요구에 부응하고 있던 것은 아니었을까?

인생 중후반에 이르러 내가 고독하게 사는 이유가 내 세대에 가장 멋있게 빛나던 동성애자들이 에이즈로 목숨을 잃어 데이트할 기회조차 얻을 수 없었던 상황 때문인지, 속세를 떠나 한적한 곳에 오두막을 짓고 혼자 지냈던 아버지 때문인지, 아니면 90세가 되도록 꿋꿋하게 혼자 산 어머니에게 물려받은 성격 때문인지 생각하는 일은 그리 중요하지 않을 것이다.

최근에 와서야 출생 순서가 운명을 결정한다는 연구를 보며 대가족의 막내로 태어나는 일이 특별하지만 얼마나 힘든 것인지 깨닫게 되었다. 생각해 보면 어머니와 누이들이 내게 읽고 쓰는 법을 가르쳤지만 그것 말고는 할 줄 아는 게 없었다. 자전거를 탄다거나 돈 관리를 하는 법도 모른다. 스스로 배우지도 않았다. 별생각 없이 보냈던 이 시기를 잘못이라고 생각하지는 않는다. 오히려 자유방임형 양육이 자녀를 과잉보호하는 헬리콥터 양육보다 낫다고 생각한다. 하지만 막내로 태어난 것이 어쩌면 내가 독신으로 살 운명이었음을 보여주는 징조가 아니었을까?

매일 열 명이 넘는 사람들의 식사를 감당하느라 고생했던 어머니는 내게 독립의 본보기였다. 어머니는 나처럼 혼자 자랐다. 어린 시절 어머니와 막내 여동생을 모두 집에서 잃고, 또 다른 여동생과 남동생 두 명을 책임져야 했다. 어머니의 아버지는 열 명의 아이를 먹여 살리느라 육아에 신경 쓸 겨를조차 없었다. 유도라 웰티는 회고록 《작가의 시작》에서 이렇게 말했다. "나를 산꼭대기에 서 있게 한 성격도, 내게 갑자기 치열한 자립심이 생긴 것도 내 안에 남아 있던 유전자에서 비롯되었을 가능성이 높다. 틀림없이 내 어머니로부터 물려받았……. 어른이 된다는 것은 독립을 위해 싸우는 것이고, 늙어 간다는 것은 얻어 낸 독립을 다시 놓아주는 것이다." 그녀의 소설 《도둑 신랑》에는 가정교사에게 그리스어와 기타 연주를 배울 것을 권하는 아버지에게 딸 로자먼드가 "싫어요! 저 혼자 할 거예요!" 하고 소리치며 스스로 해 나가는 이야기가 나온다.

조상들이 켄터키에 정착한 이래로 어머니와 아버지네 가족은 말을 타고 가도 하루가 걸리는 산골에 몇 대째 살아왔다. 어머니네 가족은 1700년대 후반 애팔래치아 산맥을 넘어 이후 라루 카운티라고 불리게 될 지역에 머물러 산 최초 정착민 가운데 하나였다. 우리에게 잘 알려진 이웃으로는 1809년 인근 싱킹 스프링 팜에서 둘째 아이인 에이브러햄을 낳은 토머스 링컨과 낸시 링컨 부부가 있다.

아버지 쪽 가계(家系)는 한 사생아의 출생으로 인해 사라졌을 것이다. 오점을 숨기기 위해 아버지 집안 여자들은 남북전쟁에서 돌아가신 증조부를 제외한 아홉 형제에 관해 환상적인 소문을 퍼트렸다. 그러던 중 내 누이 하나가 법원의 먼지투성이 서류에서 좀 더 그럴싸한 이야기를 찾아냈다. 1840년 실시한 인구조사에 따른 그 서류에는 체로키족 혈통의 여성 크리스티나 리처드슨이 1935년에 태어난 사생아 토머스 하딘의 어머니로 등재되어 있었다. 흠잡을 데 없는 글씨로 상세히 써 내려간 소송서류에 따르면 알바 존슨이라는 노인의 자녀들이 크리스티나가 아버지를 유혹해 땅을 가로챘다며 그녀를 사악한 사기꾼으로 고소했다. 지금과 마찬가지로 그때도 법은 사랑보다 혈육 편이었다. 판사는 알바의 유언장을 기각하고 크리스티나의 몫을 알바의 친척에게 나눠 주었다. 그러자 그녀는 아들 토머스 하딘을 데리고 마을에서 사라졌다. 그리고 1870년에 1835년생 토머스 하딘의 이름이 마을 주민 명부에 등장했다.

어머니의 복수를 위해서였는지 토머스 하딘은 자신의 성이 존슨이라고 주장하며 1861년 연합군 명부에 이름을 올렸다. 국경지대에 자리한 켄터키는 남북전쟁 당시 양측 모두에게 수천여 명의 병사를 보냈다. 토머스 하딘이 왜 연합군을 선택했는지 그 이유는 알 수 없다. 어린 시절 만연했던 인종차별을 생각하면 그를 인종차별 폐지론 자로 생각하기는 어렵다. 오히려 노예제도에 찬성한 연방주의자였을 가능성이 더 높았다. 노예제도 관련 조항은 그 이후 헌법에 명기되었다. 어쩌면 가난한 사생아로 태어나 손가락만 빨며 이리저리 움직이다가 승리할 것 같은 쪽에 붙었을 수도 있다. 내세울 것 하나 없는 가난뱅이에게는 실리를 따르는 것 말고는 선택권이 없었다. 모든 관계와 거래가 씨족에서 비롯되던 세상에 사생아로 태어나 혼자 힘으로 자신의 길을 개척해 나간 토머스 하딘이 어쩌면 고독을 좋아한 우리 가족의 뿌리가 아닐까 싶기도 하다.

1863년 새해 첫날, 테네시주 스톤 강에서 벌어진 전투에서 토머스 하딘은 팔에 부상을 입고 제대했다. 고향으로 돌아온 그는 연금으로 아무렇게나 지어진 목조 호텔을 사들여 '셔우드 인'으로 이름을 바꿨다. 잘은 모르겠지만 하딘은 전쟁으로 황폐해진 남부지역에 딱 맞는 영국과 스코틀랜드의 오래된 낭만적 이야기들을 알고 있었던 게 틀림없다. 1913년 건물이 불에 타자 토머스 하딘의 장남이자 내 할아버지인 패트릭 딘은 벽돌과 돌로 건물을 다시 지었다. 누군가 건물 내벽에 사냥 장면을 그려 넣었다. 그림 속 마을을 에워싼 언덕에는 자기보다 큰 메추리를 쫓는 개와 자기보다 큰 개를 따라가는 사람들이 있었다. 1910년에 셔우드 뒤편에 있는 하얀 판잣집에서 내 아버지인 패트릭 딘 주니어가 태어났다. 대공황의 여파로 셔우드는 선술집으로 규모를 축소했고, 철도 서비스가 막을 내리고 자동차가 도래하면서 호텔은 문을 닫았다. 여전히 우리 가족 소유인 그 선술집은 현재 국가 지정 유적지로 등재되었다. 그곳은 어린 시절 나의 상상력이 발달하는 데 가장 큰 영향을 끼쳤다. 나머지 하나는 마을에 있던 성당이었다.

나이가 들면서 세상은 변하지 않는다는 것, 그 어떤 것도 변하지 않는다는 것, 그리고 이 작은 마을과 대가족을 떠나 근본적으로 남들과 다른 자아를 지키고자 했던 내 불타는 욕망이 나를 아웃라이어로 규정짓는 많은 특징 가운데 하나라는 것을 이해하게 되었다. 아버지 쪽 남자들 중에는 고등학교 이상의 교육을 받은 사람이 없었다. 그들은 나고 자란 마을을 떠나지 않았고, 마을을 에워싼 언덕이 그들의 시야를 결정지었다. "넌 너무 똑똑해서 손해구나." 초등학생 시절 수녀님들이 늘 내게 말했다. 난 그 말에 화가 났다. 정확히 얼마나 똑똑해야 너무 똑똑한 것일까?

세월이 흘러 그 말의 의미를 알게 되면서 그분들을 용서했다. 수녀님들은 남부 시골 출신의 똑똑한 여성이었다. 수녀원에서 운영하는 학교가 유일한 교육기관이었던 탓에 의욕 없고 성질 고약한 말썽쟁이로 가득한 교실에서 수녀님은 가르치는 일 말고는 다른 것을 생각할 수 없었다. 너무 똑똑해서 손해라는 말은 비난이라기보다 경험에서 비롯된 충고였던 것이다.

나는 책 읽기를 좋아했다. 책을 좋아한다는 점과 조금 다른 성적 취향으로 인해 마을 소년들은 나를 멀리했고 나는 그 사실을 일찌감치 알고 있었다. 만약 책을 좋아하는 소년이 또 있었다면 그 아이는 자신이 책을 좋아한다는 사실을 숨겼을 것이다. 하지만 나는 책에 완전히 매료되었기에 숨길 수 없었다. 나는 무언가를 숨기는 일에 익숙하지 않다. 어쩌면 그런 면도 독신자의 또 다른 특징이 아닐까 싶다. 얼굴에 감정이 그대로 드러나다 보니 차라리 감정을 내보이는 편이 낫다. 아버지에게 독서는 고된 노동을 마치고 하루의 끝자락에 즐기는 여가활동이었다. 습관처럼 신문을 읽었어도 언어 관련 능력이 누군가에게는 생계수단이 될 수도 있다는 사실을 결코 이해하지 못했다. 대학은 기술자를 양성하기 위해 존재했고, 아들은 기술자가 되고 딸은 기술자와 결혼하면 된다고 생각했다. 그걸로 게임 끝이었다. 결국 나와 내 누이들은 이불 밑에 들어가 손전등을 비추거나 안락의자 뒤에 숨어서 몰래몰래 책을 읽었다. 아버지가 언제 들이닥쳐 우리를 발견하고는 밖에 나가 일이나 하라고 호통칠지 몰라 불안에 떨었다. 몰래 하는 연애처럼 독서에 대한 동경은 점점 커져만 갔다.

◆　　　◆　　　◆

　대학에 가기 전까지 나는 제대로 된 고독을 경험하지 못했다. 작은 마을 대가족의 아홉 형제 중 막내로 태어나 여덟 살에 첫 조카를 본 나는 화장실 앞에 줄이 끊이지 않으리라는 사실을 알고 있었다. 적게는 여덟 명, 대개는 더 많이 모여 저녁식사를 했으며 거기에 손님까지 있었다. 마을 가게의 할아버지 할머니는 내 턱을 들어 올리며 "존슨네 아들이구나." 말하곤 이렇게 덧붙였다. "그런데 뭔가 좀 다른 걸." 그러면 나는 고개를 끄덕이며 "어머니 쪽이 호전빌 출신 허버드

가문이라서요."라고 대답하며 입술을 다물었다. "아, 호전빌." 16킬로미터 떨어진 호전빌은 주민 대다수가 신교도였고, 마을 사람들의 유전자에 관해서는 알려진 바가 없어 의심을 받고 있었다.

인생의 모퉁이를 돌며 생각해 보니 내가 평생 겪어 온 철학적 갈등과 형제자매의 총명함과 창의성은 가톨릭과 신교, 전통과 반란의 유전자가 뒤섞인 데서 비롯된 것인 듯하다. 잡종이 명견이 되듯 말이다. 또한 고독과 공동체적 사랑을 경험할 수 있었던 것은 끊임없이 공동체에 몰입해 왔기 때문이라고 생각한다. 공동체적 사랑이란 전통적 결혼생활에서 말하는 일대일의 사랑이 아니라 작은 마을 또는 수도사 공동체에서 이루어지는 사랑을 말한다.

가끔씩 나는 고독을 찾고자 대단할 것 없는 근처의 롤링 포크 강까지 걸어갔다. 쉬지 않고 일렁이며 상상 속 바다로 끊임없이 나아가는 물살의 여행을 상상하며 그곳에 앉아 있었다. 그러다 곧 대나무로 만든 낚싯대를 가지고 다녔다. 낚시를 좋아해서가 아니라 낚싯대가 나를 정상으로 보이게 해 준다는 사실을 깨달았기 때문이었다. 누구라도 마주치면 낚싯대는 내게 뭔가 쓸모 있는 일을 하고 있다는 완벽한 변명거리가 되어 주었다. 나는 그저 홀로 시간과 강의 흐름을 지켜보고 싶었을 뿐이었다.

대학에 가서 홀로 유럽을 가로지르는 히치하이킹 여행이나 시에라 산맥으로 배낭여행을 하는 사람들 이야기를 들었다. 혼자라는 것이 왠지 모르게 신비로우면서도 매력적이었다. 그리고 그것은 일종의 통과의례라는 생각이 들었다. 그렇게 19살에 프랑스 샤모니를 출발해 취리히에 들러 하룻밤 묵고 비엔나로 가는 기차여행을 떠났다. 크게 위험하지는 않았지만 돈도 없었고 여행에 대해 아는 것도 없었다. 호텔 방을 어떻게 찾고 어떻게 예약하는지도 몰랐다. 그 여행은 헨리 제임스의 단편소설에 나올 법한 모험으로 나를 이끌었다. 스위스의 대표적 로망슈어 시인인 우르스라는 남자가 "여자 좋아해요?"라는 말로 접근하더니 나를 아파트로 데려갔다. 그는 레너드 코헨의 음반을 턴테이블에 올려놓고 대마초를 건네며 나를 침대로 데려가려고 최선을 다했다. 하지만 나는 제임스의 소설에 등장하는 주인공처럼 끝까지 모르는 척했다. 그의 욕구를 몰라서도 아니고 내 안의 욕구를 인정하고 싶지 않아서도 아니었다. 하지만 그날 저녁을 시작으로 스스로에게 했던 거짓말을 부숴 버렸다. 그렇게 자아 인식으로의 자신 없는 첫발을 내딛었다. 만약 혼자 여행을 떠나지 않았더라면 일어나지 않았을 일이다.

이 이야기를 하는 이유는 젊은 사람들에게 익숙하고 편안한 곳에 머물러 있기보다 지갑에 약간의 돈을 넣고 홀로 여행을 떠나 보기를 권하고 싶기 때문이다. 지금 세상은 우리 선조들이 겪었던 세상보다 위험하지 않다. 다만 우리가 겁이 더 많아진 게 아닐까?

✦　　　✦　　　✦

부모님은 결혼생활 중에도 자기만의 신성한 공간을 마련했다. 그리고 그곳에서 각자 영원불변의 아름다움을 찾았다. 물론 두 분이

이처럼 거창하게 말한 것은 아니다. 앞으로 이 책에 등장할 조라 닐 허스턴의 말을 빌려 온 것이다. 그들은 매일 그 아름다움을 찾고자 했다. 1950년대 시골 마을에 온실이 어디 있었겠느냐마는 어머니는 자기만의 온실에 들어가 난초와 선인장 같은 이국적인 꽃을 키웠고, 아버지는 창고나 다름없었던 목공실에 들어가 오랜 시간 목공예품을 만들었다.

몽상가인 내게 온실 속 흙과 목공소의 톱밥은 다소 위협적이었다. 늘 그곳 특유의 냄새가 났다. 축축한 흙냄새, 무더운 여름날에도 빛이 들지 않는 온실 구석에 피어오르던 곰팡이 냄새, 어머니가 아끼며 뿌리던 비료와 살충제의 매캐한 화학약품 냄새가 대조를 이루며 코를 찔렀다. 목공실에는 아버지가 살충제로 즐겨 사용하던—하지만 내게는 성당 향냄새를 연상시키던—달콤한 향나무 톱밥 냄새가 페인트, 광택제, 접착제, 아세톤, 휘발유 같은 공업용 합성 물질의 냄새와 섞여 자극적으로 풍겼다. 아버지가 74세에 암으로 돌아가신 것은 어쩌면 합성 물질을 많이 사용했기 때문일지 모른다.

아버지는 말했다. "백 가지 길 중에 펜턴은 가장 어려운 길을 선택할 거야." 몇 년 후 나는 반 고흐 동생의 아내가 쓴 고흐에 관한 이야기를 읽고 무척이나 당황했다. 반 고흐의 아버지 또한 다루기 어려운 아들에 대해 "그는 일부러 가장 힘든 길을 선택하는 것 같다"고 말한 것이다. 그리고 동생의 아내 역시 이렇게 말했다. "남이 간 길을 따라가고 다른 사람의 뜻에 순종하는 것은 그의 성격에 맞지 않아요. 그는 스스로 자신을 구원하려 했어요."

스스로 자신을 구원한다. 이 말은 철학적, 영적 울림과 함께 내가 늘 진리라고 느끼던 것을 보여 준다. 인생에서 가장 위대한 성취는 자신을 구원하는 일이다. 프리모 레비는 아우슈비츠 수용소에 수감되기 몇 년 전 독신자로서 자신의 삶은 "실수에서 자유롭고 스스로 운명의 주인이 되는 것"이라고 했다. 반 고흐는 프랑스 철학자 에르네스트 르낭이 말한 "모든 개인적 욕망을 희생하고, 위대한 것을 실현하고, 고귀한 마음을 얻고, 거의 모든 이들이 자신을 할애하는 속됨을 넘어서는 일"을 따르고자 했다. 내가 관심을 두게 된 독신자는 거의 대부분 이 말에 해당되며, 일편단심 이렇게 살고자 애썼다.

"천재가 가는 길, 괴짜가 가는 길, 혹은 천재이면서 괴짜가 가는 길이 있다. 하지만 그 길은 일반인이 가는 길이 아니다."라고들 이야기한다. "백 가지 길 중에 펜턴은 가장 어려운 길을 선택할 거야." 아버지가 그 말을 칭찬으로 한 것은 아니었다. 하지만 아버지도 나름의 몽상가였다. 생각해 보면 아버지 역시 늘 가장 어려운 길을 선택했다. 이를테면 집을 짓는 것보다 사는 것이 틀림없이 쉬웠을 텐데 아버지는 집 한 채를 짓고도 숲속에 자기만의 은둔처 한 채를 더 지었다. 은둔처를 짓는 것으로 아버지는 독신자의 오랜 전통을 따르고 있었다. 아버지가 헨리 데이비드 소로를 읽었는지는 모르겠지만 소로가 버려진 작은 집에서 4달러 25센트를 주고 구해 온 판자로 월든 호숫가의 오두막집을 덮었듯이 아버지 역시 양조장에서 구해 온 목재를 재활용했다. 목공 일에 꼼꼼한 소로를 보고 아버지는 영혼의 단짝을 찾았다고 생각했을지도 모른다. 둘 다 폐허에서 재활용과 창조의 영감을 얻었으니 말이다.

◆　　　　◆　　　　◆

소로가 월든 호숫가에 지은 가로 3미터 세로 4.5미터 크기의 오두막집부터 세잔이 노년에 마련한 프로방스의 레 로브 아틀리에, 켄터키 산골에 지은 아버지의 은둔처까지. 아버지를 아는 사람이든 모르는 사람이든 아버지를 누군가의 아버지라고는 생각하지 않았다. 다들 아버지를 이 가톨릭 마을에서 사제에게만 특별히 사용하는 '신부'라 높여 불렀다. 은둔처 *HERMITage*는 아버지만의 독특한 표기법이었다. 아버지는 그을린 나무에 우아하고 정교하게 글씨를 새겨 넣어 만든 표지판을 은둔처에 걸었고, 그 가운데 하나는 지금 우리 집 문 위에 걸려 있다.

아버지는 중년에 접어들어 수도원 밖에 수도원을 만들기 시작했다. 아버지의 계획은 이랬다. 켄터키 유역의 인공 호수인 러프 리버호 근처 땅을 친구들과 함께 사들여서 산림지대에 오두막을 짓고 은퇴 후 다 같이 사는 것이다. 작은 시골을 떠나 숲속에 마련한 거처에서 낮에는 낚시와 사냥을 하고, 밤에는 술 한잔 걸치며 낚시와 사냥 이야기를 하고 싶어 했다. 아버지는 자신이 만든 비영리 단체 '롤링 포크 낚시'와 게임 클럽에 들어오라고, 그리고 땅 매입을 중개할 테니 새로 건설된 저수지를 따라 가파른 협곡으로 이어지는 땅을 사라고 30명 정도를 설득했다.

땅을 산 사람들 중에서 유일하게 아버지만 그 프로젝트를 완성했다. 아버지는 독학으로 건축을 배운 건축가였고 몽상가였다. 타지마할이나 파나마 운하를 건설한 건축가나《잃어버린 시간을 찾아서》를 쓴 작가가 그랬다. 수도사들의 도움을 받아 아버지는 노동자 스타일의 낙수장을 지었다. 낙수장이란 건축가 프랭크 로이드 라이트가 펜실베이니아의 숲속 흐르는 계곡 위에 구조물을 세우고 그 위에 별장을 지은 것과 같은 건축 형태다.

아버지는 수도원 공사를 하고 남은 자재를 가져다 은둔처의 상부 구조를 세웠고, 남은 철제를 사용해 테라스를 지었다. 테라스 위로는 주변의 너도밤나무가 드리워졌다. 몇몇 수도사가 발 벗고 나서서 용접과 배선을 도와주었고 우리 형제도 열심히 도왔다. 하지만 수도사들은 고립된 그곳을 떠나 속세로 들어갔고, 우리도 크면서 살기 바빠지다 보니 아버지는 혼자 일을 하게 되었다. 이 은둔처가 외진 곳에 있었다는 점을 이해해야 한다. 몇백 명 정도가 사는 가장 가까운 마을도 구불구불 돌아 32킬로미터 남짓 떨어져 있었다. 합법적으로 술을 구할 수 있는 가장 가까운 곳은 차로 113킬로미터는 가야 했다. 그렇기에 아버지는 늘 개인 술을 챙겨서 다녔다.

아버지는 숲에 대충 지나다닐 수 있는 길을 만들었다. 그 길은 은둔처로 향하는 유일한 통로로, 작은 개울을 따라 18미터 높이의 석회암 절벽까지 구불구불 이어진 좁은 산길과 연결되었다. 오두막 앞쪽에는 이중창을 설치해 너도밤나무, 떡갈나무, 층층나무, 히코리, 포플러, 여기저기 무성하게 자란 덩굴옻나무, 손바닥 모양의 큼직한 나뭇잎을 가진 오이목련으로 가득한 남부지역의 온화한 숲이 뿜어내는 엽록소를 듬뿍 맞았다. 그 지역은 물푸레나무가 유명했는데, 아버지는 물푸레나무가 덱을 뚫고 자라도록 그냥 두었다. "덱을 뚫고 나무가 자라는데 괜찮나?" 마을 사람들은 시간이 지나면서 점점 더 커질 텐데 어쩔 셈이냐는 투로 묻곤 했다. 잘 보이지도 않던 그 어린나무는 결국 21미터가량 자라서 몸통이 덱의 구멍에 꽉 차고 말았다. 나무가 너무 거대해져 자를 수 없게 되자 우리가 없는 동안 바람에 쓰러진 나무가 오두막을 덮치지 않을까 걱정하며 집으로 돌아오곤 했다. 어머니는 담쟁이덩굴을 몇 개 가져다 심었는데 그 담쟁이가 퍼져 나가며 처음엔 나무를, 그다음엔 바위를, 그리고 마침내 오두막집을 집어삼켰다.

아버지가 은둔처에 머무르는 시간은 나이가 들며 점점 더 길어졌다. 아버지는 그곳에서 며칠씩 말 한마디 하지 않고 일하곤 했다. 아버지에 비하면 세잔은 아무것도 아니었다. 낮이 되면 숲에는 새들의 노랫소리로 음악회가 열렸고 밤에는 올빼미, 너구리, 여우, 주머니쥐 같은 야행성 동물의 울부짖는 소리, 상상이 불러온 유령들, 아버지와 동료 수도사들의 환영, 그리고 숲속 곤충이 시끄럽게 비비대는 소리로 평범한 감성을 지닌 사람이 느끼기에는 으스스한 곳이 되었다.

한편 이곳은 우리 가족 혹은 우리가 알지 못하는 연인들에게 밀회의 장소였다. 지금은 세상을 떠나고 없는 내 연인도 이곳에서 나와 가장 행복한 시간을 보냈다. 주로 LA와 유럽에서 지낸 그에게 이토록 야생적인 곳은 처음이었다. 그는 벌침을 무공훈장이나 되는 양 가지고 다녔다.

나는 가끔씩 은둔처에 들러 죽은 이를 기리고 그들이 남긴 가르침을 생각하면서 혼자만의 시간을 보냈다. 어느 후덥지근한 여름 저녁, 덱에 앉아 세상을 떠난 나의 연인과 아버지의 영혼을 떠올리려 애썼다. 하지만 뜻대로 되지 않았다. 다음 날 새벽 어스름, 같은 자리에 앉아 골짜기 너머로 나무껍질이 벗겨져 얼룩덜룩해진 너도밤나무를 바라보다 밤 사냥을 마치고 돌아온 수리부엉이가 소리 없이 날아가는 바람에 화들짝 놀랐다. 부엉이가 울창한 숲속을 지나 고요히 내려앉자 새삼 적막하게 느껴졌다.

"매우 특별한 경험이라 어떠한 말과 개념으로 표현이 불가능한 고요 속에 나 자신에 대한 깨달음은 침묵하시는 하느님께로 나아가는 것이다." 토머스 머튼이 말했다. 말과 개념은 인간의 공통된 모습을 깨닫게 하지만, 침묵은 자아의 언어이며 개인의 특별한 언어다. 그러므로 침묵 속에서만 내 자신을 깨닫게 된다. 모든 사물과 사람에 영혼이 깃들어 있지만 우리는 고독과 고요 속에서 진실로 그 영혼을 알게 된다.

◆   ◆   ◆

머튼이 머물던 겟세마니 수도원에서 밖을 바라보면 숲의 남쪽으로 경사를 이룬 목초지가 펼쳐지고, 들판과 목장이 있는 목가적 풍경과 함께 길고 푸른 멀드라우 힐 절벽이 완만하게 뻗어 있다. 1965

년, 수도원장 자리에서 물러나고 몇 년 후 머튼은 이곳에 왔다. 이 은둔처 역시 아버지가 러프 리버에 은둔처를 지을 때 도와준 바로 그 수도사들의 도움으로 건축되었다. 이곳에 오고 3년 뒤 머튼은 사망했을 것이다. 현재 이 목가적 풍경 한가운데에는 이동전화 기지국이 우뚝 솟아 있고 탑 꼭대기의 빨간 불빛이 밤새도록 깜박거린다.

예상했겠지만 이 송신탑은 기술에 집착하는 현 사회가 위대한 은둔자의 명상 공간을 침입했다는 의미를 담고 있다. 또 한편으로는 아이러니하게도 수도원에 묵상을 하러 왔다가 결국 휴대폰을 잡게 되는 사람들이 불평하는 바람에 지어진 것이기도 했다.

후덥지근한 8월의 어느 오후, 나는 시인이자 수도사 친구인 폴 퀘논과 대학에서 영어를 가르치다 은퇴한 교수와 포치에 앉아 있다. 70대인 폴은 기억력을 활성화하기 위해 시를 암기한다. 그리고 우리에게도 시를 암송해 보라고 부추긴다.

은퇴한 교수가 휘트먼의 시를 읊는다.

나는 짐승이 되어 그들과 살고 싶다.
그들은 무척이나 평온하고 말이 없다.
가만히 서서 오래도록 그들을 바라본다.
주어진 상황에 불안해하지도, 불평하지도 않는다.
어둠 속에 깨어 사죄의 눈물을 흘리지 않는다.
하느님에 대한 의무를 논하며 나를 지치게 하지 않는다.
어느 하나 불평하지 않고, 어느 하나 소유욕에 미쳐 날뛰지 않는다.

어느 하나 다른 이에게 무릎 꿇지 않으며, 수천 년 전 살다 간
조상에게도 그러하다.
이 지구상에 어느 하나 훌륭한 이도, 불행한 이도 없다.

폴은 자신이 지은 시 한 편을 읊는다.

마지막 시를 쓴다.
시가 작별인사가 아닌
반갑다 인사를 건넨다.

시는 안도의 한숨을 쉬며
문이 닫히기 전에 세상에 나왔다.

친구 시들을 바라본다.
버려진 시들 가운데 자리를 잡을 수 있을까 하고.

친구들이 한꺼번에 손을 뻗는다.
망각 속으로, 혹은 기억 속으로 같이 가자고.
아니면 영원불멸의 시간이 앉아 가끔씩 읽어 줄
비밀스러운 굴속으로 들어가자고.

은둔처에서 시작된 저녁 어스름이 어느새 숲과 녹음이 우거진 초

원 위에 내려앉는다. 송전탑 꼭대기의 빨간 불빛이 켜졌다 꺼졌다 존재와 부재를 반복하며 깜빡거린다. 내 안에서 흘러나오는 사랑스러운 단어들을 만끽하며 생각한다. '이래서 수도사가 되려고 하는 거지. 매 순간 세상의 아름다움을 만끽하면서.'

내 차례가 되었다. 폴에게 영감을 받은 나는 그동안 시를 암기해 왔다. 방법을 추천하자면, 시 한 편을 출력해 자동차 계기판이나 화장실 거울에 붙여 놓고 일주일에 한두 번씩 별생각 없이 기분 좋게 보면 된다. 오늘 저녁에는 메리앤 무어의 〈세월이란 무엇인가?*What Are Years?*〉를 읊어 본다.

> *만족은 보잘것없는 것*
> *기쁨이야말로 순수한 것*

나는 내 친구들에게 고독에 관해 집필하고 있다고 말한 적이 없다. 그런데 머튼의 포치에 앉아 우리는 독신자가 쓴 시를 읊고 있었다.

아마도 이 우연의 일치는 은둔처 건축 허가를 받아 낸 머튼과 그의 끈질긴 고집 덕분일 것이다. 그리고 수도사 폴 덕분에 사시사철 이곳에 앉아 있을 수 있다. 여기서 얻는 경험은 언제나 마법과도 같다. 이곳을 찾는 손님 대부분이 독신자가 아니더라도 배우자를 동반하지 않는다.

바로 그것이 내가 말하고자 하는 바다. 우리 가운데 몇몇은 결혼을 한다. 하지만 결혼한 사람도 혼자만의 고독한 시간을 보내며 삶과 결혼생활을 풍요롭게 만들 수 있다. 혼자만의 시간을 통해 원기를 회복하고 다시 관계를 이어 갈 수 있기 때문이다. 혼자만의 시간은 결혼한 사람들에게도 도움이 될 것이다. 고독의 정도가 고독이 주는 보상의 정도라고 할 수 있다.

◆   ◆   ◆

아버지의 은둔처는 황폐해졌다. 사방이 가파르고 습한 골짜기는 건축에 적합하지 않았다. 더군다나 남쪽과 서쪽으로 각각 그 지역 중심지인 루이빌과 신시내티가 있는 데다가 자녀와 손자들이 기회를 찾아 북쪽과 동쪽으로 자꾸 이동하다 보니 오두막은 점점 멀어지고 아무도 관리하지 않게 되었다. 뿌리는 뿌리대로 덩굴은 덩굴대로 계속 자라나 담쟁이는 정확하게 건물의 토대와 굴뚝을 분리해 버렸다. 오랜 세월 눈보라에 시달린 나무들이 송전선 위로 쓰러졌다. 진입로는 사라진 지 오래고 지나다니던 길은 엉망이 되었다. 삼나무 덱은 썩어서 더 이상 무게를 견디지 못했다. 급격한 구리 가격 상승으로 거대한 수조와 동선(銅線), 오래된 냉장고의 구리로 만든 부품이 도난당했다. 그리고 오늘 형들로부터 (도둑으로 의심되는 사람에게) 아버지의 은둔처를 팔았다는 소식을 들었다.

십 대 초반, 아버지와 단둘이 앉아 늘 함께 보던 저녁 뉴스가 끝나고 나면 나는 1960년대에 잇따라 발생했던 네이팜° 폭격이나 암

~~~~~~~~
° 화염성 폭약에 사용되는 화학물질 -옮긴이

살, 폭동과 같은 끔찍한 사건들에 대해 쓴소리를 했다. 그러면 아버지가 평정심을 잃고 말했다. "네 형들은 내가 때려도 그냥 맞고 서 있어. 내가 하라는 대로 하지. 그런데 너는 울고불고 네가 하고 싶은 대로 해. 너는 왜 형들처럼 굴지 않니?" 그럴 때면 나는 이렇게 대답했다. "저는 아버지를 닮았거든요." 놀란 아버지는 아무 말도 하지 않았다. 둘 다 그 말이 사실임을 알고 있었다.

아버지는 책에 담긴 힘이 무엇이기에 아들이 그 좋다는 공학 학위를 버렸는지 알고 싶었던 것 같다. 그리고 언젠가 내가 책을 쓰기를 바랐다. 스탠퍼드 대학에 들어가고 얼마 지나 시그램 장학금을 받던 날 연단에 올라 윌리엄 포크너의 글이 내게 얼마나 큰 의미인지 말했던 것을 틀림없이 들었을 것이다. 3학년이었던 어느 날, 닳고 닳은 포크너의 《압살롬, 압살롬!》을 가지러 집에 갔다가 아버지의 침대맡 탁자에서 그 책을 발견했다. 이 난해한 소설은 남부지역을 떠나 하버드로 도망친 어느 총명한 아이가 자신의 뿌리와 떼려야 뗄 수 없는 인종차별과 극심한 편견을 받아들이지 못하고 결국 자살을 선택한다는 이야기다. 나는 책에 대해 묻지 않았고, 아버지 역시 말하지 않았다.

나는 소설 속 아이와 비슷한 면이 있었지만 자살을 선택하지는 않았다. 샌프란시스코에서 피난처를 찾았기 때문이었다. 그 당시 샌프란시스코는 사회 부적응자와 독신자가 서로를 위로하고 보듬던 도시였다. 우리 같은 사람들은 외로움을 너무도 잘 알았고, 서로에 대한 갈망이 있었기에 왜, 어떻게 서로를 지켜야 하는지 알고 있었다. 에밀리 디킨슨의 말을 각색하자면 우리는 사소한 사랑에 굶주린다는 말이 무슨 의미인지 알고 있었다.

* * *

아버지는 몽상가였다. 정말 그랬다. 하지만 꿈을 이뤘다. 돌이켜 생각해 보면 아버지의 친구들이 덜 공상적이고 더 실용적이었던 것은 당연한 일이다. 그렇다면 아버지가 은둔처를 짓는 동안 내팽개쳐진 아이들을 돌보는 데 시간을 보내야만 했을까? 아버지가 세상을 떠나고 세월이 흐른 지금, 막내아들인 나는 아버지의 은둔처 집착에 분개해야 할지 아니면 비록 멀리 떨어져 있었어도 꿈을 꾸고 꿈을 이뤘던 한 사람을 알게 해 준 것에 감사해야 할지 선택의 기로에 서 있다.

"실패를 해 봐야 성공할 수 있다." 머튼이 말했다. 가만히 앉아 벽돌, 시멘트, 강철로 아버지가 만든 것을 떠올려 본다. 은둔처가 실패작이었나? 수도사가 모여 사는 세속적 공동체를 만들려고 했던 아버지의 계획은 분명 이루어지지 않았다. 비록 벽돌과 목재는 침식되었지만 철제로 지은 건물 상부 구조는 앞으로도 수 세기 동안 남아 있을 것이다.

아버지가 세상을 떠나고 켄터키 고향으로 돌아와 보니 어느새 내가 아버지가 되어 있었다.

제임스 스틸

1966년, 아버지는 은둔처 짓기라는 만만찮은 일을 시작했다. 아버지 나이 56세였다. 그리고 내 나이 56세, 이 책을 쓰기 시작했다.

3.

나를 찾아서

헨리 데이비드 소로
Henry David Thoreau

+ + +

독신자를 비난하거나 우상화하는 현상은 우리의 삶 어딘가에 우상이 필요하다는 점을 시사한다. 하지만 석가모니와 히브리서 예언자들이 반복해서 지적했듯이 우상은 회피 기제다. 꿈을 실현하기 위해 노력하기보다는 그저 꿈에 머물러 있거나 포기하는 것에 가깝다.

가수 니나 시몬은 무대 위 그녀의 분노와 슬픔을 보기 위해 돈을 지불하고도 자신의 삶에 아무런 변화 없이 공연장을 떠나는 관객들을 비난했다. 보통 사람들은 이같이 괴팍하고 위압적인 독신자의 행동을 받아들이기 어려워할뿐더러 그들이 정말 이상하거나 뭔가 독특한 힘을 가지고 있을 거라 생각한다. 그러나 헨리 데이비드 소로의 책을 읽다 보면 불편할 정도로 분명해지는 것이 있다. 우리에게 필요한 건 오직 침묵이라는 것, 이어폰을 빼고 휴대폰 카메라를 끄고 우주가 제공하는 즐겁고도 괴로운 소리를 듣는 것뿐이라는 사실이다.

소로의 작품 《월든》에는 그가 마을 사람들이나 여행객과 즐거운 대화를 나눴다는 이야기, 가벼운 환대의 미덕을 칭찬하는 장문의 구절이 가득하다. 애당초 이 작품에서 소로의 은둔자 개념이 생겨났다는 것은 사실이 아니다. 월든 호수는 황무지와는 거리가 멀다. 콩코드 중심가에서 걸어서 쉽게 갈 수 있으며, 여행객과 낚시꾼이 즐겨 찾는 곳이었다. 소로는 훌륭한 문장으로 공들여 글을 쓰며 결코 월든 호수를 숨기지 않았다. 독신에 대해 호의적인 로라 대소 월스는 이렇게 말했다. "다른 미국 남성 가운데 사랑하는 사람들과 식사를 즐겼다고 해서, 혹은 직접 세탁을 하지 않았다고 해서 비난받은 작가는 없었다." 소로가 비난받은 이유는 우리 사회가 사회규범을 깨는 독신자를 맹렬히 지탄해야 했으며, 혼자 사는 삶을 찬양하는 사람들에 대한 의심을 쉽고 단호하게 보여 줘야 했기 때문이라고 생각한다.

고독을 추구하는 사람을 대하는 우리의 태도는 두 가지다. 소로처럼 조롱하거나 토머스 머튼처럼 우상화하는 것. 그들을 평범한 사람으로 받아들이려면 우리를 둘러싸고 있는 현대 생활의 일부, 소음과 조명이라는 보호막에 의문을 품어야 하기에 그런 모양이다. 뉴잉글랜드 작가협회장이자 소로의 후원자였던 랄프 왈도 에머슨이 소로를 감옥에서 빼내기 위해 인두세를 지불한 일을 두고 비평가들은 소로를 비난했다. 그 후 소로는 감옥에 다녀온 일을 소재로 그의 가장 유명한 에세이 《시민 불복종》을 집필했다. 비평가들은 소로가 더 큰 처벌을 감수하면서도 캐나다로 도망치는 노예들을 도왔다는 사실을 간과했다. 1850년 통과된 도망노예법으로 인해 노예의 도주를 돕다가 잡힌 사람은 상당한 벌금을 내거나 최대 6개월까지 징역을 선고받았다.

소로는 《월든》뿐 아니라 다른 작품에서도 고독을 찬양했고, 독자는 그의 작품을 읽을 때 중간중간 멈추어 적절한 경의를 표했다. 소로는 확실히 어구를 절묘하게 표현할 줄 알았다. 그가 여덟 번이나 초안을 작성하며 《월든》을 완성하는 데 10년이 걸렸다는 사실을 알고도 놀랍지 않았다. 10년이라는 세월은 소로가 월든 호숫가에서 보낸 시간의 4배다. 느긋하고 여유 있는 그의 손길이 작품에 그대로 묻어난다. 그가 사망하자 당시 절판되었던 《월든》이 다시 인기를 얻었다. 그 책에는 많은 사람들이 그동안 출처를 알지 못한 채 인용했던 경구가 가득했다. "대부분 소리 없이 절망의 삶을 살고 있다.""내가 가장 잘하는 것은 바라지 않는 것이다."(이 문장을 내 식으로 바꾸자면 '만족의 비결은 만족도가 낮은 데 있다' 정도가 되지 않을까) "누군가 동료와 보조를 맞추지 못한다면, 아마도 그가 다른 곳에서 연주하는 북소리를 들었기 때문일 것이다. 박자가 맞든 안 맞든 그가 자신이 듣고 있는 북소리에 맞추어 걸어가도록 두어라." 너무 유명해서 '클리셰 웹Cliché Web'이라는 인터넷 사이트에 올라가 있는 말도 있다. "인간은 자신이 만든 도구의 도구가 되어 버렸다."

《월든》과 그의 방대한 다른 작품들에 등장하는 함축적인 문구는 승려들이 나누는 선문답 같기도 하지만 소로를 격언 작가로 여긴다면 그에게 몹쓸 짓을 하는 것이다. 소로의 글은 우리에게 세상을 천천히 바라보라고 가르친다. 그는 "그 어떤 방법이나 규율이 경계의 필요성을 대체할 수는 없다"라는 말로 불교를 한 문장으로 요약한다. "늘 봐야 할 것만 보는 규율에 비해 역사, 철학, 시의 흐름은 어떻게

다를까?"

소로는 경험주의의 선도자다. 세잔이 설탕 그릇에 영혼을 그려 넣고자 했던 것처럼 소로는 작품을 통해 잘려 나간 도로와 농업용 저수지가 어떻게 신성함으로 채워지는지 보여 주었다. 천사를 새로 대신하고, 하느님의 모습을 소나무와 바위로 표현했다. 자연과의 만남을 묘사한 그의 글은 신과의 만남을 이야기하는 신비론자의 글에 버금간다. "지구는 온통 돌기로 뒤덮인, 살아 숨 쉬는 유기체다. 커다란 연못은 튜브에 든 수은만큼이나 대기 변화에 민감하다." 얼음이 녹는 것은 "얼어붙었던 피"와 같으며, "유기체가 아닌 것이 없다. 지구는 나뭇잎처럼 살아 숨 쉬는 시다."라고 표현한다.

소로는 산문의 형태를 빌려 생명체 내부로의 여행을 노래하는 '생명력 넘치는 시'를 쓴다. "우리는 대부분 방 안에 혼자 있을 때보다 밖에서 사람들과 어울릴 때 더 외롭다. 신은 혼자다. 하지만 악마는 결코 혼자가 아니다. 악마는 여럿이 어울리며 무리를 이룬다." 그는 심리학자들의 말을 다시 한 번 강조한다. 인간관계를 맺고 있는 사람들, 홀로 아이를 키우는 부모들, 그리고 모든 양육자들은 혼자만의 시간이 필요하다. 우리는 모두 각자의 박자로 사랑의 리듬을 맞춰 가야 하므로 잠시 멈춰 자신의 드럼을 조율할 시간이 필요하다. 어떻게든 혼자 있는 시간을 만들지 못하면 동반자, 양육, 부양 등 모든 관계가 기계적이고 반복적인 일상이 되어 어느새 관계에 혹사당하게 된다.

그렇다면 고독이란 무엇일까? 그 의미를 물어보면 대부분 '혼자 있는 것'이라고 단순한 사실만을 이야기할 것이다. 우리는 대체로 오랫동안 혼자 있는 것을 힘들어하거나 참지 못한다. 하지만 소로는 고독이란 사람과 사람 사이의 공간적 거리로 측정되는 것이 아니라고 생각했다.

비평가 해럴드 블룸이 언급했듯 내적 여행은 미국인이 지닌 민족적 정체성의 밑바탕에 깔려 있다. 따라서 미국 로마 가톨릭교도는 가톨릭의 근원인 유럽 가톨릭과 가장 직접적인 영적 관계를 유지하고 있기에 전 세계 다른 로마 가톨릭교도와 차별화된다. 교황 요한 23세는 개인의 양심이 우선이라는 원칙을 지지했을지도 모른다. 하지만 로마 가톨릭교도 가운데 미국인이야말로 이 원칙을 가장 열정적으로 지키고 있다. "나는 권위 따윈 필요하지 않아." 내 어머니의 이 한마디는 미국인이 교황과 고위 성직자들에게 왜 그토록 골칫거리였는지 보여 준다. 어머니는 개신교 신자로, 바이블 벨트˚ 출신이었기에 무엇을 믿어야 하는가에 대한 가르침을 받아들이려 하지 않았다. 미국에서는 모태신앙 가톨릭 신자도 개신교가 우세한 지역에서 성장하다 보면 신성을 몸소 체험하며 스스로 자신만의 종교를 만들어 나간다.

에머슨은 에세이 《자기 신뢰》에서 개인의 영적 철학을 자신에게서 찾고자 하는 것은 미국인의 근본적 특징이라고 설득력 있게 설명했다. 하지만 블룸은 그러한 특징의 출현과 역할을 미국의 주요한 종교적, 영적, 철학적 관습 모두에서 찾는다. 미국인의 이러한 특징은 1801년 켄터키 케인 리지에서 열린 최초의 대부흥회의 열기를 북돋

˚ 개신교 영향이 강한 미국 중남부와 동남부 지역 ―옮긴이

고, 1800년대 초반 뉴욕 북부를 '불타는 지역burned-over district'으로 만들어 모르몬교를 탄생시켰다. 이는 현재 우리가 에머슨과 소로가 소개한 아시아 철학에 빠져 있는 이유를 보여 준다. 에머슨은 소로에게 《바가바드 기타Bhagavad Gita》°의 번역을 의뢰했고, 소로는 이것을 가장 좋아하는 지혜의 글이라고 했다. 에머슨은 한 편지에서 "신God이라는 말을 써야 할 때마다 부드Budh('붓다'를 이렇게 쓰곤 했다)라고 쓰고 싶어진다"라고 말했다. 이단적 믿음을 가지고 있었음에도 그는 하버드 신학대를 다녔다. 하지만 기독교에서 말하는 전지전능한 힘의 화신을 공개적으로 비난함으로써 자신의 명성과 생계를 위협할 생각은 없었다.

시대적 흐름에 따라 나의 부모님은 보수적이었다. 공공장소에서 아버지가 어머니를 만지는 것을 본 적이 없다. 심지어 손도 잡지 않았다. 평생 내게 사랑한다고 말한 적도 없다. 아버지가 돌아가시고 한참 뒤, 캘리포니아로 몇 차례 여행을 다녀온 어머니는 감정을 드러내고 말로 표현하는 데 편해지셨다. 하지만 자라면서 불안하다고 느낀 적은 없다. 여유가 없었을 텐데 부모님은 내게 늘 경제적 도움을 주곤 했다. 넓은 땅과 채소밭, 언제든 잡을 수 있는 물고기, 작은 사냥감과 사슴이 있는 숲과 들판, 그리고 가진 게 없는 사람들이 그렇듯 우리에겐 서로를 도와야 할 책임이 있다는 것을 알고 있었다. 야망, 분노, 고독만 생각했다면 나는 집을 떠났을 것이다. 하지만 함께 노력해야 한다는 생각이 태어날 때부터 늘 나를 떠나지 않았다.

○ 힌두교 3대 경전 중 하나로 불리는 철학서 -옮긴이

성인이 되면 권위에 휘둘리지 않고 운명을 받아들여 스스로 개척해 나가야 한다는 것을 알고 있었다. 재정적 지원이 없을 거라는 것도 알고 있었다. 물질적인 면은 부족했지만 창작과 영적인 면에서는 엄청난 이득이었다. 부모님은 풍요로운 내적 삶을 살았고, 내가 살던 작은 마을을 더 나은 곳으로 만들었다. 어머니는 수도사에게 빌려온 책을 가져다 버려진 주유소에 도서관을 만들었다. 현재 그 자리에는 마을의 자랑거리라 할 수 있는 멋진 건물이 들어서 있다. 고독을 더 즐겼던 아버지는 어머니가 하는 일에 합류하지는 않았지만 마을에 돈과 기술을 기부했다. 두 분은 서로에게 의존하지 않고 각자 독립적인 삶을 살았다. 그리고 나는 두 분의 삶이 건강한 결혼생활이었다고 생각한다.

◆   ◆   ◆

아버지가 관리 감독을 하던 양조장은 앤티크라 불리는 버번위스키를 만들었고, 장사꾼들이 제품에 이름을 붙이기 전에는 소량씩 주조했다. 아버지는 자신이 만든 주류를 자랑스러워했지만 타고난 품성이 겸손해 과시하지는 않았다. 아무리 사소한 일이라 해도 그 일에 온 마음과 영혼을 담는 분이었다. 아버지는 멀티태스킹을 경멸했을 것이다. 한 번에 여러 일을 병행하다 보면 한 가지 일에 오래 집중할수 없을 테니 말이다. 그런 점에서 아버지는 일종의 수도사였다.

먼저 편백나무 이야기를 해야겠다. 1930년대 금주법이 막을 내리자 시그램은 1800년대부터 시작된 소규모 양조장을 인수하고 확장해 갔다. 널따랗고 깊은 통을 설치해 옥수수 가루와 곡물, 물과 설탕, 이스트를 섞어서 찐 다음 증류시켜 효모가 발효되며 생기는 부산물인 알코올을 만들었다. 아버지는 손님을 데리고 양조장을 둘러보다 찜통의 작은 마개를 열고 이상한 낌새를 눈치채지 못하는 손님에게 숨을 들이마시게 하는 장난을 즐겼다. 이것을 당한 사람은 정신을 못 차렸다.

찜통은 오래된 편백나무로 만들었다. 편백나무는 늪지대에 뿌리내리고 자라서 결이 곱고 단단하며 물과 마모에 강하다. 찜통을 사용하고 나면 매번 델 정도의 뜨거운 물로 씻어 냈다. 청소하는 중에 실수로 찜통에 빠져 몸을 데었다는 어느 일꾼의 이야기가 생각난다. 소심했던 나는 쨍그랑, 웅웅, 덜커덕 소리와 함께 코를 찌르는 지독한 냄새 때문에 양조장이 무서웠다. 어쩌면 안전에 무심했던 아버지보다 내가 더 작업환경의 위험성에 대해 잘 알고 있었을지 모른다. 아버지가 양조장 구경을 시켜 주겠다고 했을 때 나는 마지못해 질질 끌려갔다. 그리고 그때 아버지는 가장 똑똑한 막내아들이 엔지니어로 살지는 않을 거란 걸 처음으로 알게 되었다.

1950년대 들어서 시그램은 찜통을 스테인리스 통으로 교체했다. 청소도 수월했지만, 아무리 내구성 강한 편백나무라 하더라도 마녀가 불을 지펴 대듯 수년간 끓이다 보니 세월의 흔적을 드러냈기 때문이었다. 아버지의 손에서 그 편백나무 찜통은 새집의 내벽으로 둔갑했다. 이사하고 첫 10년간은 집에서 위스키 반죽 냄새가 났다. 그

후로 다시 10년이 지나니 벽에 코를 대고 숨을 크게 들이쉬어야 냄새를 느낄 정도가 되었다.

아버지가 편백나무 판자를 전동대패기 안으로 집어넣는 것을 본 기억이 난다. 술 냄새가 밴 편백나무 판자는 뽀얀 속살을 드러냈다. 아버지는 가끔씩 나에게 대패기 칼날에 판자가 끼이지 않도록 손으로 받치는 일을 시켰다. 하지만 나는 판자의 무게를 감당할 만큼 키가 크지도, 힘이 세지도 않았기에 혹시라도 판자가 미끄러질까 봐 무서웠다. 혼나는 것은 어느 정도 받아들일 수 있었지만 아버지의 분노를 사고 싶지는 않았다. 몇 년이 지나 대학 친구에게 그 이야기를 했더니 친구는 그것이 도둑질이라고 했다. 지금이야 편백나무가 귀하지만 1950년대에 술 냄새 밴 판자를 아버지가 가져가지 않았더라면 어딘가 버려져 썩고 말았을 것이다. 도시에서 태어난 친구는 그 사실을 몰랐다. 플라스틱과 일회용품이 등장하기 전부터 도시보다 훨씬 먼저 재활용을 실행하고 있었던 궁핍한 시골의 지하경제 상황을 알지 못했다. 만약 편백나무 판자에게 쓰레기장이 아닌 다른 미래가 있다는 걸 알았다면 아버지는 그 미래를 선택했을 것이다.

지금은 공사 중인 그 집에 아버지와 형들은 커다란 석회암을 놓고 그 위에 평평하게 대패질한 편백나무 판자를 깔았다. 그곳은 중요한 건축 계획부터 물고기 손질에 이르기까지 가족이 모여야 할 일이 있을 때마다 집합지 역할을 했다. 돌의 한쪽 끝에는 길쭉한 구멍이 뚫려 있어 그 밑에 개 밥그릇을 두고 물고기의 피와 내장을 그 구멍으로 내려보냈다. 그 돌은 가로가 대략 1미터, 세로 2미터, 두께가

0.6미터 정도 되었다. 한번은 청중 앞에서 이 수치를 이야기했더니 어느 엔지니어가 휴대전화를 꺼내 석회암의 평균밀도로 그 돌의 무게를 계산하고는 대략 2,267킬로그램에서 3,175킬로그램 정도라고 했다. 현대화 이전에 그 돌은 말뚝을 박아 양조장으로 곡식 자루를 나르던 말들을 묶어 두는 데 사용했다. 짐수레를 끄는 몸집 크고 힘이 센 말들을 묶어 두고 지탱할 수 있을 만큼 튼튼한 돌이 필요했다. 무게가 2,267킬로그램에서 3,175킬로그램 정도 되는 이 석회암은 그 조건에 맞았던 것이다. 길쭉한 구멍은 말의 고삐를 묶어 두는 쇠막대를 박았던 흔적이다.

그 돌덩이를 양조장에서 부모님의 새집까지 대략 5킬로미터나 되는 거리를 어떻게 옮겨 왔는지는 알 수 없다. 하지만 양조장에는 도르래가 있고, 아버지에게는 확고한 결심과 아들들이 있었다. 그렇게 피라미드가 지어졌다. 집에 돌이 도착하자 아버지는 자동차를 들어 올릴 때 쓰는 기구인 잭(Jack) 위에 그것을 내려놓았다. 그러고는 탁자의 다리를 만들기 위해 총 네 개의 잭을 들어 올렸고, 그 밑으로 형이 목숨을 걸고 들어가 시멘트를 듬뿍 바른 얇은 판돌을 집어넣었다. 아니, 아무리 생각해도 그랬을 리 없을 것 같다. 판돌을 먼저 깔고 그 위에 돌을 올려놓았던가? 어쨌거나 결국 판돌 네 개로 괸 3천 킬로그램짜리 돌덩이 탁자가 그렇게 탄생했다. 천년 후 집과 주변의 모든 것이 사라지고 없는데 이 탁자만 남아서 고고학자들이 의아해할지도 모른다. 이곳에서 어떤 의식이 거행되었을까? 어떤 신을 위해 지어진 제단일까?

석회암 탁자 옆에는 커다란 놋쇠 주전자가 삼각대에 걸려 있었다. 1950년대에 현대화가 이루어지면서 양조장도 오래된 기자재를 교체했고, 예전 것들은 공짜로 가져갈 수 있었다. 보르구°를 만들 때 사용했던 주전자도 그때 가져온 것이다. 보르구. 수십 년 전 공영 라디오 방송국의 〈자매의 주방〉이라는 프로그램에서 연락이 왔고, 이 특별한 켄터키 음식의 레시피를 물었다.

"글쎄요, 야생 사냥감으로 시작해야 하는데……." 그러자 진행자가 끼어들었다. "야생 사냥감이요? 주변에 물어보니 닭이나 오리로 만든다던데요."

"다들 도시 근교 출신이군요." 나는 맞받아쳤다. "보르구의 가장 중요한 재료는 야생 사냥감이에요. 다람쥐, 메추리, 토끼 같은 작은 동물들로 만들어야 그 맛이 납니다. 기본 재료로 야생 동물을 쓰지 않고는 보르구라 말할 수 없죠. 그건 그저 평범한 옛날식 스튜에 지나지 않아요."

보르구는 한겨울 파티 음식이었다. 닭고기나 돼지고기, 염소고기를 추가하기는 하지만 남자들이 사냥을 해 오면 그것을 냄비에 넣고, 여름에 수확해 통조림으로 만들어 둔 토마토와 감자, 당근, 냉장고나 지하실에 남아 있는 채소와 과일도 넣는다. 그리고 남부지역 특유의 양념장을 만들 때 쓰는 버번위스키를 조금 넣는다. 그러고는 장작불 위에 하룻밤 내지는 하루 종일 폭 끓인다. 그동안 마을 사람들은 버려진 자동차 후드를 썰매 삼아 타고 근처 산에서 내려왔다. 눈이 얼

° 야외에서 먹는 걸쭉한 죽 ―옮긴이

음판 위에 쌓이면 썰매에 엄청난 가속이 붙는다. 보통 후드에 속도가 붙을 즈음 대여섯 명이 올라타 포개어 앉는다. 썰매는 재미있지만 후드 가장자리가 면도날처럼 날카로워 여간 위험한 게 아니었다. 실제로 누군가 가장자리에 다리를 베어 심하게 다치는 일이 벌어졌고, 그 일로 특별했던 파티는 끝이 났다. 나는 눈을 감고 장작불 연기 냄새를 맡는다. 보르구 냄새에 침이 고인다. 깜깜한 겨울밤 하늘에 나무의 몸통과 가지가 서로 엇갈린다. 그 위로 불빛이 그림자를 드리우며 너울거리고 눈 더미 위로는 주황빛 불꽃이 후두두 떨어진다. 새하얀 눈 속에 까만 형체, 추위에 조용히 숨죽인 우리가 있다. 기억과 종이가 견뎌 내는 한 오래오래 간직될 그때의 우리.

◆   ◆   ◆

"종교란 무엇인가?" 소로는 일기에 이렇게 쓰고 바로 "말하지 않는 것"이라고 답을 달았다. 맥락은 다를지 몰라도 누군가는 진정한 사랑에 대해 같은 답을 할지도 모르겠다. 은유, 비유, 상징, 우화처럼 진리를 빗대어 말하는 방식은 종교에 접근하는 최선의 방법이다. 침묵과 고독도 마찬가지다.

사실에 집착하는 우리 시대는 진실을 놓치고 만다. 학생들의 말처럼 학교가 추구해야 하는 것은 진리임에도 불구하고 대규모 공립 대학교 행정직들은 교수진에게 학생을 지식으로 평가하라고 압력을 넣는다. "진리를 온전히 알지 못하는 사람들이 성서와 헌법 옆에 약삭

빠르게 서서 그곳에 담긴 진리를 경건하게 한편으론 인간답게 단숨에 삼켜 버린다. 하지만 알 수 없는 곳에서 시작된 진리가 저 호수로, 저 웅덩이로 조금씩 서서히 들어오는 것을 볼 줄 아는 사람들은 한 번 더 마음을 다잡고 진리의 근원을 찾아 순례를 이어 간다." 소로는 우리에게 근원을 찾으라고 충고한다. 우리 사회의 근원을 두고 누군가는 사랑이라 하고 누군가는 신이라 하고 또 현명한 누군가는 아무것도 거론하지 않는다. 소로의 충고, 그 바탕에 깔린 분명한 의미는 지혜란 궁극적으로 침묵과 고독을 통해 얻을 수 있다는 것이다.

소로의 말이 마음에 와닿아 나를 계속 끌어당긴다. 물질주의 시대에 어떠한 형식적 서약 없이도 즐겁게 가난하고 순결한 삶을 살 수 있는 모델을 그가 제시하기 때문이리라. 하지만 소로는 그의 삶과 글을 통해 부정적 의미의 '가난'과 '순결'이라는 말을 내치라고 가르친다. 어느 누가 소로만큼 부자이겠는가? 어느 누가 그보다 많은 사랑을 주고받았겠는가? 나는 소로를 속세에 사는 수도사라고 생각한다. 그가 내린 선택을 좀 더 정확하게 묘사하자면 소박하고 올바른 삶이라고 할 수 있다.

가난, 순결과 함께 전통적 수도서원의 세 번째 항목인 복종은 어떠한가. 소로는 복종 중에서도 가장 힘든 양심에 대한 복종을 실천했다. 그는 인간의 불평등이 동시대에 어떻게 나타나고 있는지 탐구했으며 실행 가능한 범위 내에서 기계를 멀리했다. 현시대에 우리가 지킬 수 있는 가난, 순결, 복종의 금욕주의 모델을 그가 너무도 잘 지켜 왔기에 이 시점에서 세 가지 수도서원을 생각해 보려 한다.

1990년대의 어느 날, 나는 어머니와 함께 머튼이 있던 겟세마니 수도원의 웅장한 건물을 지나고 있었다. 그때 어머니가 수도원 담벼락을 가리키며 말했다. "내 생전에는 안 되겠지만 너는 가능하겠구나. 너는 이곳을 지나며 예전에 여기 수도원이 있었다고 말할 수 있겠어." 머튼이 있던 시기에 200명을 넘기며 절정에 달했던 수도사들은 이제 40명도 채 남지 않았고 그들의 평균 나이는 75세를 넘기고 있다. 가까이 살았고 지금도 가끔씩 들르는 이곳이 사라질 거라곤 상상도 못 했지만, 수도사의 증가를 억제하고 있기에 머지않아 상상이 필요치 않은 일이 될 것이다.

하지만 금욕주의를 실천하는 데 반드시 수도원 같은 장소가 필요할까? 프랑스의 클뤼나 그랑드 샤르트뢰즈, 시토 혹은 미국 겟세마니에 정책적, 재정적 지원을 통해 위대한 중세 수도원을 세울 수 있었던 문화가 사라진다고 해서 우리가 추구하는 덕목도 사라질까? 고요와 아름다움을 찾아 들르는 수도원이 사라지면 사색의 문화는 지속될 수 있을까? 현재의 명상, 요가, 관상기도, 고독과 같은 사색 실천에 대한 관심이 진정 경건한 세상으로 이어질 수 있을까? 내가 존경하고 연구해 온 많은 성인들은 교회의 문턱에 발을 들여놓은 적이 없는 걸로 알고 있다. 소로가 성당 지하에서 강연을 한 적은 있지만, 그저 명상을 무척이나 즐긴 사람이었다.

수도원 제도의 종말은 여러 번 예견되어 왔지만, 수도원 설립으로 이어지는 소박한 삶과 사색에 대한 욕구는 사라지지 않는 것 같다. 앞으로의 사색적 삶은 웅장한 유럽의 건물이나 겟세마니 수도원

이 아니라 자기만의 사적인 공간에서 홀로 조용히 사색하는 방식이
될 것이다. 또한 혁신을 일으키기보다는 마음 챙김과 공감을 통해 세
상을 바꿀 수 있다고 믿는 사람들끼리 이따금 소규모로 모이는 형태
가 될 것이다. 그런 점에서 나는 일상 속에 홀로 고독을 즐기는 미국
인들 집단에 소로를 흔쾌히 포함시키고 싶다.

4

세상 만물의 심리

폴 세잔
Paul Cézanne

✦✦✦

마르세유는 그리스인이, 엑상프로방스는 로마인이 세운 도시다. "그걸로 모든 게 설명되죠." 엑상프로방스 북부에 위치한 폴 세잔의 레로브 아틀리에를 방문했을 때 가이드가 말했다. 나 역시 그 한마디가 지저분하고 정신없는 마르세유와 말끔하게 차려입은 중산층 이미지의 엑상프로방스를 잘 설명해 준다고 생각했다.

청명한 11월의 어느 날 엑상프로방스의 한 광장에서 점심을 먹었다. 그리고 괜찮은 태피스트리 박물관에 들어갔다. 매일매일 작품을 만들고 작품을 통해 세상을 배우며, 비록 자신의 이름조차 들어가지 않지만 작품 속에서 자부심을 느끼는 이름 모를 직조공들의 아름다운 작품을 둘러보았다. 몇 년 뒤, 작품에 별 감흥을 느끼지 않았던 친구 하나가 직조공이 끔찍한 작업환경에서 일하며 시력을 잃고 염료의 독성으로 인해 병에 걸린다고 했다. 물론 그녀의 말이 맞았다. 하지만 그들의 작업은 마이크로 칩을 조립하는 것만큼 심신을 쇠약하게 만들지는 않는다. 적어도 그들은 아름다움을 위해 살다가 죽었다.

태피스트리 박물관을 나서자 잿빛 구름이 낮게 깔려 있었다. 하지만 나는 "날씨 때문에 계획을 바꾸지 마라. 마음을 다스리며 날씨를 따라라. 날씨가 그 위엄과 다양한 모습을 드러내도록 두어라."라는 격언을 떠올리며 세잔의 아틀리에로 걸어 올라갔다. 반쯤 올라갔을까. 조그마한 눈송이가 날리기 시작했다. 레 로브 아틀리에에 도착하자 눈송이가 눈발이 되어 휘날렸다.

관리되지 않은 사랑스러운 정원을 거닐다 안으로 들어갔다. 방문객이 나 혼자였던지라 가이드는 말이 많아졌다. 세잔이 어머니에게서 물려받은 재산으로 건축가를 고용해 어떻게 이토록 크고 균형 잡힌 19세기 후반 프랑스 저택을 지었는지 설명해 주었다. 2층에 마련된 널찍한 아틀리에에는 북쪽으로 커다란 창문을 내어 간접채광이 들도록 하고, 남쪽으로 작은 창문 두 개를 내어 필요할 때면 언제든지 햇볕을 쬘 수 있도록 만들었다고 했다. 사실 이곳에 얽힌 이야기는 그보다 더 복잡했지만 그 순간만큼은 세잔을 떠올리며 감미로운 프랑스어를 듣고 싶었다. 세잔은 건축가에게 건물을 빨리 완성하라며 압력을 가했다. 당시 그는 63세였고, 그리고 싶은 것이 너무도 많았다. 그렇게 9개월 만에 집이 완공되었다. 4년 후 차가운 가을비가 내리는 10월에도 세잔은 자주 가던 생트 빅투아르 산에 올라 그림을 그렸다. "날씨 때문에 계획을 바꾸지 마라. 마음을 다스리며 날씨를 따라라. 날씨가 그 위엄과 다양한 모습을 드러내도록 두어라." 그러다 결국 폐렴에 걸려 며칠 뒤 사망했다.

18살에 나는 베트남 전쟁 징집을 피하기 위해 대학생 대상의 해외 프로그램에 참여하고자 프랑스에 갔다. 그때 처음 발을 들인 박물관에서 세잔에게 매료되었다. 그 후 대도시에서 수십 년을 보내고 나서야 내가 왜 그토록 세잔에게 끌렸는지 이해할 수 있었다. 그는 나와 같은 시골 소년이었고 징병 거부자였다. 내가 좋아하는 또 다른 화가이자 세잔의 작품 속 인물들을 보면 떠오르는 14세기의 예술가 지오토처럼 세잔의 삶과 작품은 신앙과 이성에 바탕을 두고 있다. 어느 것 하나에 치우치거나 어떠한 모순도 보이지 않는다. 그의 그림을 보며 성장 배경이 나와 같다는 것을 알 수 있었다. 5월이 되면 성모상을 모시고 거리를 행진하고, 7월이 되면 강가에 나가 헤엄치며 시골에서나 쓰는 거친 표현들을 쓰고 쓸데없이 똑똑하다는 말을 들었을 것이다. 여러 신과 성인들에 얽힌 이야기를 듣고 교실에서 나와 숲과 들판, 언덕을 돌아다녔을 것이다. 그곳에는 신과 성인들의 영혼이 깃들어 있었다. 그곳이 그에게는 세상의 전부였으며, 그가 아는 유일한 세상이었을 것이다. 그곳이 아니면 그 어떤 곳에서도 신과 성인들을 찾을 수 없었을 것이다.

세잔의 그림 속 신성한 존재는 우리들 사이에 마치 육체를 가진 인간처럼 실재한다. 양자물리학이 도입되기 훨씬 이전부터 세잔은 모든 순간순간이 지금 이 순간에도 존재한다는 개념을 이해하고 있었다. (사실이 그렇다. 알버트 아인슈타인은 "확고하게 믿고 있지만 과거, 현재, 미래의 구분은 착각에 불과하다"고 말했다.) 세잔은 전체를 움직이게 하는 여러 힘 사이에서 풍경이 깨어져 보이도록 그렸다. 거트루드 스타인은 구성에서 중요하지 않은 것은 없으며, 각각의 부분이 전체만큼 중요하다는 깨달음이야말로 세잔이 일으킨 혁명의 열

쇠라고 설명했다. 이것은 20세기 철학과 생태혁명을 설명하는 말이기도 하다. 20세기에 들어서 미국과 유럽의 사상가들은 전체를 이루는 각각의 부분을 알아내기 위해 집중적으로 노력하기 시작했다. 그 결과 모든 것이 서로 연결되어 있다는 점, 사물 그리고 사물이 이루는 환경은 서로 떼어 낼 수 없다는 점, 분리는 연구 대상인 현상에 폭력을 가하는 행위라는 점, 나와 타인을 따로 떼어 놓을 수 없다는 점, 우주는 시간의 순서에 따라 점과 점 사이 깔끔한 선을 긋는 1차원이 아니라 끝없는 존재라는 점을 이해하는 문턱까지 와 있다. 소설가 조르주 상드는 화가이자 독신이며 세잔의 멘토이기도 한 외젠 들라크루아의 말을 다음과 같이 인용했다. "이 윤곽에 부딪치는 빛도 그 위로 살며시 미끄러지는 그림자도 잡을 수 있는 정지점이 없다." 다시 말해 서로 대조를 이룬다고 착각하고 있지만 물체와 물체에 부딪치는 빛 사이에, 사물과 주변 환경 사이에, 현재와 과거 혹은 미래 사이에, 당신과 나 사이에, 우리와 우주 사이에는 어떠한 경계선도 없다. 모든 존재가 서로 연결되어 있다는 사실을 받아들이는 일에 우리는 모두 초보인 셈이다.

◆　　　　◆　　　　◆

세잔은 그림을 그리기 이전에 시인이자 번역가로 예술가의 삶을 시작했다. 그는 식견이 뛰어난 독서광이었다. 아마도 당대에 책을 가장 많이 읽은 화가였을 것이다. 당시 거의 모든 유럽 아티스트와 마찬가지로 세잔 역시 1853년 페리 제독의 도쿄 강제 개항 이후 물밀듯 들어온 아시아 예술과 철학, 즉 자포니즘에 막대한 영향을 받았다. 아시아 예술은 19세기 유럽 화가들에게 붓으로 할 수 있는 무궁무진한 영역을 보여 주었다. 세잔의 그림에서 보이는 격렬한 힘은 프랑스 남부에서 나고 자란 그에게 스며든 로마 가톨릭의 따뜻하고 세속적인 관능주의와 로마 이전 시대의 이교도적 정령숭배, 그리고 자연과의 교감을 추구하는 아시아 불교의 엄격하고 차분한 명상이 어우러진 데서 비롯된 것이다.

말년에 세잔은 자신을 우울증 환자라고 했으며, 우울증에 걸린 사람들은 영감의 원천이 되지 않는다면 특별히 친구가 필요하지 않고 배우자는 말할 것도 없다고 했다. 이러한 면도 나와 닮았다. 세잔은 그의 일과 삶의 흐름이 바뀌자 그를 떠난, 하지만 그의 마음속에 여전히 살아 숨 쉬며 영향을 끼친 남자들과 깊고 강렬한 우정을 나누었다.

열세 살에 그는 삶에서 가장 의미 있는 관계를 맺었다. 그들은 부부 관계 혹은 부자 관계에 가까웠으며 세잔이 그림 다음으로 열정을 쏟은 관계였다. 바로 훗날 프랑스의 대표적인 작가이자 사회운동가가 된 에밀 졸라와 친구가 된 것이다. 두 사람은 졸라가 부모님을 따라 엑상프로방스로 이사 오면서 만나게 되었다. 세잔의 부친은 엑상프로방스에서 모자 사업을 하고 있었고, 비록 인색하게 조금씩 주기는 했지만 아들이 그림을 그릴 수 있도록 경제적으로 지원해 주었다. 졸라의 부친은 엑상프로방스 북부 산악지대에 댐을 건설하기 위해 파리에서 마르세유를 거쳐 엑상프로방스로 건너왔다. 그러나 하류 지역의 마을 사람들이 대도시가 작은 마을의 물을 강탈해 간다고 주장하는 바람에 졸라의 부친도 싸움에 휘말리면서 지방 공무원들과 얽히게 되었다. 그 결과 십 년이 지나서야 댐 공사에 착수할 수 있었다. 하지만 졸라의 부친은 현장 공사 중에 폐렴으로 사망했고, 결국 댐의 완공을 보지 못했다. 현재 그 댐은 훨씬 큰 댐이 건설되면서 쓸모없게 돼 버렸다. 하지만 그 댐 덕분에 작가인 졸라와 화가인 세잔이 만나게 된 것이다. 그리고 그 만남은 이상적인 아름다움을 발전시키는 데 중요한 역할을 했다.

두 사람은 열정이 넘쳤다. 10대 후반과 20대 초반이었던 그들은 온전히, 전적으로 서로를 사랑했다. 이는 월트 휘트먼이 말하는 동지애, 우정, 독신자들의 사랑, 그리고 내가 지금 글로 쓰고 있는 사랑의 모습이었다. 상대적으로 좀 더 건장했던 세잔은 싸움이 난무하는 운동장에서 졸라의 수호자 역할을 했다. 졸라는 세잔과의 우정에 관해 "우리는 서로의 몸과 영혼을 공유한다"고 표현했다. 6년 후 졸라는 파리로 떠났다. 그리고 2주간 아무런 연락이 없자 세잔은 자신에게 편지를 보내 달라고 애원했고, 그에게 다음과 같이 편지를 썼다. "아, 그래! 너를 보면 정말 기쁠 거야. 네 어머니 말로는 네가 엑상프로방스에 올 거라던데…… 기뻐서 펄쩍 뛰는 바람에 머리가 천장에 닿을 뻔했어." 한편 졸라는 세잔이 파리에 오자 프로방스 삼인방이었던 바티스탱 바유에게 이렇게 편지를 썼다. "폴을 만났어. 폴을 만났다고! 이 두 단어가 얼마나 듣기 좋은지 알아?"

다음 장에서 다루게 될 미국인 독신자 월트 휘트먼과 에밀리 디킨슨 역시 세잔과 졸라와 같은 우정을 나누었을 것이다. 하지만 동성애자와 이성애자, 결혼과 싱글이라는 꼬리표에만 집착하며 교회가 만들어 내고 정부가 승인한 결혼 제도를 인간관계의 정점으로 평가하는 사이 그들이 나눈 멋진 우정은 우리의 삶과 예술에서 사라져 버렸다. 그러나 나의 경험으로 보건대 사랑은 어떠한 논리나 이성, 날짜나 시간에 맞출 수 없다. 사랑의 방식은 각자 다를 수 있으며, 평생을 살면서 순간적으로 격렬한 사랑에 빠질 수도 있다. 전쟁이나 전염병에서 살아남은 생존자들에게 물어보면 이 같은 사실을 알 수 있다.

친구를 소중하게 만드는 것은 우연과 선택의 교차로에서 어떤 선택을 하느냐, 시시각각 변하는 우리의 삶을 어떻게 받아들이느냐에 달려 있다. 우리는 변화를 가치 있게 여겨야 하지만 그보다 친구를 아끼는 것, 기분 전환용 짝짓기나 결혼의 중간 단계쯤으로 여길 것이 아니라 스스로 선택한 첫 번째 인간관계로 인정하는 것이 중요하다.

◆   ◆   ◆

부모님 집 맞은편에는 가파르고 숲이 우거진 파인 놉 언덕이 있다. 높이가 롤링 포크의 강바닥을 기준으로 180미터에서 210미터 남짓 되어 보이지만 나는 그 언덕에 의미를 부여했다. 소로와 에머슨에게 뉴잉글랜드의 머나드녹 산이 그랬고, 폴 세잔에게 생트 빅투아르 산이 그랬듯이 파인 놉 언덕은 내게 고독을 공감하게 했으며 말 그대로 상징적 풍경이 되었다. 또한 세잔의 친구인 지질학자 포르튀네 마리옹이 처음 언급했던 것처럼 '세상 만물의 심리'를 보여 주었다.

나는 파인 놉이 실제보다 더 극적이기를 바랐다. 사진으로 본 몽블랑이나 섀스타 산처럼 홀로 눈 덮인 채 장엄하게 솟은, 험준한 봉우리이기를 원했다. 이제야 느끼는 것이지만 사실 파인 놉의 매력은 산과 주변 구릉이 눈앞에 펼쳐지는 목가적인 풍경에 있었다. 언제 달라질지 모르는 야망과 상상력을 가진 아이의 눈에 이 작은 언덕은 데날리 산°이 되어 영향을 끼쳤다.

엑상프로방스에 갔을 때 졸라의 부친이 설계한 댐을 둘러보고 세잔의 생트 빅투아르도 볼 겸 산에 올랐다. 생트 빅투아르 산은 완만하게 펼쳐진 프로방스 중부 지역에 우뚝 서 있었다. 오랜 세월 조각같이 다듬어진 존재를 처음 정면으로 바라본 나는 세잔이 평생 아내와 아들보다 그리고 친구보다도 이 산을 사랑한 이유를 알 수 있었다. 참나무와 소나무로 뒤덮인 산은 북쪽으로 길고 완만한 곡선을 그리고 있으며, 덤불을 이룬 로즈마리의 향기만으로도 걸을 만한 가치가 있었다. 반면 남쪽은 300미터가 넘는 허연 석회암 덩어리로 가파르게 기울어져 있었다. 지질학자의 말에 따르면 3억 년 전 혹은 그보다 훨씬 이전에 고대 해저층이 상승했고, 시간이 지나면서 자기 무게에 눌려 접히고 넘어지면서 겹겹이 층을 이루어 마치 정성 들여 만든 페이스트리 형태가 된 것이라고 한다. 거대한 산이 오랜 시간에 걸쳐 노출되고 부식하면서 내가 걷고 있는 이 산자락이 만들어진 것

○ 미국 알래스카에 위치한 북아메리카에서 가장 높은 산 -옮긴이

이다. 근처 지중해의 태양이 가로지르며 산의 갈라진 틈과 협곡 위로 빛과 그림자를 번갈아 드리우는 남쪽 면은 끊임없이 변화를 거듭하는 모습이다.

세잔이 이 산을 사랑한 이유는 빛의 영향을 그대로 받아 만들어진 특별한 모습과 914미터 남짓의 친근한 높이, 그리고 여성스러운 자태 때문일 것이다. 산의 모습을 보면 여성의 가슴이 떠오른다. 고고하게 홀로 서서 따뜻한 온기를 내뿜으며 주변 전체를 품고 있다는 말이다. 작품으로 마음을 휘어잡을 수 있는 예술가가 나타나 자신을 봐 주기를 기다리고 있는 큐비즘의 형상이다. 그 그림은 에너지와 질량, 변화와 영원불변, 삶과 죽음을 표현한 것일 테다.

때마침 짙은 곱슬머리의 천사가 길 위에 나타났다. 보티첼리의 그림에서 튀어나온 것 같은 그 청년은 뛰어왔는지 두 뺨이 볼그스레했고 가방끈에 앞섶이 벌어져 맨살이 드러나 있었다. 나는 미소를 지으며 웅얼거렸다. "봉주르." 그러자 그도 미소를 지으며 인사를 건넸다. "봉주르." 나는 그가 유령이 아닌지 생각하며 서 있었다. 학교에 있어야 할 시간에 산에 올 이유가 없었다. 그런데 그 청년은 그곳에 있었다. 나는 뒤를 돌아보았다. 긴 비탈길을 따라 내려가는 그에게서 눈을 뗄 수 없었다. 멀어져서 잘 보이진 않았지만 그는 뒤를 돌아보더니 나를 향해 손을 살짝 흔들어 주고는 모퉁이를 돌아 사라졌다.

그처럼,
골짜기 전체가 내려다보이는 언덕 끝자락에 서서

마지막 한 번 더, 돌아선다, 머뭇거리다, 멈춰 선다.
그렇게 우리는 살다가 영원히 작별을 고한다.

라이너 마리아 릴케 《두이노의 비가》 중 제8가

봉주르, 유령처럼 나타난 청년. 작별의 손짓에 전율 같은 건 없었다. 과거에, 미래에, 아니면 현재에, 세잔의 풍경 속에서 청년과 나는 둘 다 열일곱 살이었다. 하지만 그 젊은 여행자와 나는 둘 다 혼자라는 것 말고는 공통점이 없었다.

◆　　　◆　　　◆

몇 년 뒤 세잔은 졸라를 따라 파리로 갔다. 하지만 시골에서 나고 자란 탓에 도시의 아스팔트가 편치 않았다. 1869년 세잔은 마리 오르탕스 피케와 평생의 인연을 맺었고, 그가 소중히 아끼던 아들 폴이 태어났다. 그러나 세잔과 오르탕스의 결혼생활은 순탄치 않았다. 오르탕스를 탐탁지 않게 생각하는 아버지가 경제적 지원을 끊을까 두려웠던 세잔이 17년간 그들의 폭풍 같은 관계를 숨겼기에 상황은 더 악화되었다. 아니 그보다, 내 예민한 코가 그를 결혼할 부류의 사람이 아니라고 감지했듯 그의 전기를 집필한 작가들도 같은 이유를 들었다. 오래 떨어져 살았던 두 사람은 폴의 친권 때문에 1886년 결혼식을 올렸다. 하지만 이미 오래전에 오르탕스와 폴은 파리에, 세잔은 다른 곳에 살기로 합의를 했다. 그리고 세잔은 그의 평생의 진실한 연인인 그림에 전념했다.

그들은 배우자와 서로 떨어져 살아야 성공적 결혼생활이 가능한 경우는 아니었다. 두 사람은 열정적 관계를 맺었으나 오르탕스가 낭비벽이 심했기에 경제적으로 아버지에게 의존하던 세잔에게는 결혼생활이 부담이었다. 게다가 그녀는 졸라가 지지했던 남편의 그림에는 관심이 없었다. 세잔이 말년을 맞은 무렵 그녀는 세잔 어머니의 소지품과 서류를 태워 버렸고, 그 일로 세잔은 슬픔에 울부짖으며 숲으로 들어갔다. 세잔은 친구들에게 감정적으로 의지했다. 나이가 들면서는 그림, 다시 말해 그가 느끼는 고독을 평온하게 보여 주는 생트 빅투아르 산에 의존했다. 오르탕스를 25차례에 걸쳐 그렸던 그가 생트 빅투아르 산은 100여 차례나 그렸다고 한다. 다소 부풀린 수치겠지만 그래도 세잔이 생트 빅투아르 산을 얼마나 사랑했는지 알 수 있다.

비평가와 전기 작가들에 따르면 졸라가 자살로 생을 마감하는 실패한 화가에 관한 소설 《작품》을 출간하면서 두 사람의 관계는 끝이 났다고 한다. 하지만 최근에 작가 알렉스 단체브는 세잔의 전기를 통해 세잔이 나이가 들면서 고독과 사색에 더 깊이 파고들었고, 그에 반해 졸라는 점점 유명 인사가 되었기 때문에 헤어졌을 거라고 일축했다. 졸라 역시 결혼과 여러 번의 연애를 했지만 자신을 독신자라 칭했다. 우정에 관해서 세잔은 관계의 공백을 못 참는 사람이었다. 1866년 인상주의 화가 카미유 피사로와 인연을 맺은 후 동료로서 또한 펜팔로서 지내며 감정적 지지를 받았다. 단체브가 옳았다. 세잔은 졸라와 관계를 끝낸 것이 아니라 더 나아간 것이었다. 두 사람은 오랜 시간 소통했지만 세잔은 조금씩 보수적이 되어 갔고 졸라는 사회 정의에 헌신하면서 둘의 관계는 점점 표류했다.

세잔의 친구 관계 가운데 가장 주목할 만한 것은 가난한 시인이자 철학자 에르네스트 카바네와의 우정이다. 카바네가 세잔의 팔 밑에 놓인 그림을 보여 달라고 하면서 둘의 우정이 시작되었다. 그 그림은 〈목욕하는 사람들Bathers at Rest〉로, 현재 필라델피아 반스 재단에 소장되어 있다. 카바네가 그 그림을 보고 감탄하자 세잔은 그 그림을 카바네에게 주었다. 결핵에 걸려 죽어 가고 있던 카바네는 그 그림을 헛간이나 다름없는 집의 침대 머리맡에 걸어 두었다. 그가 죽기 얼마 전 세잔이 자신의 그림과 드가, 마네, 피사로가 기증한 그림, 졸라가 쓴 소개글로 생계비 마련을 위한 행사를 준비한 것만 봐도 그와의 우정을 얼마나 진지하게 생각했는지 알 수 있다.

◆   ◆   ◆

말년의 세잔은 온전한 은둔자가 아니었다. 일요일 오후에는 마을 미사에 참석하고 아내와 아들을 만나 식사를 한 다음 아틀리에로 돌아왔다. 릴케는 말년의 세잔을 '늙고 이상한 외톨이 늑대'라 칭하며 "늙고 초라해서 작업실로 가는 길마다 아이들은 그가 길 잃은 개라도 되는 양 돌을 던졌다"고 했다. 그럼에도 세잔은 위대한 신비, 즉 죽음이라 불리는 또 다른 삶의 형태에 가까워질수록 점점 더 오랜 시간 고독 속에 홀로 그림 그리는 길을 선택했다.

그 세월 동안 세잔은 그야말로 당뇨를 치료하지 않아 미쳐 버린 늙은 남자의 모습이었을 것이다. (오랜 시간 그의 집에서 인슐린이 발견되지 않았다) 하지만 예술가와 예술 작품은 그리 쉽게 설명할 수 있는 문제가 아니다. 세잔은 종교적 관점에서 이해한 신성을 작품으로 표현했다. 화가라는 직업을 하느님께 부름받은 소명으로 받아들였다. "풍경 앞에 나아가 그 안에서 종교를 끄집어냈다"고 표현했다.

세잔은 1890년에 로마 가톨릭으로 귀의했다. 그의 인생에서 강렬했던 마지막 시기의 시작이었다. 로마 가톨릭으로의 귀의, 고독한 은둔 생활, 홀로 우뚝 선 생트 빅투아르 산에 대한 집착. 여기에는 분명 연관성이 있다. 당뇨로 무너져 내리면서도 황폐해진 눈으로 '성스러운 승리의 산'의 환영을 그리고 또 그렸다. 그의 그림을 바라보며 현대 미술이 종교와 고혈당에 많은 빚을 지고 있다는 생각을 했다.

◆　　　◆　　　◆

세잔은 체액의 네 가지 특성에 따라 성격을 구분하는 중세 시대의 방식에 매력을 느꼈다. 이에 따르면 인간의 성격은 성질이 급한 '담즙질', 낙천적인 '다혈질', 느긋한 '점액질', 자기 성찰적인 '우울질'로 구분된다. 그는 오랜 시간 자신을 담즙질로 규정짓고 불같은 피를 지닌 열정적 화가로 살았다. 하지만 나이가 들면서 우울질로 변해 갔다. 프랑스 소설가 스탕달이 강조했듯 우울질의 두드러진 특징은 고독을 추구하는 데 있다. 우리 사회가 고독을 두렵고 사악한 것으로 몰아가다 보니 요즘 시대에 우울을 느끼는 사람들은 자신이 기질적으로 혼자 살기를 선호하는 사람이라는 걸 알기까지 수십 년이 걸릴지도 모른다.

"우울한 사람들에게 사랑은 언제나 심각한 문제다." 세잔이 말했다. 이 말이 우리 자신뿐 아니라 우리와 우연히 관계를 맺는 사람들에게 고독을 설명해 줄 거라는 생각이 들었다. 고독을 사랑하는 사람을 사랑하는 것은 얼마나 매력적이면서 위험한 일인가. 그의 결혼 생활이 험난했던 것은 당연한 일이었다.

동료 화가인 르누아르는 그림에 나타난 세잔을 이렇게 표현했다. "잊을 수 없는 광경… 시골 풍경을 바라보며 그림 그리는 세잔… 경의를 표하고 주의 깊게 집중하며 열정적으로 그림 그리는 그는 이 세상에 온전히 혼자였다. 때로는 바람과 비, 자연 앞에 속수무책이 되어 바위나 풀밭에 캔버스를 둔 채 실망해서 돌아오곤 했다." 경의를 표하고 주의 깊게 집중하며 열정적으로 이 세상에 온전히 혼자가 되다. 고독의 미덕을 설명하는 데 이보다 좋은 표현이 있을까. 그중 '경의를 표하고'와 '열정적으로'는 혼자가 아니어도 가능한 일인지 모른다. 하지만 고독 속에, 사람이 아닌 세상에 열정적으로 경의를 표할 때는 완전히 다른 성격을 띤다. 반면 '주의 깊게'와 '집중하며'는 어떠한가? 주목할 만한 것은 바로 이 두 가지 성질이 나란히 나타나려면 오랫동안 침묵을 지켜야 한다는 점이다. "고독만이, 온전한 고독만이 시작과 완성을 가능하게 한다." 세잔의 미학적 멘토인 들라크루아가 말했다.

나는 라디오도 텔레비전도 스피커폰도 없이 침묵 속에서 얼마나 조용히, 얼마나 완벽히 손재주를 기를 수 있는지 알아보기 위해 볶음 요리부터 글쓰기 작업까지 즐거운 일들을 시도해 보았다. 그 과정에서 일을 수행하는 능력과 그 결과까지 모든 것이 향상되었다.

화가, 작가, 작곡가, 정원사, 요리사, 교사, 명상가, 그리고 독신자가 할 일은 주제의 본질이 빛을 발할 수 있도록 한 발짝 물러나 작품에 자신을 녹여 내는 것이다. 세잔은 "신체는 그릴 수 있지만 영혼을 그릴 순 없다. 신체를 잘 그려야 영혼이 사방으로 빛나게 된다."라고 썼다.

세잔이 살았던 벨 에포크° 시대처럼 자기방종과 자기표현을 우상화하는 지금의 세상에 세잔은 자제를 가르친다. 우리가 세잔에게서 배워야 할 점에 대해 릴케는 이렇게 말했다. "최고의 사랑은 작품 밖에 있다. 감상주의자는 '여기 있는 것'을 그리는 게 아니라 '여기 있는 이것을 사랑하는 마음'을 그린다. 세잔이라면 다른 사람에게 자신의 사랑을 보여 주지 않았을 것이다. 괴팍하고 배타적인 면모를 지닌 그는 자연으로 눈을 돌려 사과 하나하나를 향한 그의 사랑을 그림 속에 영원히 담아내는 방법을 알고 있었다." 그의 그림은 그가 본 것, 그의 앞에 놓인 세상, 그리고 그것에 대한 그의 사랑을 표현하고 있다. 세잔의 작품을 보고 있으면 우리는 그림 속 물체와 하나가 된다. 그것이 사과든 생트 빅투아르 산이든 말이다. 따라서 우리는 그림을

° 프랑스 파리가 평화와 번영을 누리던 1890년에서 1914년 사이의 아름다운 시절 -옮긴이

통해 어떠한 판단이나 해석 없이 진정한 자아를 되찾게 된다. 그림을 통해 우리는 우주와 하나가 되고 어떠한 이중성도 존재하지 않으며 나와 타인, 과거와 미래 그리고 현재가 하나가 된다.

세잔은 훌륭한 그림은 창조의 단일성을 표현해야 한다고 생각했다. 세세한 것까지 정확하고 철저하게 확인해야 존재하는 모든 것을 대신할 수 있다고 믿었다. "사람들은 설탕 그릇에 어떠한 특징이나 영혼이 없다고 생각한다." 세잔이 말했다. "하지만 그것 역시 매일매일 변한다. 사람과 마찬가지로 사물도 어떻게 받아들일지, 어떻게 달래야 할지 알아야 한다."

설탕 그릇에 영혼이 있다니 미쳤다고 할 수도 있겠지만 그의 편지와 작품에서 나는 그가 하고자 하는 말을 들을 수 있다. 세상 아주 작은 것에도 신성함이 존재한다는 것, 존재 자체로 신성하다는 것. 그리고 강과 바다와 산과 태풍과 지진이 표현하는 것, 즉 세상 모든 만물에 깊은 관심을 가지고 그것들의 마음을 읽어 내는 일이야 말로 자신이 해야 할 일이라는 것을.

혁신적으로 색채를 사용한 바실리 칸딘스키는 그의 저서《예술에서의 정신적인 것에 대하여》에서 세잔에 대해 이렇게 말했다. "세잔은 찻잔을 생명체로 만들었다. 아니, 오히려 찻잔에서 살아 있는 무언가의 존재를 깨달았다. 그는 정물화를 더 이상 정물화가 아닌 수준까지 끌어올렸다. 모든 것의 내면을 꿰뚫어 보는 재능을 타고 났기에 마치 사람을 그리듯 사물을 그렸다. 사람, 나무, 사과. 세잔은 모든 것을 그림에 담았다. 그의 그림은 진정한 내면과 예술의 조화라 할 수 있다."

　예술가는 현실에 조화를 강요하지 않는다. 다만 경외하는 마음으로 부지런히 그리며 사심 없이 고독하게 항상 존재해 온 조화를 발견한다. 하지만 우리는 물질적 안락을 추구하는 마음과 거리낌 없이 조화를 온전히 수용했을 때 수반될 결과에 대한 두려움으로 스스로 숨어 버린다. 조화를 향한 믿음은 자연을 향한 사랑과 이해에 그 뿌리를 두고 있다. 인간은 자연을 학대해 왔지만 자연은 소리 없이 계속해서 인간과 관계 맺으며 스스로 치유해 왔고, 다시 태어나기 위해 죽음을 감수해 왔기 때문이다. "조화에 있어 예술은 자연과 매우 유사하다." 세잔은 예술이 자연과 똑같지는 않더라도 유사하다고 말했다. 관심과 집중, 규율 준수의 일환으로 시작된 예술은 그것이 어떤 종류이든 간에 본래의 창조적인 몸짓, 즉 창조의 순간 그 형태를 드러낸 우주를 재현하려는 노력이다. 그것이 바로 우리가 노래하고 그림 그리고 춤을 추고 조각을 하고 글을 쓰는 이유다. 그것이 바로 무에서 유를 창조하는 이유이며, 창조적 충동이 근본적으로 종교적이거나 영적인 이유다. 현재 존재하는 것을 움직이게 하는 것이 무엇이든 누구든 우리는 본래의 창조적 몸짓을 재현하고자 노력한다. 우리는 아름다움의 중심을 찾고 있다.

◆　　　　◆　　　　◆

　동네 아이들이 고독한 미치광이 화가에게 돌을 던져 대는 바람에 세잔은 레 로브에 있는 자신의 은둔처 창문에 철망을 설치해야 했다. (반 고흐 역시 오베르 쉬르 우아즈에서 아이들에게 괴롭힘을 당하는 모욕을 겪었다) 세잔은 오직 고독 속에서 그림에 자신을 온 전히 바칠 수 있었다. 그림을 통해서 하느님께, 하느님을 통해서 인간 에게 나아갈 수 있었기에 고독을 사랑했고, 고독의 시련을 견뎌 낼 만큼 자신을 사랑하고 존중했다.

나는 그렇게 돌을 던지는 유의 아이들을 알고 있다. 나 역시 한 때 그런 부류에 속했다. 열다섯 살이었던 어느 겨울 저녁, 친구들과 자전거를 타고 마을을 한 바퀴 도는데 친구 하나가 범죄를 저지르 고 켄터키 시골 마을에 혼자 살고 있는 한 남자의 집에 돌을 던지자 고 했다. 직접적으로 말하지는 않았지만 일종의 동성애 혐오증이 있 기도 했다. 하지만 1960년대 후반 깊은 산골짜기 마을에 남성끼리의 성관계에 대해서는 알려진 바 없었고, 있다 해도 주로 이해할 수 없 는 말들로 언급되었다. 나는 돌을 집어 들지 않았다. 그 집으로 걸어 가 돌을 던지지도 않았다. 하지만 옳은 일을 하고도 몹시 외롭다고 느끼며 차 뒤쪽에 머뭇거리며 서 있었다. 우리가 하고 있는 일이 옳 지 않은 일임을 알고 있었지만 반대하지 못했다.

침묵 속에서 악행을 지켜보는 일이 악행 그 자체만큼이나 악한 일 일까? 그때 나는 그 집에 사는 남자와 무언가 공유하고 있다는 사실 을, 나 또한 언젠가 레 로브의 세잔처럼 벽에 부딪치는 돌멩이 소리를 들으며 밖이 아닌 그 안에 있을지도 모른다는 사실을 알고 있었다.

고독보다 더 큰 범죄는 없다.

이 말은 나의 고독에서 나온 것이지만 나만의 이야기는 아니다. 오히려 언제나 존재하는 폭력의 위협을 안고 살아가는 법을 배우다 보니 여성들, 혹은 왜소하거나 여성성을 지닌 남성들이 겪는 폭력을 이해하게 되었다. 도시의 거리를 혼자 걷는 여성과 여성성을 지닌 남성은 이 말의 의미를 안다. 우리는 폭력의 역사에서 교훈을 얻어 왔다. 그리고 적어도 일주일에 한 번은 그 교훈을 맞닥뜨린다. 키가 큰 남성인 내가 인적이 드문 거리를 걷고 있다. 그때 모퉁이를 돌던 한 여성이 나를 발견하고는 반대편으로 건너간다. 나는 그녀의 부당한 판단과 영리한 선택으로 다정한 인사를 건넬 기회를 강탈당한 기분이 든다.

◆　　　◆　　　◆

1898년, 졸라는 〈나는 고발한다〉라는 격문을 발표한다. 이 글을 통해 반역죄로 유죄 판결을 받은 유대인 출신 프랑스 장교 알프레드 드레퓌스의 기소 사건 뒤에 반유대주의가 작용했다고 주장했다. 르누아르와 드가를 비롯한 반유대주의 화가들은 드레퓌스에 반대하는 보수적 로마 가톨릭과 손을 잡았다. 반면 피사로, 모네, 메리 카사트를 비롯한 자유주의 사상가와 사회운동가들은 졸라를 지지했다. 수감과 죽음의 위협에 직면한 졸라는 영국으로 망명했다. 이듬해 다시 파리로 돌아왔으나 1902년 의문의 죽음을 당했고, 그의 죽음은 지금도 정치적 살인 사건으로 알려져 있다. 드레퓌스 사건 이후 프랑스 사회는 매우 적대적인 두 진영으로 나뉘었다. 그리고 논쟁에 적극적으로 가담하지는 않았지만, 당시 독실한 가톨릭 신자였던 세잔과 졸라의 우정도 막을 내렸다.

"나는 고립에 적합한 인간이오." 당뇨를 치료하지 않아 감정기복이 심했던 날에 세잔이 쓴 글이다. 하지만 그는 자신이 정서적으로 불안정하다는 사실을 알고 있었다. 한번은 위대한 프랑스 화가이자 잔소리꾼이라 불리던 에밀 베르나르에게 쓴 편지에서 이렇게 말했다. "나는 나를 건드리는 사람들을 참을 수가 없소. 아주 오래전부터 그랬다오."

말년에 그는 처남으로부터 부당한 대우를 받았다. 잘못된 일이었지만 혼인계약서의 요구에 따라 그의 누이동생은 남편의 배신에 동조했다. 졸라, 피사로, 카바네, 난쟁이 화가 아쉴 엥프레르와 같은 동료와 친구의 죽음을 목격하고 자신의 죽음도 임박했음을 알게 되면서 세잔은 인간이 세상을 만나는 방법에 관한 인생 프로젝트 작품에 더욱 집착하게 되었다. 나는 모든 독신자에게 단체브가 한 말, "사람 대신 나무가 있었다"를 추천한다. 세잔은 나무를 자주 그렸다. 그는 집 밖의 올리브나무가 공사 중에 다칠까 봐 주위에 담을 쌓았고, 결혼한 독신자 윌리엄 블레이크가 그랬듯 저녁마다 나무를 끌어안고 속삭였다.

세잔에게 영감을 얻은 릴케는 "우리가 해야 할 일은 그저 존재하는 그대로, 다만 단순하게, 진심을 다해 존재하는 것이다"라고 했다. 이보다 어려운 일은 없다는 사실을 릴케는 알고 있었다. 우리는 머리로 산다. 미래를 위해 살고 은퇴를 위해 산다. 이것은 서구의 전통에 영향을 받은 유대인, 기독교인, 무슬림에게 모두 어려운 일이다. 메시아가 오기를, 재림하기를, 심판의 날이 오기를 기다리며 사는 모든 이에게 어려운 일이다. 천국이 바로 가까이 와 있어(마태복음 10장 7절) 구원을 기다리는 모든 이에게 어려운 일이다. 무엇보다 우리의 가장 큰 문제는 이를 모른다는 데 있다. 천국은 세잔의 과일 바구니속에 있다. 천국은 탁자에 놓인 손잡이가 달린 꽃병 속에 있다. 시인이자 신비주의자, 독신자인 루미는 천국은 자신을 보여 주는 거울이라고 했다. 세잔은 자신의 그림을 통해 우리에게 거울을 건네준다.

◆   ◆   ◆

세잔의 아틀리에를 방문했을 때 가이드는 세잔이 소중히 여겼다는 올리브나무를 포함해 여러 이야기를 빠른 속도로 장황하게 늘어놓았다. 단체브는 그곳에 원래 있던 나무들이 1956년 엄청난 서리를 맞고 죽었다고 했다. 북쪽을 향해 난 큼지막한 창문으로 눈보라 치는 바깥을 내다보느라 가이드의 말을 놓치고 말았다. 기온이 영하로 떨어질 때나 내릴 법한 크고 탐스러운 눈송이가 하늘에서 쏟아져 내려 소나무, 무화과나무, 올리브나무, 그리고 플라타너스를 소복이 뒤덮었다. 나는 넋을 잃었다. 프랑스어를 말할 수도 들을 수도 없었다. 소용돌이치는 새하얀 눈에 빠져들어 언어능력을 완전히 상실하고 말았다.

나만 남겨 둔 채 가이드는 다른 곳으로 이동했다. 나는 아틀리에에 혼자 남았다. 세잔이 홀로 그림을 그렸던 것처럼. 떨어지는 눈, 초겨울의 잿빛 하늘, 살아 숨 쉬는 노인, 화가, 그의 이젤, 붓과 팔레트, 찻잔 세트, 머그잔, 벽에 걸린 십자가, 그리고 장식용 두개골이 그가 죽던 날의 그 자리 그대로 놓여 있었다.

그 후 엑상프로방스에 좀 더 오래 머물렀던 어느 따뜻한 오후, 나는 레 로브를 지나 '화가들의 테라스Terrain des Peintres'까지 걸어갔다. 지금은 작은 공원이 조성된 그 평평한 대지에서 세잔은 자주 생트 빅투아르 산을 그렸다. 지금도 여전히 화가들이 이곳에서 작업을 한다. 튀어나온 바위나 바닥의 판석에 원색의 물감 자국이 남아 있었다. 겨울의 햇살, 켄터키의 북쪽, 샌프란시스코, 투손에서 멀리 떨어진 유럽의 북쪽에서 맞이하는 희미한 빛, 그 빛이 습기와 먼지를 뚫고 옆으로 길게 퍼지며 생트 빅투아르 산의 살과 뼈, 그러니까 숲과 암석을 비춘다. 늦은 오후에 비치는 마법 같은 북방의 빛 속에 인간의 나약함, 잔인함, 그리고 고통마저도 우리가 향하는 그곳, 우리를 끌어당기는 고독 속에 조용히 내려앉는다.

공원의 끝자락에 있던 명패에 새겨진 글이다.

생트 빅투아르 산을 보라! 저 기백, 빛을 갈구하는 당당한 모습.
하지만 어둠이 내려앉으면 슬픔에 젖는다. 세상 모든 우울을 들
이마시며…

폴 세잔

5.

지독히 혼자가 되다

월트 휘트먼, 에밀리 디킨슨
Walt Whitman, Emily Dickinson

달걀, 버터, 설탕을 넣고 만든 커스터드 크림으로 라임 무스를 만들었다. 출발이 좋았다. 우유 단백질에 밀가루 단백질을 섞거나 달걀노른자를 걸쭉하게 만들어야 하는 요리에는 가장자리가 날카로운 금속 스푼보다는 끝이 무딘 나무 주걱이 좋다. 어머니의 주방도구가 담긴 수납함에서 슬며시 버터주걱을 꺼내 커스터드 크림을 저었다.

물푸레나무로 만든 것 같은, 손잡이가 짧고 작고 두꺼운 주걱이다. 물푸레나무는 갈라지거나 악취가 나지 않아 손에 쥐는 조리도구를 만들 때 자주 쓰인다. 미국 서부의 백인들 기준에서 보자면 그 주걱은 엄청나게 오래된 물건이다. 분명 어머니의 어머니가 썼을 테니 19세기 후반까지 거슬러 올라갈 듯싶지만 이 주걱은 그보다 더 옛날 애팔래치아 숲에서 온 것 같았다. 1700년대 후반 노스캐롤라이나에서 애팔래치아 산맥을 넘어왔을지도 모른다.

주걱은 손에 착 감겨서 저을 때마다 커스터드 크림이 점점 단단해졌다. 나무는 도끼로 찍어야 하듯 이런 일에는 나무 주걱이 안성맞춤이다. 주걱은 여성이 주로 쓰는 도구이지만 잘 알려진 구전 설화에는 등장하지 않는다. 크림을 젓고 있으니 어머니 생각이 저절로 났다. 어머니는 이 물푸레나무 주걱으로 단단한 버터를 두드려 산처럼 모양을 만들고, 늘 하던 대로 주걱의 뭉툭한 끝을 사용해 위에서부터 셋으로 나누었다.

요리를 잘했던 에밀리 디킨슨은 베이킹 초콜릿 포장지 뒷면이나 코코넛 케이크 레시피에 시를 쓰곤 했다. 초콜릿은 파리산이었고 코코넛은 매사추세츠 서쪽보다 더 따뜻한 지역에서 생산된 것이었다. 둘 다 100년 후 켄터키 시골에서 생산된 것들보다 풍미가 있었다. 어머니는 훌륭한 요리사였다. 어머니는 열 살이 채 되기도 전에 어머니를 잃었다. 할머니는 열한 명이나 되는 아이를 낳느라 신장병이 악화되었을 것이다. 그렇기에 어머니는 스스로 요리를 터득해야 했고, 그런 어머니를 지켜보며 자란 나 역시 스스로 요리를 터득했다. 아이를 여럿 키우고 나중에는 지역 도서관 관리까지 하면서도 어머니는 캐러멜 아이싱이나 끓인 커스터드 소스처럼 깜짝 놀랄 만큼 까다로운 것들을 만들어 냈다.

어머니보다 형편이 좋았고 교육을 더 받은 디킨슨이 어머니가 만든 것을 봤다면 크렘 앙글레즈라 불렀을 것이다. 어머니는 만든 것을 오븐에 넣은 뒤 정확히 꺼내야 할 시간에 맞춰 돌아왔다. 어머니가 아이싱을 태우거나 커스터드 크림이 분리되어 떨어져 나갔던 적은 열 손가락 안에 꼽힌다.

물푸레나무는 이제 사라지고 없다. 그보다 앞서 미국느릅나무가 사라졌고, 그전에 미국밤나무도 사라졌다. 모두 1990년대에 아시아에서 넘어온 해충이자 북미 지역에 천적이 없던 호리비단벌레의 희생양이 되었다. 켄터키의 벌목꾼과 나의 형들은 2년 뒤 썩어 버린 나무를 발견하느니 차라리 쓸모 있을 때 베어야 한다는 대다수의 의견에 따라 숲을 돌아다니며 물푸레나무를 베었다. 인간이 자신의 힘 앞에 겸손함을 배우기까지 얼마나 느리단 말인가! 몇몇 생물학자는 느릅나무와 밤나무가 홀로 살아남도록 두었더라면 스스로 저항력이 생겨 죽지 않고 살아남아 풍경을 이루었을 거라고 말한다.

다음은 코코넛 케이크 레시피 뒷면에 남은 디킨슨의 시다. 소로나 내 아버지, 그리고 나처럼 디킨슨 역시 두 번 세 번 사용한 물건에서 영감을 찾는 사람이었다.

> *절대 돌아올 수 없는 것들이 있다.*
> *어린 시절, 몇 가지 희망, 죽은 이들.*

〈시 1515〉

가슴 저미는 디킨슨의 '절대 돌아올 수 없는 것들' 목록에 이제는 더 많은 것이 추가될지도 모르겠다. 미국느릅나무, 미국밤나무, 그리고 물푸레나무까지. 느릅나무와 밤나무의 멸종이 무색할 만큼 다른 종들의 파괴는 계속된다.

나는 침묵 속에 홀로 걸으며 나무의 소리를 듣는다. 외롭지 않다고 노래하는 고독한 노랫소리를.

입담 좋은 허풍쟁이, 혹은 선량한 회색 시인이라 불리던 월트 휘트먼과 매사추세츠 애머스트 마을에 은둔하며 살았던 에밀리 디킨슨 사이에 시인이라는 것 말고 어떤 공통점이 있을까? 휘트먼은 고향인 롱아일랜드를 떠나 뉴올리언스와 드넓은 서부까지 이리저리 대륙을 돌아다녔다. 반면 디킨슨은 집 밖을 나선 적이 거의 없었다. 시를 통해 천국까지도 다녀오지만, 그녀의 시는 주로 자신의 정원, 집 근처 숲과 초원에서 시작된다.

1855년, 30대 중반에 이르러 전성기를 맞은 휘트먼은 명작《풀잎》을 자비로 출간했다. 그 후《풀잎》을 홍보하고 수정하고 증보하면서 작가로서 남은 생애를 보냈다. 거의 같은 시기에 디킨슨은 약 1800편의 시를 썼다. 간결한 문장으로 쓴 그녀의 시는 20행을 넘지 않았으며 살아생전 출간된 적도 없다. 휘트먼은 저널리스트로 일을 시작해 평생 출판과 밀접한 관계를 맺었지만 디킨슨은 "출판은 인간의 영혼을 경매에 부치는 것(〈시 788〉)"이라고 말하며 경멸하듯 묵살했다. 휘트먼은 민족의 정체성과 제국의 운명에 대해 논하며 대담한 필치로 아름다움을 추구했고, 디킨슨은 응접실과 정원, 과수원, 그리고 2층에 있는 그녀의 동남향 침실같이 친숙한 공간에서 시를 썼다.

휘트먼과 디킨슨, 그리고 내 부모님 사이에서 유사점을 찾기란 무리일 것이다. 하지만 내 부모님과 나의 시인들은 삶을 있는 그대로 받아들였고 고독을 사랑하며 높이 평가했다. 한번은 어머니가 아버지를 만나지 않았더라면 플라멩코 무용수가 되기 위해 브라질로 도망쳤을 거라고 웃으며 말한 적이 있다. 어머니는 지리와 문화적 역사를 살짝 혼동한 듯싶었다. 어머니가 한 말을 아버지에게 전달했다. 그러자 아버지는 할머니가 장남인 아버지를 수도사가 될 만한 재목이라고 생각했다고 말했다. "글쎄다, 종교를 믿지 않는다는 것만 빼면 수도사가 될 수도 있었겠지." 이 말을 들으니 역시 나는 아버지 아들이었다.

휘트먼과 디킨슨, 그리고 나 사이에는 강력한 연결고리가 있다. 바로 결혼할 부류가 아니라는 것이다. 휘트먼은 연합군 출신이자 워싱턴 전차 차장이며, 25년가량 후배이자 연인이었던 피터 도일과 동거하고 싶다고 공식적으로 말했지만 두 사람이 같이 살지는 않았다. 1873년, 뇌졸중으로 쇠약해진 휘트먼은 뉴저지 캠던에 있는 동생 조지에게 갔다. 처음에는 잘 지냈지만 싸움이 잦아지면서 휘트먼이 사망할 즈음 둘의 관계는 소원해졌다.

말년에 휘트먼은 그를 지지하고 그가 영광을 누리기만을 바랐던 여성의 청혼을 두 번 거절했다. 유도라 웰티가 그랬듯 휘트먼과 디킨슨 역시 배우자를 향한 갈망에서 벗어나 고독을 그들의 숙명이자 재능으로 차분히 받아들이게 된 것 같다.

두 시인은 결혼으로 귀결되는 평범한 현실에 안주하기보다는 이상적인 욕망을 지향하며 글을 쓰는 쪽을 선택했다. 그들은 사실에 국한된 세상보다 상상력이 끝없이 넘치는 세상을 선호했다.

나는 가능성 속에 산다.

산문보다 더 멋진 집이다.

창문이 아주 많고

문도 아주 훌륭하다.

〈시 466〉

두 사람은 미합중국의 시인이다. 그래서 모든 단어와 구두점에 민주주의, 우정, 동지애라는 아름다운 이상이 담겨 있다. 그들은 국가가 각각의 시민에게 집단권력을 행사할 것이 아니라 안전한 안식처를 제공해야 한다고 생각했다. 그리고 국가가 가장 위험하고 걱정스러운 상태에 있었던 남북전쟁에 맞서 최고의 작품을 썼다. 그러므로 더더욱 그들의 작품을 살펴봐야 한다.

자녀가 없는 휘트먼은 자신의 아이가 다섯 내지 여섯쯤 있다고 주장해 그의 전기 작가들을 화나게 했다. 임신해서 낳은 아이만 자녀로 인정하는 관습은 얼마나 편협한 시각인가. 우리는 그들의 자녀다. 다시 말해 우리와 국가 그리고 개인의 양심이 우선이라는 미국의 메시지를 흡수한 모든 이가 디킨슨과 휘트먼의 자녀다. 그들의 선임자이자 멘토인 랄프 왈도 에머슨이 개간한 밭을 일구며 디킨슨과 휘트먼은 우리에게 미국인이 무엇을 의미하는지, 독신자의 나라를 어떻게 건설하는지 가르쳐 주었다.

그들은 힌두교와 불교에 영향을 받은 에머슨의 초월주의에 영감을 받아 시를 썼다. 에머슨을 통해 신이 저 멀리 금빛 구름 한가운데 화려한 광채로 존재하는 것이 아니라 들판에, 나무에, 인간의 마음 구석구석에 존재하고 있다는 것을 알게 되었다.

어떤 이들은 안식일을 지켜 교회에 간다.
나도 안식일을 지킨다. 집에 머물면서.
성가대 대신 쌀먹이새와
예배당 대신 과수원에서.

〈시 236〉

루이지애나에서 나는 한 그루의 참나무가 자라는 것을 보았네.
나무는 홀로 서 있고 가지에는 이끼가 드리웠네.
아무도 없는 그곳에서 나무는 신이 난 짙푸른 나뭇잎과 수다를 떨며 자란다네.
거만하고 고집스럽고 생기 넘치는 모습이 나 자신을 돌아보게 하네.
어떻게 친구도 없이 그곳에 홀로 서서 신이 난 나뭇잎과 수다를 떠는지 궁금하네.
나는 그렇게 할 수 없거늘.

월트 휘트먼 〈루이지애나에서 나는 한 그루의 참나무가 자라는 것을 보았네〉

휘트먼은 친구도 없이 혼자 서서 즐거운 풀잎과 수다를 떨었다. 그리고 그 풀잎은 지금도 여전히 사람들에게 읽힌다.

비율로 따져 보면 그 당시에 독신자가 더 많았을 것이다. 50만 명이상의 남성이 남북전쟁에서 사망하면서 19세기 후반 많은 여성이 어쩔 수 없이 독신이 되었다. 뒤이은 큰 전쟁과 1980년대 동성애자 사이에서 십 년간 급속도로 번진 에이즈로 인해 마치 운명인 듯 독신이 늘어났다. 심지어 나의 어린 시절, 1950년대 남부의 시골에도 독신자가 흔했다. 사서 에르미네, 교회 오르간 연주자였던 존, 산림지에서 함께 사는 노총각 형제 오트와 덕 벅스, 옷 가게를 하던 필, 은둔자 하네캄프. 마지막 남은 체로키 인디언이었던 재스퍼와 우리 가족의 옷을 다림질해 주던 오제타는 수많은 자녀와 손주들을 키우며 혼자 살았다. 큰삼촌 닉과 허버트도 독신이었다. 모두 머릿속에 쉽게 떠오르는 이름들이다.

◆   ◆   ◆

휘트먼과 디킨슨은 독신이었고, 독신생활은 상상력의 매개체였다. 그들은 성별을 초월했다. 양성의 특징을 모두 지녔기에 독신자로 사는 데 무리가 없었을 것이며, 각자 남성성과 여성성을 구체적으로 보여 주었다. 휘트먼은 말수가 많고 감정이 풍부하며 '여성스러운' 문체로 글을 썼다. 디킨슨은 벌목꾼처럼 대담하고 쉽게 글을 썼다. 결혼은 했지만 독신으로 살았던 버지니아 울프는 시대적으로 앞선 영국 시인들 사이에 유행한 현상을 다음과 같이 묘사했다. "위대한 인물은 양성적 특징을 지니고 있다. 두 가지 특성이 융합될 때 정신이 충만해지고 재능을 골고루 사용할 수 있다. 남성적이거나 여성적이기만 하면 창의적인 일을 할 수 없다. 양성적 특징을 지닌 사람은 울림이 깊고 흡수가 빠르며, 선천적으로 창의적이고 열정적이며 진심을 다한다." 디킨슨과 휘트먼을 읽다 보면 여성성과 남성성은 사라지고 남성도 여성도 아닌, 나눌 수 없는 완전한 인간의 의미에 대해 생각하게 된다. 사회와 관습이 규정하는 일련의 이분법적 목록이 사라지고, 우리는 자연스레 독신을 존재하는 모든 것의 통로로, 우주가 향하는 한 방향으로 이해하게 된다. 우주는 하나(uni)와 방향(verse)이 만나 만들어진 단어로, 독신자가 나아가는 방향이다.

비평가이자 휘트먼의 전기 작가인 파울 츠바이크는 두 시인의 유사성을 다음과 같이 이야기했다. "휘트먼만큼 철저히 혼자였던 이는 에밀리 디킨슨뿐이다." 다소 진부하고 통찰력이 부족한 전기 작가 저스틴 카플란은 휘트먼의 독신생활을 두고 작품을 완성하기 위해 편향된 삶을 살았을 거라고 표현했다. 편향이라니? 19세기 뉴욕을 기록하고, 남북전쟁 당시 빗발치는 총탄 아래 야전병원에서 간호사로 일하며 병사들을 돌보고, 야생 그대로의 미시시피 강을 따라 탐험한, 19세기 위대한 인물들의 동지이자 세계적으로 이름을 알린 월트 휘트먼이 편향된 삶을 살았다니 정신이 아찔해진다. 관습적인 동반자 관계와 결혼만이 정신적 삶의 유일한 모델이라고 믿는 편협한 시각은 우리의 판단력까지 흐려 놓는다. 루이지애나의 한 그루 참나무처럼 휘트먼의 정신이 그 자체로 온전했음이 보이지 않는단 말인가?

카플란뿐만이 아니다. 에이드리언 리치는 동료 시인이자 비평가

테드 휴즈도 디킨슨에 대해 이와 유사한 평가를 내렸다고 했다. 휴즈는 1861년에서 1862년 사이 디킨슨의 창의성이 폭발했던 것이 (어디까지나 휴즈의 생각이지만) 현실에서 남자에게 결혼을 거절당한 슬픔에서 비롯된 절망의 에너지 덕분이라고 설명했다. 휴즈의 설명에 대한 리치의 적절한 분석을 읽고 있자니 1950년대와 1960년대 남성 중심의 문학계에 만연했던 여성혐오와 자기집착, 그리고 아내를 남편의 비서쯤으로 여기던 시대의 안타까운 사고방식이 떠오른다.

휘트먼의 삶은 그의 책이었고 그의 책은 그의 삶이었다. 그는 책과 삶 사이를 오가며 《풀잎》을 서로 다른 판본으로 제목을 바꿔 가며 발행하고 또 발행했다. 하지만 발행할 때마다 시인과 국가에 관한 좀 더 발전된 이야기를 추가했다. 현재 동성애자 단체에서는 휘트먼이 남성에게 '애착'했다고 하며 그가 동성애자라고 주장한다. '애착'이라는 말은 그가 좋아한 골상학에서 빌려 온 용어로, '우정'이나 '동지애'로 번역될 수 있으며 육체적 관계를 떠올리게 하는 '호색'과는 구분된다. 나이가 들면서 그는 젊은 남성들과 어울렸다. 그들이 대놓고 의도를 말하지 않았기에 휘트먼은 그들에게 열정이 넘치는 감동적인 편지를 보냈다. 의도가 뻔히 보이는데도 휘트먼이 남의 눈을 의식하지 않고 편지를 쓴 것을 보면 정작 그는 그들의 의도를 잘 몰랐던 것 같다.

휘트먼은 남북전쟁 당시 워싱턴 등지의 야전병원에서 돌본 수백여 명의 군인 가운데 하나인 레위 브라운에 대해 다음과 같이 썼다. "그를 닦아 주고 먹여 주고 보살피고 그에게 키스를 했다. 아주 오래, 30초 동안." 휘트먼의 산문에는 이런 식의 문구가 자주 등장한다. 그리고 다소 보강되어 시에 다시 등장한다. 《풀잎》은 노골적인 의도와 그것을 모르는 시인의 무능(초기 원고에 나타남) 혹은 시인의 거부(후기 원고에 나타남) 사이에 긴장감이 오르락내리락하면서 뻔뻔한 범성욕주의를 버리지 않고 있다. 휘트먼은 그의 시 〈창포〉에서 이렇게 말했다. "우울하고 힘든 시간들(부끄럽고 내가 쓸모없다고 느껴지지만 그래도 나는 나다)이다, 다른 남자들도 이런 감정을 느껴 본 적 있을까?"

말년에 공개담론에서 그의 작품에 숨어 있는 동성애적 의미를 논하고자 하는 시도가 이루어지자 휘트먼은 이를 거부했다. 동성애를 인정하면 위대한 정신이 글의 각주 정도로 추락할 것이라는 사실을 잘 알고 있었기 때문이다. 영국 동성애자 인권보호 운동의 선구자 존 시먼즈는 앞서 편지를 보냈던 사람들보다 훨씬 더 강한 어휘들을 사용해 휘트먼에게 여러 번 편지를 보냈다. 그는 각각의 편지에서 1860년에 발행된 《풀잎》 제3판에 전문이 수록된 〈창포〉가 동성애를 다루고 있다는 것을 휘트먼이 알고 있다고 말했다. 휘트먼은 시먼즈와 얽히지 않기 위해 피하고 또 피했다. 마침내 시먼즈가 그를 꼼짝 못 하게 밀어붙이려고 들자 휘트먼은 이렇게 반응했다. "〈창포〉의 일부는 언급한 것과 같이 그 해석이 끔찍할 수 있다는 것까지 염두에 두었다. 하지만 당시에는 내가 혐오해 마지않는 불건전한 영향을 미칠 수 있다고까지는 미처 생각하지 못했다." 심지어 그는 잘 알려진 연인 피터 도일에 대해 쓴 개인적인 글에서도 '그'라는 말을 지우고 '그녀'라고 썼다. "그녀를 만나거나 보지 않으려고 한다. 이 시간 이후로 그 어떤 만남도. 평생 동안." 모든 문장에 밑줄을 그었고 마지막 단어에는 밑줄을 세 번 그었다. 하지만 12일 후 그는 도일을 다시 만나고 만다.

　노골적인 성적 이미지와 육체적 욕망 그리고 동성애자와 이성애자, 남성과 여성의 이분법적 구분에 익숙한 현대 독자들은 시에 내포된 의미를 휘트먼이 몰랐을 거라 생각하지 않는 듯하다. 휘트먼이 후에 동성애자 청년들의 유혹을 거절했다는 것은 옛날이야기가 돼 버린 것인가? 섹스는 아니더라도 사랑과 키스가 동지에 대한 자연스러운 애정 표현이라고 생각한 19세기 남자에게 현대적 꼬리표가 붙은 것인가?

　심지어 오늘날에는 어떠한 현상을 명명할 단어가 마땅히 존재하지 않는 경우 상상력에 의존해 사실상 맞지 않는 단어를 갖다 붙이기 시작했다. 1880년대까지만 해도 '동성애'라는 말은 존재하지 않았고 휘트먼이 세상을 떠난 후에야 보편적으로 쓰이게 되었다. 어쩌면 휘트먼은 그 단어를 들어 본 적도 없을 것이다. 휘트먼이 섹스가 가진 문자 그대로의 의미와 상관없이 청년들에게 열정적인 편지를 쓸 수 있었다는 것이 내 입장에서는 충분히 이해가 된다. 나 역시 마음을 온통 빼앗아 가는 사춘기의 강박적 욕구와 같은 감정을 겪었지만 그 감정을 표현할 만한 적당한 단어가 없던 시절을 살아온 마지막 세대이기 때문이다. 사랑을 표현하는 데 노골적인 표현보다 서간체가 더 낫다고 생각한 최초의 작가가 휘트먼은 아닐 것이다. 하지만 그보다 더 중요한 것은 당시 편지에서 언급된 행동, 즉 그가 느낀 실제적 욕구를 설명할 언어가 없었다는 것이다. 어설프게 골상학에서 빌려

온 알 수 없는 표현들 말고는 그것을 명명할 단어가 없었다는 것이다. 그래서 《풀잎》을 통해 그가 느낀 열정을 우회적으로 표현했던 것이다.

디킨슨과 휘트먼의 글을 보면 배우자나 평생의 반려자가 있었다고 상상하기 어렵다. 휘트먼은 그를 쫓아다니는 몇몇 여자들에게 수줍어서 말도 잘 못했다. 오히려 이루지 못한 욕망 혹은 이상적인 우정이 그의 천재성의 원천이 되었다는 것을 편지나 일기, 산문, 시를 통해 알 수 있다. 남북전쟁이 발발하기 전 그는 침체되어 있었다. 전쟁의 폭력성을 직접 마주해서가 아니었다. 비록 시도는 했지만 전쟁에 참여한 적은 없었다. 하지만 그의 품 안에서 삶과 죽음을 오가는 병사들을 돌보며 그의 침체기는 끝이 났다. 전쟁 당시와 전쟁을 겪은 후 그가 쓴 일기와 메모를 모은 산문 《표본의 날들Specimen Days》은 표현 면에서 《풀잎》의 수준까지 올라간다. 비록 그가 북부 연방군 폐지론자인 동시에 뻔뻔한 지지자였지만 무엇보다 《표본의 날들》이 더 가슴 아픈 이유는 남부 연합군과 북부 연방군에 대해 동등한 애정을 보였기 때문이다. 결국 그가 궁극적으로 바란 것은 민주주의였다. 법에 무관심한 척하거나 정면으로 반대했지만 마음은 민주주의의 실현을 바란 것이었다.

스스로 독신이라 칭한 파울 츠바이크는 자신의 저서에서 부상을 입고 죽어 가는 병사들을 보살피던 휘트먼에 대해 이렇게 썼다. "병동에서 동성을 향한 그의 열정이 미심쩍거나 외설적이지 않았다. 그것은 아프고 죽어 가는 사람들에게 약이자 힘이 되어 주었다. 완곡한 표현으로 숨길 필요도, 시로 표현할 필요도 없었다." 후에 츠바이크는 휘트먼이 꿈꾸던 환상에 대해 이렇게 썼다. "그와 병원 친구 둘은 전쟁이 끝나면 같이 살면서 모든 것을 공유하고 다시는 외롭지 않기를 바랐다." 내 아버지나 나와 같은 젊은이라면 이상적인 공동체를 이루어 외로움을 해결하거나 보다 관습적인 방법으로 결혼을 꿈꾸었을 것이다. 하지만 휘트먼은 독신으로 사는 것을 외로움이 고독으로 바뀌는 것이라고 이해했다. 그의 삶과 작품은 타인과의 이상적인 결합에서 벗어나 고독을 온전히 수용하고 그 과정을 통해 모든 인간과 모든 사물의 결합을 발견하며 천천히 자아를 통합해 가는 과정을 보여 준다.

츠바이크는 왜곡된 성적 취향이 휘트먼이 지닌 관대함의 원천이라 여기지만 나는 돌을 뒤집던 어머니의 지팡이처럼 그 반대라고 생각한다. 그의 타고난 관대함이 동성애로 나타난 것이다. 프로이트가 말하는 나르시시즘이 아니라 오늘날 일반적인 질서와 전통적인 가정에서 벗어나 스스로 퀴어라 부르는 아웃사이더 속에 그를 포함시키는 것도 바로 그의 관대함에서 비롯된 것이다. 츠바이크는 휘트먼을 외로운 사람이라고 묘사했다. 외롭다는 말은 우리가 생각하는 고독의 일반적인 해석이다. 혼자 산책하고 혼자 책을 읽고 혼자 살고. 분명 외로웠을 것이다. 확실히 외로움은 고독의 한 측면이며, 일반적으로 광기와 절망을 동반하고, 모든 건강한 피조물이 피하려는 정상이 아닌 상태라는 전제를 수반한다.

"매일 은둔의 삶을 보낸다. 매일 적어도 두세 시간의 자유와 목욕. 아무 말도 하지 않는다, 아무도 없다. 옷도 없다, 책도 없다, 예의를 지켜야 할 일도 없다. 이제야 혼자 있을 때 혼자가 아니라던 저 늙은 친구가 한 말의 의미를 깨닫는다." 죽기 얼마 전 휘트먼이 쓴 일기에서 발췌한 글을 읽어 보니, 물론 추측에 불과하지만, 늙은 친구는 휘트먼 자신을 가리킨다는 생각이 들었다.

디킨슨은 평생 독신으로 살았다고 알려져 있지만, 휘트먼과 마찬가지로 말년에 로드라는 판사의 청혼을 거절했다. 그녀는 자신의 시를 조금씩 묶어 두었다. 그녀가 사망한 후 그것이 해체되었고, 현대 독자들은 시가 쓰인 연도나 디킨슨이 선호한 순서, 그리고 그녀가 어떻게 고독을 수용하게 되었는지 그 과정에 대해 추측만 할 뿐이다.

독신자는 다른 사람들이 당연시하는 쾌락에 대해 과장된 평가를 받는다고 디킨슨은 반복해서 말했다.

굶주림이 있어 만찬이 있고
갈증이 있어 와인이 소중한 법

〈시 313〉

배고픔과 갈증을 경험해 본 사람만이 음식과 와인의 가치를 알고, 아웃사이더가 늘 가장 심오하고 포괄적인 견해를 가지고 있다.

전통적 종교를 보면 결혼한 성인은 없다. 비혼이 흔히 성인이라 불리는 것의 전제조건이기 때문이다. 물론 모든 독신자가 성인은 아니다. 말도 안 되는 소리다. 하지만 독신자는 통합, 신성함, 아름다움에 대해 특별한 통찰력을 받았는지도 모른다. 한 명의 배우자에게 속해 있지 않기에 휘트먼과 디킨슨은 모두에게 열려 있었고 모두를 품었다. 휘트먼은 말했다. "나는 큰 사람이라네, 나는 아주 많은 사람을 품지." 그들은 특정 관계에 대한 책임감에 짓눌리지 않았으므로 이상적인 관계, 즉 결혼으로 수렴하지 않는 우정과 동료애, 휘트먼이 동지라고 표현한 관계를 유지할 수 있었다.

◆   ◆   ◆

오늘날 관습적으로 이루어지는 결혼은 안팎을 차단하고 경계를 분명히 하며 총구멍이 있는 흉벽을 쌓아 부부와 타인 사이에 해자를 파는 일이다. 하지만 내 부모님의 결혼은 결코 그렇지 않았다. 부모님의 문은 언제나 열려 있었고, 커다랗고 둥근 테이블에는 마지막 순간에 등장하는 손님이나 언제 나타날지 모르는 친구를 위한 여분의 의자가 있었다. 음식은 이미 준비되어 있었고, 테이블 세팅을 하고 수프를 먹기 전 갈아 만든 토마토 주스를 내오고 접시를 놓았다.

휘트먼과 디킨슨은 관습적 결혼에서 비롯되는 내부 및 외부의 경계선을 받아들이기에는 너무도 큰 의식을 지니고 있다. 휘트먼은 "나는 단 한 사람도 무시하거나 방치하지 않을 것이며 모든 사람에게서 나 자신의 모습을 본다"고 했다. 그들은 한 사람과 결혼하는 대신 모든 사람과 결혼한 것이다. 그 결과 우리는 휘트먼과 디킨슨을 우리모두의 배우자라 주장할 수 있다. 독자만큼이나 광범위한 문학적 일부다처제다.

파트너든 배우자든 그 관계는 아름다운 것이다. 나는 아름다운 관계를 맺었고 목격해 왔다. 하지만 나는 모든 사람과 관계를 맺으며 누구도 무시하거나 방치하지 않는 사람들에게 더 깊은 감동을 받는다. 한 사람에게 마음을 열기 위해 모든 이를 희생하지 않으려는 마음, 아마도 그것이 내가 사랑하는 독신자들의 특징일 것이다.

◆　　　◆　　　◆

독자는 에밀리 디킨슨을 어떻게 이해해야 할까? 우정, 아름다움, 영원히 대답할 수 없는 질문들에 대한 대답, 생계를 잇느라 정신없이 바쁘거나 혹은 무관심해서 답장을 쓰지 않는 사람들에게 매일 편지를 보내고 답장을 강렬히 원하는, 깨질 듯 연약한 마음을 가진 이 소중하고 내성적인 영혼을 말이다.

> *이것은 세상에 보내는 나의 편지예요.*
> *답장 한 번이 없네요.*
>
> 〈시 834〉

휘트먼도 편지의 첫 구절에 이렇게 쓴 적이 있다. "왜 내게 편지를 쓰지 않는지 모르겠군요. 나를 떨쳐 내고 싶소?" 디킨슨이 옆집 오빠에게 보낸 쌀쌀맞은 쪽지도 있다. "편지를 안 쓸 거라면 다음번에는 알려 주면 고맙겠어요."

나이 서른에 편지할 용기를 지닌 사람이 얼마나 될까?

> *나는 고통의 표정이 좋다.*
> *`그것이 진실이란 걸 알기에.*
>
> 〈시 241〉

　사교적 고상함을 참지 못하는 것은 나의 독신자들의 특징이다. 디킨슨은 쏟아지는 사회적 기만과 음해, 그리고 조작을 배우자라는 방패와 핑곗거리 없이 처리한다는 게 무엇을 의미하는지 알고 있었다. 그녀의 삶과 작품은 어느 한 가지에 관대함을 지닌 독신자에게 유용한 힘을 보여 준다. 디킨슨의 경우 몇 번이고 시에 자신을 바쳤다. 샤일로 전투와 앤티텀 전투, 페리빌 전투와 프레더릭스버그 전투가 발발했던 대학살의 해 1862년에 그녀는 350편이 넘는 시를 썼다.

> *당신도 알겠지만 드릴 게 아무것도 없어요.*
> *이것밖에 드릴 게 없어요.*
>
> 〈시 224〉

　그녀는 외로움과 고독에 대해 상세하게 알고 있었다. 그래서 이전에 언급된 인용문에서 신을 '당신'이라고 할 만큼 뻔뻔하게 신에게 명령을 내린다.

하느님이 참새에게 한 약속을 지키신다.

사랑에 굶주려 죽어 가는 법을 아는 참새에게.

〈시 690〉

하느님이 참새에게 하신 약속이 무엇일까? "아버지께서 허락하지 않으시면 그 하나도 땅에 떨어지지 아니하리라(마태복음 10장 29절)." 가장 작은 피조물인 우리는 사랑의 중요성을 절실히 알고 있기에 디킨슨은 하늘에 계신 아버지께 우리 참새들을 지켜보시겠다는 약속을 지켜 달라고 요구한다.

이따금씩 작품을 편집해 주고 평생 편지를 주고받았던 토머스 웬트워스 히긴슨이 마음을 빼앗겨 보고 싶다고 느낀 적이 있냐고 묻자 디킨슨은 이렇게 대답했다. "앞으로도 그런 욕구에 조금이라도 가까이 갈 수 있을 거라고 생각해 본 적 없어요. 내 자신을 충분히 표현하지 못한 것 같군요." 스스로 만족하는 그녀를 보니 내 어머니가 떠오른다. 90세가 넘는 나이에 다른 사람들과 어울리며 요양원에서 편안히 지내는 것보다 홀로 집에서 지내며 위험한 고독을 누리는 걸 더 좋아했던 고집 센 어머니. 하루 종일 테라스 그네에 앉아 먹이를 보고 몰려든, 사랑에 굶주린 참새들에게 이름을 붙여 주는 어머니. 한번은 내가 다 똑같이 생겼는데 어떻게 이름을 붙이는 거냐고 묻자 어머니는 이렇게 대답했다. "그렇지 않단다. 저기 저 아이는 프레드인데 수줍어 보이지만 팸의 꼬리를 쪼아 먹이를 떨어뜨리게 할걸. 마이크는 씨앗을 물어 팸에게 줄 테고." 그때는 그냥 그런가 보다 했다. 하지만 어머니가 돌아가시기 얼마 전 어느 봄날, 어머니의 그네에 앉아 참새들을 주의 깊게 쳐다봤다. 프레드와 샤론은 사라진 지 오래였다. 하지만 15분 만에 너무 흔해서 얼핏 보면 구분하기 힘든 참새들조차 하나하나 특별하고 하나하나 고독한 존재라는 걸 알 수 있었다.

고독 속에 몇 날 며칠 일을 하고도 아버지는 잘못에 관대했다. 어쩌면 내가 태어나기 바로 직전 세상을 떠난 아버지의 아버지에게 받지 못한 애정을 찾고 있었는지도 모른다. 이유야 어떻든 아버지의 관대함은 그가 파티를 좋아했던 것만큼이나 진심이었다. 어느 핼러윈 파티 때 아버지는 동네 장의사에게 관을 빌려서 시체처럼 분장한 형을 관에 눕히고는 자정에 일어나게 했다. 여자들이 농부 복장을 하고 남자에게 댄스 신청을 하는 새디 호킨스 파티 날에는 진짜 농장처럼 보이도록 지하실 한쪽 구석에 우리를 만들고 그 안에 살아 있는 돼지 두 마리와 염소 한 마리를 넣어 두었다. 그 파티는 새벽녘에 끝났고 둘째 형은 심술이 나서 꽥꽥거리는 돼지를 안고 몸싸움을 벌였다. 그 당시 이미 혼자 있기를 좋아했던 나는 돼지에게 동정심을 느꼈다.

그러나 가장 좋았던 파티는 아버지가 돌아가신 후의 일이다. 어머니는 장남과 두 번째 남편이 거의 동시에 세상을 떠나고 나서 거의 10년을 혼자 살았지만 늘 파티를 열 준비가 되어 있었다. 1999년 새해 전날, 형수가 '누가 교황인가?'라는 모노폴리 보드게임을 가져왔다. 게임 참가자는 자신의 가톨릭 초등학교 이야기를 들려주며 상대방이 자신을 감옥에서 석방하도록 설득해야 한다. 저녁나절 내내 감옥에 남아 있는 사람은 아무도 없었다. 중년에 접어든 형제들이 감옥에서 나오기 위해 하는 이야기를 들으며, 그간 수녀님과 신부님들이 막내이자 대체로 순했던 나를 사색적인 아이 혹은 외톨이로 의심했던 이유를 알게 되었다. 나의 형들은 선생님에게 최악의 학생이었고, 나도 모르는 사이에 그들은 목수인 아버지 슬하에서 제대로 배우지 못한 반항아라는 명성을 날렸던 것이다. 내가 아닌 그들이 배우자를 만나 정착했다는 사실이 놀랍다.

사회사업기금 카드에는 사소한 가톨릭 관련 질문이 적혀 있었다. 답이 틀리면 게임에서 나가야 했다. 대답하지 못한 사람들이 하나씩 탈락하고 결국 어머니와 나, 형, 그리고 형의 가톨릭 학교 동창인 친구만 남게 되었다. 마지막 카드는 루르드 성모 발현을 목격한 아이의 이름을 대라고 했다. 나는 '베르나데트'라 대답했고 어머니는 '수비루'라고 말했다.° 성을 말하는 것이 규칙이었다. 교황이 선출되었다. 이어지는 대혼란 속에서 누군가 테두리에 털이 달린 빨간색 추기경 코트와 모피 모자, 지팡이, 그리고 모조 다이아몬드가 박힌 컵을 가져왔다. 우리는 예의를 갖춰 어머니를 첫 번째 여성 교황으로 추대했다.

우리 가족이 왜 뼛속까지 보수적인 시골 마을의 성직자들과 어울려 지냈는지 알 거라 생각한다. 왜 '독신자'가 '은둔자'와 같지 않은지 알 거라 생각한다. 우리 집 식탁에 이교도인 휘트먼과 디킨슨이 앉아 있다고 해도 낯설지 않을 것이다. 고독을 향한 나의 충동이 영

° 가톨릭 성녀 '베르나데트 수비루'는 루르드에서 성모 마리아의 발현을 체험했다고 전해진다. ─편집자

적인 것에서 비롯됐다는 것을 이해했으리라 생각한다. 강한 엄마가 훌륭한 독신자를 만드는 법이다.

작품을 통해, 절제를 통해, 디킨슨과 휘트먼은 고독을 적이 아니라 위대한 교훈이자 스승으로 받아들이게 되었다. 휘트먼은 병원에, 디킨슨은 자신의 방에 있었다. 자아는 우리를 싣고 외로움에서 고독으로 내적 여행을 떠나는 보트와 같다. "외로움의 치료 약은 고독이다." 메리앤 무어가 말했다. 인생을 살아오면서 매번 그렇다고 느낀 이 말은 내게 은둔생활의 매력을 느끼게 해 주었다.

❖   ❖   ❖

휘트먼과 디킨슨은 신비주의자로, 현실의 본질을 깨달은 사람들을 저지하고 묵살하기 위한 꼬리표였다. 그들의 독신생활은 오래도록 이어진 사심 없는 행동이었으며 이타적 사랑이었다. 디킨슨의 모든 시는 사랑을 노래한다. 그리고 그 시들은 살아 있는 것에 흠뻑 빠진 마음, 우주의 기쁨에 빠르게 반응하는 마음, 무엇보다 죽음이라 불리는 삶의 한 측면에 관심을 기울이는 마음에서 비롯되었다. 휘트먼은 시를 통해 감각의 맹공격을 간신히 버텨 냈다. 디킨슨은 친구에게 이렇게 편지를 썼다. "봄은 진정으로 아름답고 특별하며 예기치 못한 행복이라 내 마음이 어찌할 바를 모르겠어. 내가 감히 봄을 누려도 될까, 감히 내버려 둬도 될까, 내가 어떻게 해야 할까? 삶이란 너무도 아름다운 마법 같고 모든 것이 마법을 풀기 위해 음모를 꾸미고 있어." 휘트먼은 지금까지도 자신에 대한 사랑, 자기애에 대한 솔직한 포용력으로 우리를 깜짝 놀라게 한다. 문명사회의 허풍과 속임수를 바라본다. 존재하는 것의 아름다움과 삶에서 죽음으로, 또다시 삶으로 이어지는 엄청난 전환을 잊고 사는 우리를 바라본다. 그러곤 묻는다. 누가 더 좋은 롤 모델인가? 플로리다 해변 대저택에 사는 기업 간부겠는가? 아니면 고독에 빠진 나의 시인들이겠는가?

아마도 여기에 "나는 나를 찬양한다."라고 쓴 남자와 매우 유명한 시 "나는 아무것도 아닙니다. 당신은 누구죠?"를 쓴 여자 사이에 존재하는 듯한 모순을 해결할 방법이 있을 것 같다. 두 시인은 자아를 초월하기 위해 자아를 살펴본다. '나'는 중요한 사람인 동시에 중요하지 않은 사람이다. 내가 나 자신과 하나가 됨으로써 우주와 하나가 되고 존재하는 모든 것과 하나가 된다.

배우자와 같이 사는 것도 마찬가지겠지만 오랜 시간 혼자 살다 보면 삶이 습관이 되기도 하고 실제가 되기도 한다. 습관은 어제도, 그제도, 그리고 그 전전날도 했던 삶의 방식이지만 실제는 매일 새롭게 만들어 내는 삶의 방식이다. 습관은 당신을 통제하지만 실제는 당신이 통제하는 삶의 방식이며 미지의 세계로 의도적인 모험을 떠나는 것이다.

"상처 입은 사슴이 가장 높이 뛴다." 이 시구는 인생을, 진리를, 우주를 담고 있다. 오직 고독 속에서 휘트먼과 디킨슨은 운명을 완수할 수 있었다. 부분이 아닌 전체가 될 수 있었다. 스스로 온전히 실현되어 국가를 위한 시인, 대중을 위한 시인, 대중의 시인이 될 수 있었다.

자신과 하나가 됨으로써 자아와 그에 따른 분리의 환상이 사라지고 우리는 모든 이들과 우주와 아름다움과 하나가 된다.

6.

독신자의 관대함

헨리 제임스
Henry James

우리는 헨리 제임스가 남긴 독신에 관한 '우아한 헛소리'를 시간을 들여 이해하려 하지 않는다. 하지만 위대한 작가의 정원에 잘 다듬어진 길과 화단이 있듯 헨리 제임스는 고독이라는 미로를 설계하고 가꾸었다. 제임스는 도시에서의 유년 시절을 회고록에 이렇게 썼다.

게다가 왜 그런지는 모르겠지만 이곳에 늘 혼자인 나를 본다. 나는 뉴욕의 나태함과 사색을 좋아하고 내 존재에 대해 느낀다. 어쨌든 조금씩 걸을 수 있게 되었다. 어슬렁거리다 또다시 입을 떡 벌리는 작은 소년을 바라본다. 사색에 빠진 그 아이가 18번가 모퉁이 난간에 코를 비비자 칠이 벗겨진 차가운 페인트와 쇠 냄새가 나에게 전해진다. 그 아이의 운명을 느끼며 나는 그 아이에게 일말의 동정심도 갖지 않는다. 그 아이는 그를 위해 존재하는 모든 것을 위해 편리하게 만들어진 작은 이미지이거나 혹은 경고다. 그 아이는 더 행복해질 수도 있었다. 그저 어딘가에 존재하기 위해서, 그곳이 어디든, 그리고 어떻게든 감동과 떨림을 받기 위해서 그 아이에게 필요한 모든 것의 패턴과 척도가 있기에. 생각이 지나치게 행동을 대신할 때 많은 사람들이 그러하듯 그 아이는 가진 것 없이 앞으로 갈 것이다. 그러나 어디서든, 곧바로 여러 해에 걸쳐, 오랫동안, 대도시의 거리에서…… 그곳이 어디가 됐든, 허세를 부리며 어슬렁거리다 입을 떡 벌리는 일보다 그 이상을 즐길 것이다. 그렇게 그 아이는 정말 많은 것을 얻을 거라 생각한다.

지나치게 민감하고 세상의 광경에 깜짝 놀라 행동하기보다는 가만히 앉아서 보고 듣고 한가로이 산책하는 것을 더 좋아하는 사람, 즉 홀로 사색하는 사람의 삶과 영혼을 묘사하고 있다. 모든 피조물 가운데 유독 인간만이 지나간 과거와 알 수 없는 미래에 집착한다.

60대에 이르러 제임스는 영국 라이의 바닷가 근처 램 하우스에서 혼자 살았다. 수십 년간 펜을 잡아 온 탓에 관절염의 고통에 시달렸고 시력은 점점 나빠졌다. 그는 지속적으로 비서를 고용해 마지막 작품을 받아 적게 했다. 처음에는 타자기 소리를 몹시 싫어했지만 곧 달가닥 소리를 배경음악 삼아 풍부한 상상력을 불러일으켰다.

이 고독한 노인은 세 편의 장편소설을 완성하기 위해 힘을 끌어모았다. 그중 적어도 《황금 주발 The Golden Bowl》(1904)은 영국 문학의 가장 위대한 창조적 업적이라고 학자들은 말한다. 단어의 실 가닥을 만들고 엮어서 중세 시대 방직공이 짠 옷감의 무늬만큼이나 복잡한 단어의 태피스트리로 만들어 내는 데 그가 쏟은 집중력과 노동을 생각하면 기가 죽는다. "스스로 살림을 꾸려야 하는 외로운 독신주의자." 한 편지에서 제임스는 스스로를 그렇게 불렀다. 그리고 형 윌리엄에게 보낸 편지에서는 자신을 "육순을 맞이했음에도 형편없는 독신자"라고 표현했다.

제임스는 육체적 관계를 많이 가졌거나 전혀 가지지 않았을 것이다. 그는 결혼을 하지 않았지만 육체적 관계와 결혼에 대해 누구보다 잘 이해했다. 그의 후기 소설을 보면 알 수 있다. 영국 문학에서 가장 현명하고 통찰력 있으면서 가장 고통스러운 프러포즈는《황금 주발》속 억만장자 아담 버버와 가난하고 매력적인 독신 여성 샬롯 스탠트의 것이라고 생각한다. 사람들이《황금 주발》을 읽는다면 결혼할 확률이 줄어들 테니 결혼으로 실패할 일도 줄어들 것이다.

샬롯의 가장 친한 친구 매기의 아버지이자 아내를 잃은 버버는 부르는 게 값인 다마스쿠스의 고대 타일을 판매하러 주말 동안 짧은 여행에 나섰고, 샬롯을 동반한다. 버버는 보물과 보물 주인이 있는 방에서 그녀를 북쪽의 빛이 드는 곳에 타일과 함께 앉게 했다. 그래서 그녀가 총 금액을 들었을 때의 얼굴을 볼 수 있었다. 값비싼 물건을 흥정하는 자신을 지켜보게 함으로써 버버는 수표책을 떨어뜨리는 것보다 더 위험한 방식으로 친밀감을 불러일으킬 셈이었다. 그는 수표책을 열었다. 그러곤 그녀의 미래를 위한 견본을 보여 주었다. 그녀는 값비싼 타일을 자신과 바꾸기만 하면 되었다. 이제 장면은 하나의 결론으로 이어진다. "점잖은 남자는 가난하고 어린 여자의 코밑에 엄청난 액수의 돈을 그럴싸한 책임감도 없이 찔러 넣지 않는다."

전날 저녁 버버는 샬롯과 바닷가에 앉아 책임감에 관한 이야기를 꺼냈었다. 샬롯은 "결혼하는 게 좋을 거라고 생각하지 않는 척은 않을게요."라고 말하며 그의 프러포즈에 모호한 반응을 보였다. 그녀는 결혼을 하면 친구인 매기의 새엄마가 되는 어색한 입장에 놓이게 된다는 것과 매기의 잘생긴 남편과 몰래 이어 온 부적절한 관계를 끝내거나 적어도 제한해야 된다는 것을 잘 알고 있었다. 하지만 금세 사라질 아름다움과 버버의 프러포즈가 의미하는 바 역시 잘 알고 있었다. "사실, 당신도 알다시피 결혼을 원해요. 그것은…… 글쎄요, 조건이 있어요." 그녀가 말한 조건이 무엇인지 제임스가 열거할 필요는 없었다. 세상의 이치니까. 그것은 대단한 사랑도, 대단한 육체적 관계도 아니었다. 샬롯은 이미 그런 것들을 가지고 있었다. 그저 권력과 클럽 출입, 경제적 안정을 원했다. 엄청난 부를 소유한 남자는 관습적 도덕과는 거리가 먼 삶을 살 수 있지만 여성에게 결혼은 조건이었다. 샬롯은 그것을 잘 알고 있었다.

그녀는 권력과 열정, 돈과 섹스, 부자가 되어 제멋대로 살고 싶은 욕망과 친한 친구의 남편이자 버버의 사위와의 격렬하고 비밀스러운 애정 행각 사이에서 갈팡질팡했다. (이건 제임스 씨가 너무했네!) 빅토리아 시대의 노처녀에 관한 고정관념과는 거리가 먼 샬롯은 저녁에 차를 마시면서 그녀의 부정행위를 모르고 정부로 맞이하려는 버버와 거래를 시도했다. 그것은 독신생활을 유지하면서 두 세계를 모두 누릴 수 있는 최고의 거래였다.

"아, 보살핌을 받고 싶다는 말이군. 그렇다면 그렇게 해 주지."

"그렇다고 할 수 있지요. 이유는 모르겠지만, 제 말은 단지 지금 상황에서 벗어나고 싶어서…… 정말 그러고 싶어서." 샬롯이 미소를 지으며 말했다.

"나와 결혼하겠소?"

그녀의 미소에는 숨김이 없었다. "적은 것을 들이고 내가 원하는 것을 얻을 수 있을 거예요."

"그렇게 할 수 있을 것 같소?"

"네." 그녀가 곧바로 대답했다. "훌륭한 거래라고 생각해요."

아, 사랑이여! 매기는 장미 속 벌레를 의심하게 되었다. 그녀는 샬롯과 남편 사이를 알아내려 한다. 남편이 영원한 압력, 즉 섹스라는 미끼를 내밀었을 때 처음으로 매기는 거절한다. 결혼생활의 전환점을 맞은 그녀는 냉정을 유지하고 원하는 것을 잃지 않는 업적을 달성하기로 한다. 샬롯을 남편에게서 영원히 떼어 놓기로 한다. 매기는 자신과 아버지의 값비싼 습득물인 남편, 그리고 아버지의 약혼녀에게 돈의 권력을 발휘한다. 그녀는 아버지를 꼭 빼닮은 사업가였다. 매기는 남편의 한결같은 마법을 거절하며 버텼고, 남편은 처음으로 아내에 대한 강렬한 갈망을 느낀다. 그리고 아버지와 딸은 그들의 전리품을 갈라놓는다. 억만장자 아버지는 샬롯과 결혼해 그녀를 시카고로 보내고, 그의 부유한 딸은 남편을 유럽에 남겨 둔다.

권위 있는 전기 작가 레온 아델은 결혼생활이 파괴되지 않고 보존되었다는 점에서《황금 주발》을 "제임스 소설 가운데 등장인물이 제대로 나오는 소설"이라고 묘사한다. 이는 분명 미국 문학 비평에 있어서 커다란 오점 가운데 하나다. 아델은 인생에서 결혼이 유일하게 만족스러운 결말이라고 믿고 있는 게 틀림없다.

✦　　　✦　　　✦

그보다 십 년 전, 제임스는《가이 돔빌Guy Domville》시나리오를 지방의 레퍼토리 극장 매니저에게 보냈다. 이 작품에서 그는 자신의 소명을 포기해야 하는 한 청년의 드라마를 보여 준다. 청년 돔빌은 결혼해서 아들을 낳아 대를 이으라는 압박에 시달린다. 돔빌은 기독교 교회의 기틀을 다진 성 어거스틴이 14세에 쓴 논문의 제목으로, 신의 도시라는 뜻이다. 마음속으로는 결혼이 세속적 이기심을 따르는 것, 물질적 안락과 오후의 크리켓 경기와 차를 즐기는 삶에 자신을 구속하는 것이라 믿었지만 돔빌은 젊고 아름답고 부유한 여성, 그리고 비슷한 운명을 타고난 과부 사이에서 선택권을 가지고 있었다. 그는 두 여성이 각자 그들이 사랑하는 남자와 결혼하도록 조용히 일을 주선한다. 그리고 자신은 고독과 독신으로 구현되는, 공동의 선을 위해 보다 금욕적이고 어려운 소명을 선택한다. 제임스가 예술의 제단에 자신을 바쳤듯 돔빌은 사제직을 선택한다.

제임스는 연극의 제작자를 찾기 위해 고군분투했다. 그가 접근한 첫 번째 제작자는 돔빌이 결혼을 선택하는 것으로 결말을 바꿀 것을 요구했다. 하지만 제임스는 강력하게 반발한다. "가톨릭 사제나 내 옆에 있는 청년을 결혼시키는 일은 한마디로, 진정으로, 관객을 불쾌하고 불편하게 만드는 일입니다."

제임스가 이 작품을 본래 의도와 크게 벗어나지 않는 선에서 축소하고 단순화한 후에야 비로소 프로젝트를 맡겠다는 제작자를 찾을 수 있었다. 런던의 많은 문학인들이 개막식에 참석했다. 조지 버나드 쇼와 허버트 조지 웰스도 리뷰를 쓰기 위해 참석했다. 연극이 끝나고, 매니저가 제임스를 무대에 올려 인사하게 하자 관객석에서 야유가 쏟아졌다. 아델은 제임스의 문학적 적수들이 비평가를 관객 속에 심었다는 증거를 제시했다. 하지만 출판된 대본을 읽어 본 결과 내가 보기에도 그다지 훌륭하지 않다는 생각이 들었다. 《가이 돔빌》은 극작가가 아니라 소설가가 쓴 희곡이었다.

《가이 돔빌》은 계약대로 30일간 상영되고 막을 내렸다. 신은 인간을 놀릴 기회를 놓치지 않았다. 뒤이어 같은 극장에서 오스카 와일드의 재기 넘치는 성공작 《정직함의 중요성The Importance of Being Earnest》이 상영되었다. 결혼을 성사시키고 유지하기 위해 벌어지는 음모, 조작, 이기심에 관한 이야기였다. 하지만 공연 4개월 만에 와일드는 '외설죄'로 체포되어 재판을 받았고, 유죄 판결을 받아 2년의 징역형을 선고받았다. 경찰을 즉시 연극을 내렸다. 그의 아내 콘스턴스는 결혼 전 성으로 바꾸고 아이들과 함께 스위스로 건너갔다. 그 후 와일드는 아내와 아이들을 다시는 만나지 못했다. 그가 감옥에서 쓴 편지 《옥중기De Profundis》의 고통스러운 구절에 아내와 아이들을 잃은 슬픔이 드러나 있다.

나는 《가이 돔빌》의 운명보다는 그 작품이 전하는 메시지에 관심이 간다. 제임스는 편지에서 연극의 주제가 '관대함'이라고 분명히 밝힌다. 관대함은 이타주의를 매끄럽게 풀어놓은 말이다. 결혼에 대한 돔빌의 결정은 자신의 오래된 이상을 위해 세속적 이기심을 거부하는 모습을 잘 보여 준다. 그는 자신을 희생해 다른 사람들을 행복하게 만든다. 혼자만의 희생에 근거한 해피엔딩이라는 기독교적 메시지는 영국 관객들에게, 어쩌면 다른 관객에게도, 이해하기 어려운 것이었다. 타인의 행복을 선택하다니, 어떻게 이해할 수 있겠는가? 어쩌면 결혼보다 고독이 이타적인 선택이라는 것을 어떻게 받아들일 수 있겠는가?

19세기 관객들이 원한 것은, 그리고 21세기 관객들이 원하는 것은 인생의 결정에 대한 확인이지 혼란이 아니다. 결혼이 자기희생의 가장 고귀한 수단이라고 말하는 메시지가 눈사태처럼 쏟아지지 않는다면 우리는 다른 방식으로 자신을 희생할지도 모른다. 개인의 부가 아닌 공동의 부를 위해 자신을 희생할지도 모른다. 제임스는 관대함과 자기희생에 관한 기존 정의에 급진적인 광택제를 발라 극적으로 표현했다. 그에게 고독과 순결은 시련이었지만 가장 넓은 길이었으며, 가장 관습적인 길은 아닐지라도 그 나름대로 인생을 사는 가장 너그러운 길이었다.

◆ ◆ ◆

형 윌리엄의 결혼을 축하하는 편지에서 제임스는 이렇게 말했다. "나는 결혼을 믿지 않지만 다른 사람들은 대체로 잘할 거라 믿습니다." 또 다른 편지에서는 "나는 너무 괜찮은 독신자라서 나를 망칠 순 없어요. 자만 같겠지만 자기를 방어할 땐 자만도 필요하겠죠."라고도 했다. '자기방어'와 '대체로'라는 표현에서 말수가 적은 것으로 유명한 그가 결혼 제도를 얼마나 예리하게 관찰했는지 알 수 있다. 그의 오랜 친구이자 편지를 주고받던 그레이스 노턴에게는 이렇게 썼다. "나는 절대 결혼하지 않을 걸세. 이제 확고하게 마음을 정했네. 독신이 나 자신과 인간 존재에 관한 내 전체적인 관점, 내 습관, 내 직업, 전망, 취향, 유럽이라는 상황, 아이를 좋아하지만 갖고 싶지는 않은 나에게 더 잘 어울리네."

그의 고독을 즐거운 나날로만 표현하려는 것은 아니다. 나이가 들면서 그는 지독하게 외로워했다. 와일드가 유죄 판결을 받은 직후 그는 사랑하는 런던을 떠나 시골 마을인 라이로 이주했다. 와일드의 재판 이후 가정부와 남창들의 증언만으로도 상류층 남성을 교도소에 보낼 수 있을 만큼 극적으로 변해 버린 런던의 사회적 상황을 벗어나 도망쳐야 하는 그 나름대로의 사건이 있었을지도 모른다.

60대에 이르러서는 두 명의 젊은이에게 푹 빠지게 되었는데, 두 명 모두 그의 애정에 화답하기는 했지만 애인은 아니었을 것이다. 그리고 두 사람 모두 그를 떠나 다른 곳에서 살았다. 외로운 독신자가 말년에 그런 이별을 맞게 되었으니 무척 가슴 아팠을 것이다. 나이가 들면 마음도 약해지는 법이다. 제임스는 라이에서 스티븐 크레인, 조지프 콘래드, 포드 매덕스 포드, 이디스 워튼 같은 당대 최고의 문호들과 즐거운 시간을 보냈지만 "낙타처럼 잔뜩 짐을 싣고 고독이라는 사막을 가로지르며 또 하루를 보낸다."라고 글을 썼다. 어느 기자 지망생에게는 이렇게 충고했다. "글쓰기는 고독한 일이라네. 그것이 자네를 쫓아와 잡는다면 좋아, 어쩔 수 없지. 하지만 자네가 쫓아가지는 말게나. 그것은 극도로 고독한 일이라네."

결국 제임스는 기술로부터 위안을 받았다. 바로 타자기 소리와 자전거였다. 말년에 그는 자신의 특별한 타자기 소리 없이는 작업을 할 수 없게 되었다. 그리고 힘이 닿는 한 자전거를 타며 머리를 맑게 했다. 천천히 지나다닐 때에는 풍경을 관찰하며 위로를 받았고, 빠르게 달릴 때에는(적어도 자전거를 타는 시간만큼은) 내면의 악마를 먼지 속에 날려 버렸다.

❖   ❖   ❖

나는 제임스의 팬이자 박식한 친구에게 헨리 제임스가 말년에 조각가와 사랑에 빠지고, 독신 남성을 타이피스트로 고용하고, 자신의 비서였던 소년을 나중에 정원사로 들인 것을 보면 그가 육체적 관계를 해 왔다고 생각할 수 있지 않겠냐고 물었다. 그러자 친구는 단호하게 아니라고 대답했다. "하지만 어떻게 그렇게 확신하나?" 다시 묻자 친구는 잠시 생각하더니 말했다. "작품에 드러난 섬세하고 복잡한 심리 묘사를 보면 알 수 있다네."

내가 확인한 바로 제임스는 1900년경에 청년 시절 이후 처음으로 수염을 깎았다. 수염이 없으니 더 젊어 보이기도 했지만, 말년에야 자신을 세상에 드러낸 것으로 보인다. 덥수룩한 수염은 가면이 되어 자신도 모르게 나타나는 짜증과 찡그린 표정을 감춰 주었다. 제임스는 그 누구보다 은폐에 관심이 있었고 능숙했다. 그랬던 그가 런던을 떠나 소박한 시골 마을에 살면서 처음으로 남자에게 끌린다는 것이 어떤 의미인지 깨닫고는 수염을 잘라 내며 뒤늦게나마 경계를 줄이려는 시도를 한 것이다.

열정에 반응하기 위해 침대로 뛰어들거나 행동을 개시하지는 않았다. 오히려 열정은 그의 후기 소설에 원동력이 되었다. 제임스에게 이 열정은 평생의 주제였으며, 소설보다 에너지를 집중한 곳은 없었다. "집중이라고요?" 어처구니없을 만큼 산만한 그의 소설을 두고 누군가는 반문하겠지만 나는 내 입장을 고수한다. 그의 소설은 대단히 난해하며 엄청나게 길다. 하지만 그토록 길게 쓰기 위해서는 보통 사람들이 상상하기 어려운 고도의 집중이 필요하다. 게다가 그것은 60대 노인에게서 나온 글이다.

겉보기에는 관절염으로 타이피스트에게 소설을 받아 적게 했지만, 혼자 살면서 그가 큰소리로 말하는 기술을 터득했을 거라고 확신한다. 작품을 받아 적게 하면서 제임스는 하나의 목소리가 아닌 소설 속 여러 인물들의 목소리를 냈다. 조용한 스코틀랜드인 윌리엄 맥칼핀과 그에게서 코바늘 뜨개질을 배운 매리 웰드 같은 타이피스트들에게 이야기를 불러 주며 긴 문장들과 사랑을 나누는 제임스를 상상해 본다. 입과 혀는 인간이 가진 가장 에로틱한 악기다.

◆　　　◆　　　◆

어떤 지혜는 다들 자기 할 일을 할 때 이를 지켜보는 아웃사이더에게만 주어진다. 아델에 따르면 젊은 시절 제임스는 적극적으로 삶에 참여하는 대신 면밀히 관찰했다고 한다. 아델이 사용한 '대신'이라는 단어는 제임스가 참여와 관찰 사이에서 관찰을 선택했다고 설명하고 있다. 하지만 나의 모든 독신자들은 그 반대를 보여 준다. 관찰력의 연마는 삶을 풍요롭게 만들고, 고르게 균형 잡힌 삶은 행동과 사색에서 비롯된다. 아델이 '적극적 참여자'라고 부른 사람들 가운데 헨리 제임스나 유도라 웰티만큼 다채로운 삶은 산 사람이 얼마나 될까? 아델은 결혼이라는 사회규범과 아이들, 마당의 고양이, 그리고 심술궂은 인간들 밖에서도 감정적으로 풍요로운 삶을 살 수 있다는 사실을 모르는 것 같다. 휘트먼, 소로, 디킨슨, 제임스, 무어, 웰티, 허스턴, 그러니까 나의 독신자들은 단련된 고독 속에서 충만한 삶이 비롯된다는 사실을 보여 준다. 초기 리뷰에서 휘트먼을 혹평했던 제임스는 마지막 여생을 휘트먼을 모방하면서 보냈다. 그는 휘트먼이 남북전쟁의 병사들을 간호했던 것처럼 제1차 세계대전 참전 용사들을 간호했다.

휘트먼, 디킨슨과 마찬가지로 제임스 역시 경제적 지원의 대가로 쾌락만을 요구하는 부유한 구혼자의 청혼을 거절했다. 세 사람 모두 사회적 속박 아래 관계를 유지하는 것보다 고독을 선호했다. 시인이자 독신자인 메리앤 무어는 헨리 제임스에 관해 이렇게 썼다. "헨리 제임스에 관한 것들은 광채를 내며 붉게 달아오르고 반짝반짝 빛나고 떨리며 콧노래가 흘러나오고 털이 곤두서며 반향을 일으킨다. 기쁨, 행복, 황홀, 열광, 온몸에 느껴지는 떨림, 이상주의…… 자신을 지키기 위해 자신을 희생하겠다는 의지는 언제나 그가 지닌 마술봉의 능력이었다." 토머스 머튼이 진정한 사랑의 본질적 자질로 언급한 '희생'을 무어가 꺼내 들었다는 점을 주목하자.

자신을 지키기 위해 자신을 희생하겠다는 이상주의는 마음의 음과 양, 시에서 대구를 이루는 연, 물질과 에너지처럼 떼려야 뗄 수 없는 대립관계에 포함된다. 그것은 솔직함과 예민함에서 태어난 더 큰 고통이며 더 큰 지혜다.

7.

진정한 용기는
안에서 시작된다

유도라 웰티
Eudora Welty

✦ ✦ ✦

글을 쓰는 일은 고독한 작업이다. 아무도 도와줄 수 없는 일이
다. 하지만 외로울 건 없다. 늘 너무 바쁘고 너무 심취해서 웃다
가 울다가 내가 외로운지 어떤지 생각할 겨를조차 없다. 글을 쓰
는 일은 그저 고독하다. 외로움과 고독함은 다르다고 생각한다.

유도라 웰티, 1958년 버지니아 대학교 강연 중

웰티를 단 한 번 만났는데 시작부터 의견이 일치하지 않았다.
1980년 중반, 내가 스테그너 펠로로 있던 스탠퍼드 대학교에 웰티가
방문했다. "캘리포니아에서 남부 사람을 만나다니 정말 반갑군요."
그녀가 말했고, 나는 이렇게 대답했다. "죄송합니다만 저는 남부 출
신이 아닙니다. 켄터키 출신이죠." "아, 저는 켄터키를 남부라고 생각
했어요." 여러 해가 지난 지금에야 나는 그녀가 한 말의 의미를 이해
한다. 켄터키는 경계선에 위치한 주(州)다. 켄터키 출신 작가의 작품
을 주의 깊게 읽어 보았다면 작품 속에 드러난 양극단의 특징을 발
견했을 것이다. 하지만 특정하기 까다로운 곳이라고 해도 켄터키는

확실히 북부보다는 남부에 가깝다.

스탠퍼드에서의 마지막 날, 웰티는 학부생 대상의 세미나에 참석했다. 그녀의 강연이 끝나자 학생 한 명이 손을 들었다. "결혼해 본 적 없는 당신이 어떻게 사랑에 대해 훌륭하게 글을 쓸 수 있죠?" 모두가 숨을 죽였다. 공개적인 장소에서 사적인 질문이 나오자 진행자들 역시 잔뜩 긴장했다. 잠시 후 웰티는 명료하게 대답했다. "나는 사랑을 압니다. 운 좋게 사랑에 빠졌죠." 그 한마디로 충분했다.

초심자의 마음에서 비롯된 순진한 그 질문은 시의적절했다. 낭만적 사랑과 결혼에 대해 통찰력을 보여 주는 작가들이 어째서 관습적 방식의 사랑과 결혼은 경험하지 못했을까? 제인 오스틴, 헨리 제임스, 유도라 웰티 같은 인간관계 전문가들은 모두 독신자다.

◆　　　　◆　　　　◆

1980년대 저명한 비평가 가이 데이븐포트가 당시 살아 있는 작가 중에서 미국의 가장 위대한 작가로 꼽은 유도라 웰티는 1909년 미시시피 잭슨의 부유한 가정에서 둘째로 태어났다. 남자 형제가 둘 있었는데 큰오빠는 어려서 죽었고 아버지 역시 그녀가 어린 시절 사망했다. 지역신문 부고에 따르면 1966년 어머니가 죽고 사흘 뒤 동생까지 사망하면서 그녀는 가족 내 유일한 생존자가 되었다. 1936년과 1955년 사이에 그녀는 우리가 기억하는 모든 작품들을 출간했다. 그 후 1970년대 초반 두 편의 소설을 출간하기까지 상대적으로 긴 침묵의 시기가 이어졌다. 두 소설 가운데 분량이 더 긴 《패전Losing Battles》은 집필하는 데 15년이 걸렸다. 또한 자신의 평론을 모은 두 편의 문집과 짧지만 놀라운 회고록 《작가의 시작》을 출판했다.

그녀는 젊은 시절 중서부와 뉴욕, 샌프란시스코에서 지내며 더 큰 세상에 발을 들여놓았다. 하지만 20대 후반 잭슨으로 돌아와 그곳에서 여생을 보냈다. 여러 복잡한 요인이 작가들의 삶을 지배하겠지만 그녀가 미시시피에 남은 가장 큰 이유는 재정적 문제와 가족이었을 것이다. 뉴욕에 살았더라면 그녀는 아마 돈벌이 수레바퀴에 묶였을지 모른다. 하지만 잭슨에서는 아픈 동생과 나이 든 어머니를 보살피며 글을 쓰고 그림을 그리고 정원도 가꾸고 사진도 찍으며 예술가로서의 삶을 살 수 있었다. 잭슨에서의 삶은 전시와 출판으로 진지하게 이어졌다. 비교적 어린 나이에 그녀는 기반을 잡기 위해선 닻이 필요하다는 사실을 깨달았다. 그녀의 닻은 집과 가족, 그리고 그녀가 자란 마을이었을 것이다.

할리우드식 관점에서 바라보면 그녀가 평범했기에 관습적 사랑과 결혼을 비껴갈 수 있었다고 생각할지도 모르겠다. 웰티의 전기를 집필한 수잔 마스에 따르면 소설가 캐서린 앤 포터가 웰티에게 "당신은 아름다운 여성이 무슨 의미인지 절대 모를 겁니다"라고 말했다고 한다. 이 말은 웰티의 외모보다는 아름다움에 관한 포터의 생각에 주목하게 만든다. 누군가는 포터가 연옥에서 몇 세기쯤 더 머물기를 바랄 수도 있겠다.

그럼에도 수많은 평범한 사람들이 짝을 만나 결혼을 한다. 외모보다는 더 심오한 무언가가 있을 것이다. 젊은 시절 웰티의 사진을 보면 아무렇지도 않게 뻐드렁니를 내보이며 환하게 웃고 있다. 마치 그 모습을 자기만의 특징으로 침착하게 받아들인 것처럼 보인다. 웰티를 만나고 보니 그녀는 아침에 일어나 거울에 비친 자신의 모습을 좋아할 거라는 확신이 들었다. 그녀는 자신이 의식적으로 만들어 낸 모습을 보기 때문이었다. 그녀 자신이 바로 그녀의 배우자였던 것이다.

그녀를 잘 아는 남자들은 그녀의 독신주의를 재앙으로 여겼다. 소설가이자 회고록 작가이며 스스로 독신을 선택했다는 그녀의 친구 레이놀즈 프라이스는 웰티에 대해 흥미로운 언급을 했다. 그는 웰티가 단편소설 〈외판원의 죽음Death of a Traveling Salesman〉 이후로는 '철저한 고독의 치명적인 무게'에 대해 쓴 적이 없으며 "일생 동안 진정한 사랑의 부재는 침묵할 준비가 되기도 전에 그녀를 침묵하게 했고, 남아 있는 수십 년을 깊은 혼란 속에 살게 했다."라고 주장했다. 또한 마스에 따르면 웰티의 소설 편집을 맡았던 〈더 뉴요커〉의 윌리엄 맥스웰이 그녀에게 삶과 가정과 슬픔을 함께할 누군가가 필요하다고 느꼈다고 한다. 능력 있고 현명한 웰티를 부재와 결핍의 관점에서 바라보다니, 이 얼마나 어이없는 일인가.

《작가의 시작》에서 웰티는 인간관계가 자신의 글의 핵심 주제라 이야기한다. 하지만 나는 그 작품의 주제를 타인과 떨어져 있든 관계를 맺고 있든 간에 느끼는 인간의 고립이라 말하고 싶다. 그녀는 결혼이 외로움을 종식하는 것이 아니라 오히려 외로움을 가중시킨다는 사실을 일찌감치 알고 있었다. 결혼과 상관없이 결국엔 우리 모두 독신이라는 사실도 깨닫고 있었다. 짝을 찾는 일은 결코 이길 수 없는 신과의 야바위 게임이 아닌가.

초기작인《도둑 신랑》에 나오는 문구처럼 그녀는 진정한 사랑이 '실크와 장미 같은 것'이라 믿었고, 관계와 관계의 기록자로서의 자기 위치에 대해 냉철하게 이해하고 있었다. 그녀는 친구에게 "작가가 되기까지 그리고 어쩌면 독자가 되기까지 오랜 시간이 걸렸지만 나는 이제 사실을 직면하게 되었다"라고 편지를 썼다. 40대에는 한 신문 인터뷰에 대해 이렇게 말했다. "나를 바보인 데다 노처녀인 전문직 남부 사람으로 보더군요. 하긴 그중에 하나이긴 하네요." 자신에 대한 평가를 독자에게 맡기는 것은 그녀의 감정 없는 위트와 가차 없는 자기인식의 특징이라 할 수 있다.

웰티는 독신을 무조건적인 독립으로 그리지는 않는다. 〈6월 발표회June Recital〉라는 소설에는 제1차 세계대전 이듬해 남부의 작은 마을에서 음악교사로 일하는 미스 에크하르트가 등장한다. 독일 이민자 출신의 그녀는 마을에서 점점 이방인이 되어 간다. "그녀의 연인은 아무짝에도 쓸모가 없었다." 웰티는 이렇게 말한다. 독신자의 삶에 대한 오스틴에 버금가는 점잖고도 잔인한 평가였다. 웰티는 자신의 작품 속 등장인물 가운데 에크하르트에게 특히 공감이 간다고 했다. 자신의 회고록에서 다음과 같이 말했다.

내가 유독 가깝게 느끼는 등장인물을 탄생시켰다. 바로 미스 에크하르트다. 마을 사람들은 그녀를 만만찮고 유별나다고 여기

면서 받아들이지 않았다. 미스 에크하르트는 내 모습이다. 외적인 면은 전혀 닮은 데가 없지만 근본적으로 고독하다는 것이 중요하다. 내 인생과 예술을 향한 열정을 그녀에게 쏟아부었다. 위험에 자신을 노출시키는 점도 그녀와 나의 공통점이다. 나를 살게 하고 나를 사로잡는 것은 미스 에크하르트를 움직이게 한다. 그것은 바로 예술에 대한 사랑과 그 사랑을 더 이상 남는 게 없을 때까지 모조리 내주고 싶은 마음이다.

이야기의 끝에서 에크하르트는 몇 년간 빌린 집을 불태우려 한다. 다음 단락에서는 오싹 소름이 돋는다. "미스 에크하르트와 버지 레이니('처녀' 레이니로, 유일하게 재능 있는 학생이다)는 지구를 이리저리 떠돌아다니는 인간들이다. 그리고 길 잃은 짐승처럼 배회하는 다른 사람들도 있었다."

재즈 피아니스트 패츠 월러의 〈미시시피 로드하우스〉 연주에 영감을 받아 쓴 단편 〈파워하우스Powerhouse〉에서는 "물론 흑인 밴드가 한 사람의 관객을 위해 그들이 가진 재능을 모두 내놓아 연주하는 일이 어떤 것인지 당신도 알 거예요……. 모든 걸 내준 사람 앞에서는 누구든 부끄러워지지요."라고 했다. 이 말과 《작가의 시작》에서의 "나를 살게 하고 나를 사로잡는 것은 예술에 대한 사랑과 그 사랑을 더 이상 남는 게 없을 때까지 모조리 내주고 싶은 마음이다."를 나란히 놓고 보면 이해가 된다. 그녀는 백인 관객을 위해 자신의 모든 걸 내주는 패츠 월러를 지켜보면서 방식은 다를지라도 그가 자신과 같은 운명을 살고 있다고 생각했다. 그녀는 예술을 통해 자신의 무한한 사랑을 그녀의 모든 독자에게 내주고 있었다. 흠잡을 데 없는 글과 통찰력 있는 시각만큼이나 나를 그녀의 작품으로 끌어당긴 것은 바로 관대함, 독신자가 지닌 너그러운 마음이다.

'부끄럽다'라는 단어 선택은 마음을 심란하게 만든다. 욕망과 관습에 복종하는 평범한 사람들은 그런 사심 없는 관대함 앞에서 수치심을 느껴야 한다. 만약 그렇지 않다면 돌아서서 자신의 내면을 들여다보고, 결혼과 가족이 자신을 내주는 최고의 방법이라는 문화적 사고를 의심해 봐야 할 것이다. 관습적 제도는 법과 사회, 그리고 유전학으로 우리의 관대함을 정의 내리고 제한한다.

✦　　　　✦　　　　✦

내가 나고 자란 작은 마을에 가면 고등학교 친구의 장례식장에서 들었던 질문을 수차례 받게 된다. 결혼했어요? 안 했어요? 했었어요? 한 적 없다고요? 아이는 있어요? 없어요? 연속되는 질문 앞에서 이 마을에 내가 있을 자리는 없다는 걸 깨닫는다. 나는 아주 정확히 '아니요'에 위치한다. 웰티는 그녀의 훌륭한 작품 중 하나에 〈당신 자리는 없어요No Place for You, My Love〉라는 제목을 붙였다. 자신이 처한 상황에서 최선을 다해 왔지만 최남부 지역에서 독신 여성으로 사는 것이 쉬운 길일 수는 없었다.

웰티의 많은 작품이 여행을 하면서 펼쳐지는 이야기다. 〈외판원의 죽음〉, 〈닳고 닳은 길A Worn Path〉, 〈당신 자리는 없어요〉, 〈이니스폴른 호의 신부Bride of Innisfallen〉가 바로 떠오른다. 그녀는 이야기를 쓰든 읽든 삶과 이야기는 모두 여행이라고, 시간의 안팎에서 일어나는 이야기라고 이해했다. 앉아서 책을 읽고 나면 한 시간이 지났다고 시계가 알려 주지만 그 시간 동안 우리는 시간 밖에 있었다. 시간을 초월했고, 우리가 할 수 있는 몇 안 되는 방법으로 시간을 정복한 것이다. 엔도르핀이 상승한 마라톤 주자와 헤로인 중독자, 연인에게 푹 빠진 사람과 명상하는 은둔자, 목적지 도착을 앞둔 여행자는 책에 빠져들어 시간 밖에 머무른다는 것이 무슨 의미인지 이해할 수 있을 것이다. 과거도 미래도 아닌, 신비주의자들이 말하는 영원히 지속되는 현재에 사는 것의 의미를 말이다.

웰티는 여행을 좋아했다. 여성이 혼자 여행하면 의심과 동정을 받던 시대에 그녀는 거의 모든 여행을 혼자 다녔다. 혼자 여행해 본 사람은 알겠지만 혼자 여행하는 사람은 움직이는 목표물이 된다. 그리고 공중에 떠서 시간 밖으로 벗어난다. 이는 죽음을 속이는 또 다른 방법이다. 레이놀즈 프라이스의 말처럼 그녀에게 여행은 상실과 슬픔을 잊기 위한 마취제라기보다 아픈 가족을 돌보느라 미뤄 둔 사랑의 실현이라고 보는 편이 더 정확할 것이다. 여행은 상상력을 자극하고, 상상력은 사랑으로 통하는 길이니까.

홀로 여행하는 사람은 웰티의 소설 전반에 걸쳐 반복적으로 등장한다. 〈외판원의 죽음〉에서 주인공은 죽음을 맞이하기 위해 홀로 들판을 가로지른다. 〈닳고 닳은 길〉에서는 나이 많은 흑인 할머니가 아픈 손주를 위해 도움을 요청하러 홀로 들판을 가로지른다. 〈당신 자리는 없어요〉에서는 불행한 결혼을 한 외로운 이방인들이 우연히 뉴올리언스에서 만나 거대하고 신비로운 강을 건너 망각의 땅으로 여행을 떠난다. 그곳에서 그들은 과감히 키스를 나누지만 결국 각자의 고독 속으로 다시 돌아간다. 〈이니스폴른 호의 신부〉에서는 남편에게서 도망친 아내가 이곳저곳을 떠돌다 영국의 시골을 지나 새벽이 밝아 올 즈음 아일랜드에서 모습을 드러낸다.

그녀의 작품 속에 등장하는 거의 모든 여성은 완고한 독신자다. 결혼한 사람은 대체로 결혼생활이 불행하다. 〈당신 자리는 없어요〉와 〈이니스폴른 호의 신부〉의 이름 없는 주인공들이 그렇다. 〈내가 우체국에서 사는 이유〉의 1인칭 화자는 신뢰할 수 없는 인물로 유명하다. 허영덩어리에 수다스러운, 독신 여성에 관한 고정관념을 그대로 보여 주는 걸어 다니는 표본이다. 그럼에도 홀로 멋있게 우체국에서 살기 위해 집에서 도망쳐 나온다. 그리고 자신의 행동을 무척이나 자랑스러워한다. 〈커다란 그물The Wide Net〉의 임신 3개월 차 어린 아내는 남편에게 결혼생활을 더 이상 견딜 수 없어 강물에 뛰어들 거라는 편지를 남기고 사라진다. 〈황금 사과The Golden Apples〉의 미즈 아닌 미스 스노디 맥레인은 어떤가? 황금비로 접근해 다나에를 임신시킨 제우스와 같이 맥레인 왕은 그녀를 임신시킬 정도로만 그녀 곁에 머문다. 미스 스노디는 왕으로부터 그녀가 원하는 것, 바로 밤의 쾌락과 반신반인의 유전자를 얻었다. 그 후 그녀는 왕과 인연을 끊고 홀로 자유롭게 아이를 키웠다. 이 점에서 그녀는 선구자였다. 현대의 인구통계 자료가 이를 입증한다. 임신과 생계유지, 자녀 양육이 가능한 여성들은 제멋대로 황금비를 내리는 왕을 떠나 독립을 선택한 미스 스노디의 길을 점점 더 따르고 있다.

나는 윌리엄 맥스웰과 레이놀즈 프라이스가 웰티의 외로움에 대해 '남성을 좋아하고 가끔씩 사랑을 나누지만 남성이 필요하지는 않은 여성'으로 여기며 여성을 이해하지 못하거나 이해하고 싶지 않은 무능한 남성의 입장에서 이해한 것은 아닌지 궁금해졌다. 그토록 비범하고 통찰력 있는 여성이 자신에게 걸맞는 짝을 찾을 가능성이 얼마나 될까? 만약 그런 사람을 찾았다면 두 사람은 잭슨에서 어떤 삶을 꾸렸을까? 웰티는 일찌감치 자신의 한계를 수용했고 그 한계를 반짝이는 독신의 삶을 위한 토대로 삼을 만한 지혜가 있었다. 그리고 그것은 삶의 여정을 자신에게 맞는 형태로 바꾸어 따를 만큼 용감한 이들에게 감탄과 모방을 부르는 선택이었다.

◆   ◆   ◆

〈외판원의 죽음〉 이후로 웰티가 '철저한 고독의 치명적인 무게'에 대해 다시는 글을 쓰지 않았다는 프라이스의 주장에 몇 가지 진실이 담겨 있을지도 모른다. 만약 그랬다면 그녀가 외로움에서 벗어나 고독을 받아들이게 되었기 때문일 것이다. 〈외판원의 죽음〉에 나타난 외로움에 대한 두려움이 이후 작품에서는 보다 노련하게, 의도적으로 고독을 선택해 받아들이는 것으로 발전했음을 알 수 있다. 다음은 〈외판원의 죽음〉에서 주인공이 동반자를 애타게 찾는 장면이다.

> 아팠다. 그래서 내가 얼마나 외로운지 알게 되었다. 너무 늦은
> 건가? 심장이 내 안에서 몸부림친다. 공허함에 맞서 싸우는
> 그 소리가 들릴지도 모르겠다. 가득 차야 할 텐데, 그래야 그의
> 마음이 깊은 호수가 되어 그녀에게 달려올 텐데. 다른 이들처
> 럼 마음에 사랑을 품어야 할 텐데. 사랑으로 흘러넘쳐야 할 텐
> 데⋯⋯. 당신이 누구든 어서 내 마음속에 들어오라. 강 전체가
> 당신의 발을 뒤덮고 높이높이 솟아올라 무릎을 휘감고 온몸을
> 그리고 심장을 뒤덮어야 할 텐데.

우주를 향한 외판원의 애원은 늙어 가는 가족과 어릴 때부터 살
던 집에 머물며 독신을 두려워하는 스물일곱 살 이상주의자의 가슴
아픈 호소다.

하지만 이 호소를 그로부터 거의 20년 후에 출판된 〈이니스폴른
호의 신부〉에 나오는 구절과 비교해 보자. 기차를 타고 영국을 지나
해안가에서 다시 배를 타고 아일랜드로 건너간 이름을 알 수 없는
여인, 그 여인은 어린 아내를 대표하는 인물이다. 그녀는 남편의 허
락 없이 런던을 떠난다. 그녀는 기차 칸의 창문을 열고 밖으로 몸을
기대며 '상처 입은 밤으로 그녀가 돌아오길 그가 바랐으면' 하고 생
각한다. "고통에서 벗어나 기쁜 사랑, 그것은 외로움이지 이것이 아니
었다." 웰티가 말하는 '이것'은 혼자 여행하는 즐거움이며, 벗어났다

는 기쁨이 아닌 사랑을 경험하는 즐거움이다. "나는 망가질 뻔했다. 그리고 또다시 생각이 모자라다고 한바탕 비웃음을 살 위기에 처했다." 이름 없는 아내의 탈출은 고독으로의 도약, 고독 속 자유로움을 향한 도약이다.

마지막 페이지에서 어린 아내는 잘 지낸다는 전보를 남편에게 보낼지 말지를 놓고 깊은 고민에 빠진다. 그녀는 종잇조각에 "내가 돌아갈 거라고 기대하지 말아요."라고 갈겨쓴다. 그것이 그녀가 할 말의 전부였다. 그녀는 마지막 말다툼을 떠올린다. 무엇이 문제였을까? 남편은 그녀가 너무 많은 것을 바란다고 했다. 그 생각이 들자 그녀는 전보를 배수로에 던진다. "어린 아내는 배수로에 전보가 떠내려가도록 내버려 둔다. 그리고 문을 열고 낯선 이들로 가득한 멋진 방으로 보호자 없이 홀로 걸어 들어간다." 이 결말은 1982년판 웰티의 단편소설에 실린 것으로, 1951년 〈더 뉴요커〉에 실린 원본을 수정한 것이다. 원본은 이렇다. "어린 아내는 편지가 배수로에 떠내려가게 두고 술집으로 향한다." 1951년 것과 1982년 것을 비교해 보면 도망친 아내는 '보호자'를 잃는 대신 '낯선 이들로 가득한 멋진 방'을 얻는다.

두 이야기에서 웰티는 독립적인 여성, 즉 독신자에 대해 쓰고 있다. 독신 여성은 항상 존재했지만 사회는 늘 차별하고 무시해 왔다. 무엇 때문일까. 독신 여성의 힘이 두려워서? 독신 여성이 남성의 지배에서 벗어나는 것이 부러워서? 결혼으로 얻는 보호자보다 낯선 이들로 가득한 멋진 방에서의 고독이 낫다. 환한 빛 속에 살면서 용기를 내지 못하거나 용기 내지 않는 누군가와 기쁨을 타협하는 것보다 온전한 기쁨 속에 혼자 사는 것이 낫다. 공감하지 못하는 사람에게 감정을 맞추느니 혼자서 희망과 기쁨과 실망을 온전히 누리는 것이 낫다. 예술이라는 투쟁과 절제를 통해 충만함에 이른 독신자 웰티, 그녀만큼 깨달음을 얻은 사람이 어디 있겠는가.

◆   ◆   ◆

웰티는 어느 편지에 이렇게 썼다. "이야기가 흘러갈 때는 당신이 알고 있는 것보다 훨씬 더 많은 것을 느끼게 됩니다. 그리고 그것들이 어느 정도 고통을 주기도 하지요. 하지만 일이 해결되면 놓아주세요." 그녀에게 무엇보다 고통스러운 일은 단단히 짝을 이룬 세상에 독신으로 사는 것이었고, 웰티는 그 고통을 이야기로써 예술로 승화시켰다. 그것은 그녀가 자신의 운명과 화해하는 방식이기도 했다. 세 편의 이야기를 통해 운명과 화해한 그녀는 또 다른 도전을 시도했다.

1970년에 발표한 《패전》은 미시시피 구릉지대를 배경으로 펼쳐지는 대가족의 재회를 다룬 대하소설이다. 그리고 2년 뒤 《낙천주의자의 딸The Optimist's Daughter》로 다시 독신 여성의 이야기를 그린다. 다만 이 작품에서는 주인공의 내적 삶보다는 전통 사회가 독신 여성을 받아들일 것인가, 받아들인다면 어떻게 받아들일 것인가에 초점을 둔다. 북쪽으로 떠나 그곳에 머물렀던 로렐은 판사인 아버지의 장례식 때문에 고향으로 돌아온다. 두 집의 가장이었던 치솜 부인은 로렐을 향해 아버지도 어머니도, 형제도 자식도 없어 찾아갈 곳이라곤 없다며 혀를 쯧쯧 찬다. 그러자 아버지의 평생 친구이자 학식 높고 부유한 시장이 소리친다. "무슨 말이오! 여기 이 아이 친구들이 얼마나 많은데!" 그러자 치솜 부인이 콧방귀를 뀌며 말한다. "지금 여기 있는 친구들은 내일이면 아무도 없을걸. 친구가 어디 피붙이만 한가요."

치솜 부인은 기존 세대를 대표한다. 그들은 결혼이야말로 관계와 사회를 지속하는 초석이라고 믿는다. 그 시각을 예수의 유명한 말 "죽은 자는 죽은 자가 묻도록 하라"와 비교해 보자. 부처와 예수는 가족을 떠나 은자들로 이루어진 가족을 만들었다. 부처가 깨달음을 얻기 위해 자신의 가족을 버렸듯 예수는 새로운 질서를 세우기 위해 씨족 중심의 기존 질서를 거부했다. 이는 마태복음 12장 46절에서 50절에 서술되어 있다.

> 예수께서 무리에게 말씀하실 때에 그의 어머니와 동생들이 예수께 말하려고 밖에 서 있었다. 한 사람이 예수께 여쭈되 보소서 당신의 어머니와 동생들이 당신께 말하려고 밖에 서 있나이다 하니 예수가 말하던 사람에게 대답하여 이르시되 누가 내 어머니고 동생들이냐 하시고 손을 들어 제자들을 가리켜 이르시되 나의 어머니와 나의 동생들을 보라 누구든지 하늘에 계신 내 아버지 뜻대로 하는 자가 내 형제요 자매요 어머니이니라 하시더라.
>
> **마태복음 12:46-50**

예수와 웰티는 종의 생존이 결혼이 아닌 우정으로 맺어진 사랑의 관계에 달려 있다고 말한다.

◆　　　◆　　　◆

웰티는 감수성이 부족한 사람 혹은 살다 보니 세심함을 잃어버린 사람들 사이에서 해맑은 사람들이 직면하게 되는 문제에 관한 글을 썼다. 〈이니스폴른 호의 신부〉에서 그녀는 "태어날 때부터 가지고 있던 온전한 기쁨을 사람들 앞에서 숨기든 과시하든 절대 드러내서는 안 된다. 사람들은 그것을 원하지 않는다."라고 썼다. 이 말은 에밀리 디킨슨의 시를 떠올리게 한다.

> *왜 그들은 나를 천국 밖으로 내쫓았나?*
> *내가 너무 크게 노래를 해서?*
>
> 〈시 248〉

"사람들이 왜 결혼을 하는지 모르겠어요." 웰티는 오랫동안 편지로 관계를 이어 온 그의 첫사랑에게 이렇게 썼다. 웰티는 그를 따라 샌프란시스코로 갔지만 그 남자는 자신의 남자친구와 유럽으로 서둘러 떠났다. 웰티의 작품 속 수많은 등장인물에게 결혼은 메리앤 무어의 말처럼 하찮은 만족이다. 웰티가 관심을 가지고 추구했던 것은 완전한 즐거움이다.

스탠퍼드 학생의 질문에 대한 답이 여기에 있다. 웰티가 자신과 작품 속 에크하르트를 스스로 위험에 노출시킨다고 묘사했던 것을 다시 생각해 본다. 그녀는 온 세상에 자신을 드러내면서 결혼이라는 타협이 아니라 예술이라는 이상에 헌신했다. 이는 상황에 의한 것이었을까 아니면 선택에 의한 것이었을까? 서신과 작품에 드러난 대답은 분명하고 간단하게 둘 다라고 말한다.

✦　　　✦　　　✦

후에 웰티는 로스 맥도널드라는 필명의 추리소설 작가인 켄 밀라와 매우 특별한 사랑을 했다. 그들의 사랑은 편지로 맺은 가장 위대한 사랑이다. 스릴러를 좋아했던 웰티는 1966년 밀라에게 인디언의 시 〈산 정상에서 드리는 기도〉를 동봉하여 그의 소설을 칭찬하는 편지를 보냈다.

> 나를 위해 모든 것들을 아름답게 되살려 주오.
> 내 앞에 있는 모든 것들을 아름답게 만들어 주오.
> 내 뒤에 있는 모든 것들을 아름답게 만들어 주오.
> 내가 하는 말들을 아름답게 만들어 주오.
> 아름답게 되었네.
> 아름답게 되었네.
> 아름답게 되었네.
> 아름답게 되었네.

그녀는 편지로 친밀감을 표현하는 데 두려움이 없었다.

두 사람은 오랫동안 활발하게 편지를 주고받았다. 1971년, 그들은 우연히 뉴욕의 알곤킨 호텔에 머물렀다. 로비에서 마주친 두 사람은 함께 맨해튼 중심가를 걸었고 사랑에 빠졌다. 다음 날 밀라는 캘리포니아로 떠나며 호텔 로비에 조만간 편지를 보내겠다는 메모를 남겼다. 그러곤 캘리포니아에서 편지를 보냈다. "사랑과 우정은 삶에서 분명 최고의 것이며 어쩌면 삶을 넘어 지속될 것이오. 헤아릴 수 없이 멀리 떨어져 날짜를 가늠할 수 없고 과거와 미래가 아무런 의미 없는 별빛처럼 말이오. 별빛의 근원은 마땅히 우리 안에 있다고 여겨지오. 그 힘 덕분에 우리는 견디지요. 사랑받는 일이 우리를 매력적인 존재로 느껴지게 만들듯이…… 당신은 시간을 멈추고 우리의 현재에 미래가 담긴 잔을 내게 건네주었소. 그리고 우리가 마치 삶을 초월해 살아왔던 것처럼 현재도 미래도 과거도 하나가 되었소."

나는 시간의 무한함에 대한 그의 호소에 주목했다. 양자물리학, 예술가와 작가 그리고 연인이 실재하고, 이 순간에 모든 순간들이 존재한다. 편지로 나눈 그들의 사랑이 얼마나 끈끈했는지 느껴진다.

웰티는 중년을 훌쩍 넘긴 내가 이 책을 쓰는 이유다. 휘트먼, 디킨슨과 함께 그녀의 여정을 완수하고 그들이 삶과 작품을 통해 준 교훈을 받아들인다. 그리고 나 역시 혼자 살아야 할 운명을 지닌 독신자 부류에 속한다는 것을 인정하고 이 책을 통해 열정과 사랑을 주고받고자 한다. 독신 여성은 소명이고 독신 남성은 합법적 천직이다.

웰티는 폭력적인 시기, 폭력적인 곳에 사는 온화한 자유주의자였다. 남부에 살았던 훌륭한 백인 작가들과 마찬가지로 그녀는 느긋한 변화를 옹호하는 입장이었다. 재즈 가수 니나 시몬은 그녀의 노래 〈미시시피 갓댐Mississippi Goddam〉에서 이들이 특권을 누리고 있다며 비꼬았다. 그녀가 "그게 바로 문제야"라고 노래를 부르면 밴드가 "너무 느려"라고 외쳤다. 웰티가 인간의 모든 다양성을 사랑했다는 사실은 그녀의 작품과 사진에 명백히 드러난다. 시간과 장소를 뛰어넘을 수는 없었지만, 오히려 그것을 이용한 그녀에게 고개 숙여 경의를 표한다. 재즈 피아니스트의 연주에 영감을 받아 쓴 소설 〈파워하우스〉에서 세력가를 원숭이에 비유하는 부분을 보면 감탄과 동시에 움찔 놀랄 수도 있다. 동시대 백인 가운데 유일한 남부 출신 동료이자 독신인 제임스 에이지만이 음악과 음악가에 대해 제대로 이해하고 우호적으로 글을 썼다.

인종차별주의는 결코 간단하지 않다. 웰티가 살던 시대 이후로 달라진 것은 백인 사회가 흑인에게 요구하는 척도를 흑인이 용서하려 한다는 것이다. 어찌 됐든 〈닳고 닳은 길〉에서 손자의 약을 구하기 위해 백인 남성의 멸시를 받으며 먼 길을 걸어간 용감한 할머니 피닉스 잭슨과 마을을 떠나 북쪽으로 갔던 중산층 가정의 딸 로렐, 두 사람의 특징은 모두 혼자 산다는 것이다.

잭슨에 있는 웰티의 정원은 '앙투안 리보이레, 1895'와 같이 이름
과 출시 연도가 꼼꼼히 적힌 여러 종류의 장미들로 유명하다. 하지만
더욱 눈에 띄는 것은 웰티가 사망한 후 세워진 명판이다. 명판에는
작가로서 막 발을 내딛었던 1941년에 그녀가 자신의 에이전트인 디
아뮈드 러셀에게 쓴 편지의 일부가 적혀 있다.

　　*매일 저녁 해가 지면 공기가 선선해져 정원에 물을 주기 좋아
요. 들리는 거라곤 여치의 울음소리뿐 무척이나 고요합니다. 식
물에게 물을 주고 한참 같은 자리에 가만히 서 있습니다. 무언
가 낯선 기분이 들어요. 그렇게밖에 달리 표현할 방법이 없네
요. 마치 내 의지가 몸 밖으로 빠져나간 것 같아요. 내게 있던
아집이 녹아내리는 것 같아요. 정말 놀라운 일이에요. 왜냐하
면 그동안 살아오면서 나에게 그런 경직된 것이랄까 거부감, 뭐
그런 단단한 것이 있는 줄 몰랐거든요. 내가 이미 느꼈다고 믿었
던, 솔직히 괴롭다고 생각했던 그 감정을 생전 처음 느껴요. 주
변에 있는 모든 것이 느껴져요. 이 감정이 생소하고 두려워요.
아니, 정말로 두렵진 않아요. 왜냐하면 날이 어두워질수록 변
하는 빛의 밝기와 바람의 강도, 여치의 노랫소리와 꽃의 색깔처
럼 내가 정원의 모든 변화를 느낄 때 이 모든 것들은 행복의 일
부일 수도 있고 불행의 일부일 수도 있고, 사라졌거나 잘 모르*

고 지나간 불행의 일부일 수도 있으니까요. 외적으로 드러난 그들의 아름다움은 더 이상 단순하지 않아요. 정원 그 자체의 정체성은 사라지고 없어요. 무슨 소리인가 싶을 거예요. 나도 혼란스러우니까. 하지만 이제 그렇지 않아요. 너무도 강렬해서 심각하게 받아들이지 않으려 해도 이해하려 들지 않고 그저 기뻐하려 해도 그럴 수가 없어요.

"내가 이미 느꼈다고 믿었던, 솔직히 괴롭다고 생각했던 그 감정을 생전 처음 느껴요. 주변에 있는 모든 것이 느껴져요." 내 어머니는 그녀의 신성한 공간인 온실에서 그 같은 경험을 했다. 어머니는 텃밭에 키운 채소들로 가족과 손님들에게 음식을 만들어 주었지만 그곳은 아버지의 공간이었다. 어머니에게 텃밭은 일거리를 의미했다. 푹푹 찌는 8월에 토마토, 복숭아, 비트, 완두콩을 돌보고 토마토 통조림을 만들며 쉬지 않고 일했다. 어머니는 꽃을 사랑했다. 덧없고 화려한 꽃을.

어머니는 특히 난초와 선인장을 좋아했다. 식탁에는 항상 꽃밭에서 꺾어 온 꽃다발이 놓여 있었다. 내가 시간 개념을 이해하게 된 것은 바로 이 꽃들을 통해서였다. 동백꽃, 히아신스, 개나리, 수선화, 아이리스, 산딸나무, 모란, 백합, 인동덩굴, 장미, 원추리, 데이지, 아마릴리스, 제라늄, 국화, 남천(슬프게도 다른 식물을 침범한다), 산수유, 호랑가시나무, 서양호랑가시나무, 윤기 나는 짙푸른 목련 나뭇잎……. 경험 많은 정원사라면 이 꽃들의 목록에서 봄에서 여름, 가을을 지나 겨울로 가는 시를 읽을 수 있을 것이다.

수도원이 온실 문을 닫자 어머니는 심비디움 가지를 가져다 풍성하게 길렀고, 그 화려한 꽃으로 가족과 마을 결혼식, 무도회와 졸업식을 위한 코르사주를 만들었다. 어머니의 선인장에 대한 관심이 알려지면서 사막에 여행을 다녀온 사람들이 어머니에게 선인장 가지를 가져다주었다. 그중 가장 이국적인 것은 밤에만 꽃을 피우는 손가락 선인장이었다. 이 선인장이 꽃망울을 터뜨리는 밤이면 어머니는 이웃 사람들과 가족을 불러 모아 잠깐 피었다 사라지는 섬세하고 웅장한 꽃을 지켜보게 했다.

웰티의 편지가 초자연주의적 경험을 증언하고 있듯 나는 우리의 신비주의자들이 생리적 특성을 공유하고 있을지도 모른다는 생각이 들었다. 만약 신경과학자가 그들을 상대로 조심스럽게 부검을 해 본다면 신경 말단이 좀 더 촘촘하다든가 뇌 구조가 좀 더 밀집되어 있다든가 하는 것들을 발견할 수 있지 않을까? 그래야 웰티가 유창하게 묘사한 심리 상태를 생리학적으로 설명할 수 있다. 그래야 뉴욕에서 나태하게 보낸 자신의 어린 시절에 대한 헨리 제임스의 기억을, 조라 닐 허스턴의 어린 시절 환영을, 장 르누아르를 그린 세잔의 그림을, 카누를 타고 갠지스 델타 지대를 표류한 라빈드라나드 타고르를 설명할 수 있다. 포스트모던 시대를 사는 우리는 잠들기 직전에만 그 상태에 근접할 수 있다. 그렇지 않고서는 향정신성 약품의 힘을 빌려야만 한다.

이 생각이 비현실적으로 보인다면, 명판에 새겨진 웰티의 환영과

《통회하는 한 방관자의 생각》에 기록되어 있는 토머스 머튼의 단상을 비교해 보자.

> 4번가와 월넛가 모퉁이, 상점들이 늘어선 번화가 중심에서 갑자기 나는 내가 저 모든 사람을 사랑하고 그들은 내게, 나는 그들에게 속해 있으며 우리는 서로 전혀 모르는 사람들이지만 낯설지 않다는 깨달음에 압도당했다. 마치 별개의 꿈에서, 금욕과 신성함이 있는 특별한 세상 속 거짓된 자아가 꿈에서 깨어나는 것 같았다. 모두가 이것을 깨달을 수만 있다면! 하지만 달리 설명할 방법이 없다. 사람들이 태양처럼 빛을 내며 걸어 다니고 있다고 알릴 수 있는 방법이 없다.

투손의 고요하고 무더운 여름날 아침에 글을 쓰던 나는 자신과 정원이 하나가 된다는 웰티의 통찰, 그리고 태양처럼 반짝이며 걸어 다니는 사람들과 자신이 하나라는 머튼의 통찰은 근본적으로 두 사람 모두 고독을 수용했기 때문이라는 것을 알게 되었다. 정원에 있는 웰티에게, 분주한 도시의 모퉁이에 있는 머튼에게 동행인이 있었다면 그들이 앞서 말한 경험을 할 수 없었을 것이다. 내가 글로 쓰고 있는 이것은 침묵과 고독의 몇 시간, 몇 날, 몇 주, 몇 년을 지나 눈에 보이지 않게 자기도 모르는 사이에 지어진 그곳에서 비롯된다. 그렇다면 그곳의 밑바탕에는 무엇이 있을까? 웰티와 머튼이 그랬듯 나는 사랑이라고 생각한다. 자기애라는 이단적인 사랑.

왜 이단일까? 비평가 파울 츠바이크의 장편 명상록《자기애의 이단: 체제를 따르지 않는 개인주의 연구》라는 제목은 무엇을 연상시키는가? 독신자는 결혼과 출산이라는 이타적 삶의 책임을 떠맡지 않으려는 이기적인 사람으로 여겨질 수 있다. 내 경험상 아이를 교육하거나 응급실에서 아이를 돌보는 일, 자녀와 친척이 방문하지 않는 시설에 방치된 노인들을 돌보고 찾는 일은 독신자들이 하는데도 이 헛소문은 사라질 줄을 모른다.

영국의 낭만주의 시인 존 키츠는 "천재성은 자신을 사랑하는 것과 자신을 놓아주는 것, 두 가지 명백히 모순된 생각을 애쓰지 않고도 마음에 담을 수 있는 능력"이라고 말했다. "자아는 없다!" 스즈키 순류°가 소리칠지도 모른다. 우리에게 정체성이나 책임감이 없다는 것이 아니라 자아를 끊임없이 내주다 보면 지혜가 자아를 찾아낼 것이라는 뜻이다. 예수 역시 이 진리에 대해 가르쳤다.

이는 커다란 용기의 행동이며 개방성과 취약성, 용서를 수반하고 언제나 주의를 요하는 행동이다. 불교 용어 '마인드풀니스'로 정리할 수 있는 이 자질은 언제나 부족하다. 더군다나 싼 가격과 편리함이 최우선 과제가 되어 버린 IT 시대에는 더욱 그러하다. 이어폰을 빼고 선글라스를 벗고서 보고 듣고 주의를 기울이는 것이 얼마나 어려운 일인가.

° 스즈키 순류(鈴木俊隆, 1904~1971)는 일본의 정통 선불교 지도자로, 1950년대에 미국으로 건너가 불교의 선사상을 전파했다. 20세기 가장 영향력 있는 영적 스승 중 하나로 꼽히는 그는 우리가 표면적으로 존재하기 이전의 세계, 즉 우리가 개체로서의 자아를 초월했을 때 만나게 되는 세계를 믿어야 한다고 강조했다. —편집자

저 수평선 위로 숲이 우거진 산, 내가 닿을 수 없다는 것을 알지만 그래도 나는 그곳을 동경하고 염원한다. 산이 내게 오라고 손짓한다. 정상에 오르게 된다면 우리 모두가 태양처럼 빛나며 걸어가는 모습을 보게 될 것이다.

8.

신의 연인

라빈드라나드 타고르
Rabindranath Tagore

* * *

1861년에 태어난 라빈드라나드 타고르는 1913년 비유럽인 최초로 노벨문학상을 수상했다. 저명한 벵골 가문의 마지막으로 살아남은 열세 번째 자녀로, 집안 장남의 막내아들이었다. '성숙한 영혼'이라는 타고르의 명성은 어느 정도 이 가계도 덕분이라고 할 수 있다. 대가족의 막내로 태어난 내가 그러했듯 오래된 이야기와 집안 내력을 들으며 자랐을 것이다. 소설을 위해 벵골인의 특징을 연구하던 중 나와 비슷한 성장 배경과 유려한 글에 드러난 본질적 고독에 이끌려 타고르의 삶에 관심을 가지게 되었다.

간디는 라빈드라나드 타고르를 '위대한 파수꾼' 혹은 '위대한 스승'이라 불렀다. 이에 타고르는 간디를 '마하트마(위대한 영혼)'라고 부르며 그의 호의에 답했고, 그 후로 간디는 '마하트마 간디'라고 불리게 되었다. 서양인은 타고르와 동시대 인물인 간디를 아대륙의 해방자라 칭송하지만, 인도가 현재 소프트웨어 강국으로 세계적인 명성을 누리는 것은 교육 투사였던 타고르 덕분이다. 사실 간디의 비폭력 저항운동은 교육 발전에 별 도움이 되지 않았다. 1982년에 상영

된 할리우드 블록버스터° 덕분에 운동가 간디는 전 세계적인 기준점이 된 반면 홀로 사색적인 삶을 산 타고르는 미국 내에서 잊히고 말았다. 하지만 전 세계 언어에서 화자 수가 일곱 번째로 많은 벵골어로 쓰인 타고르의 삶과 작품은 학문적 연구의 초점으로 남아 있다. 심지어 콜카타의 노숙자와 벵골 벽촌의 농부들까지 타고르의 노래를 부르고 그의 시를 읊는다. 타고르는 종종 밥 딜런에 비유되는데, 그 역시 노벨문학상을 받은 유일한 음악가이기 때문이다.

다음은 타고르가 비서에게 보낸 편지의 일부다.

> 내 영혼의 주변에는 무한한 외로움의 공간이 있네. 그 공간 때문에 내 개인적 삶의 목소리가 친구들에게 종종 닿지 않아서 그들보다 내가 더 고통스럽다네. 나는 다른 누구보다, 어쩌면 더 많이 개인적 세계를 동경하네. 하지만 경험상 나는 동경만 할 뿐 관계를 맺어서는 안 될 운명이네. 그동안 줄곧 운명은 내 생각과 내 꿈, 내 목소리를 요구했고 그러기 위해서 삶과 마음의 분리가 필요했지. 사실 나는 친밀한 동료가 생길 기회를 끊임없이 빼앗겨 왔네. 한편으론 내가 개인적 관계에 대해 극도로 예민한 탓에 관계를 인정하고 반갑게 맞으려 할 때조차도 내 삶 가까이 바로 받아들일 수가 없었네. 이러한 결핍이 무슨 이유에선지 신이 내게 요구하신 희생이라는 걸 알기에 달게 받아들인다네.

° 리처드 애튼버러 감독의 영화 〈간디*Gandhi*〉(1982)를 말한다. ─편집자

노벨상 발표가 나자 영국과 미국의 신문들은 앞다투어 타고르가 피부는 검지만 유전적으로는 아리아인°이라고 주장하며 대중을 설득했다. 그의 노벨상 수상 홍보를 위한 당대의 저명한 백인 남성 시인 윌리엄 버틀러 예이츠와 에즈라 파운드의 칭찬 속에, 식민지 주민의 행동과 글쓰기 방식에 대해 백인이 수용한다면 피부가 검은 이 식민지 주민을 칭찬하겠다는 유럽 문학계의 욕구가 느껴진다. 하지만 타고르가 인도의 독립을 촉구하는 그만의 계획을 드러내자 영국 문학계는 등을 돌렸고 그의 인기는 곤두박질쳤다.

타고르는 유럽과 미국을 방문할 때마다 당대의 지식인과 예술가들을 만났다. 일부는 회의적인 태도를 보였지만 대부분은 넋을 잃고 그에게 매료되었다. 잘생긴 데다가 사진으로 미루어 볼 때 현대판 예수의 모습을 하고 있기에 벵골 현자라는 영국인의 믿음이 점점 커졌다. 이윤 추구를 위해 자연이 파괴되고 점점 부산스러워지는 세상을 바라보며 서양의 지식인들은 물질주의를 대체할 만한 고대의 지혜를 떠올렸고, 그에 대한 환상을 투영할 스크린이 간절히 필요했다. 그리하여 에머슨이 옹호하고 휘트먼이 《풀잎》을 통해 발전시키고 소로가 노래한 이상의 화신으로서 타고르를 내세웠다. 서구의 경험주의와 아시아의 신비주의가 결합된 것이다. 제1차 세계대전의 대학살과 인도 민족주의의 고조로 인해 본국에 전적으로 헌신하기 전까지 타고르는 그 이상을 수용했다.

그를 떠받들던 일부 백인이 냉소적으로 태도를 바꾼 것은 타고르

° 인더스 문명을 구축했다고 여겨지는 고대 민족 -옮긴이

가 그들이 꿈꿔 온 예수의 재림이 아니라는 것을 알고 실망했기 때문이다. 타고르의 작품은 극히 일부만 출판되었다. 당시 서양 문화의 발전과 보급을 자신들의 사명이라고 생각했던 보수적 단체 노벨상 위원회가 기껏해야 《기탄잘리*Gitanjali*(신께 바치는 노래)》정도만 읽었기 때문이다. 《기탄잘리》는 타고르가 사랑한 갠지스 델타 지역의 물이 있는 경치와 마을, 그리고 신을 찬양하는 종교적 시의 모음집이자 영어로 번역된 유일한 작품이다. 타고르는 노벨상 위원회의 주요 후원자였던 윌리엄 버틀러 예이츠의 도움을 받아 벵골어로 쓴 《기탄잘리》를 직접 번역했다. 타고르와 예이츠 사이에 처음부터 따뜻한 울림이 있었던 이유는 쉽게 알 수 있다. 둘 다 영어를 주요 언어로 썼지만 문화의 뿌리는 모국어에 있는 식민지 출신 시인이었다. 두 시인 모두 본국 통치에 대해 강한 반감을 가지고 있었기에 반(反) 식민주의 운동가가 될 수 있었다. 1906년, 노벨상을 받기 훨씬 이전에 타고르는 대영제국의 광범위한 분열과 지배 전략의 일환이었던 커즌 경의 인종적 구분선에 대한 반대의 외침으로 《나의 황금 벵골*Amar Sonar Bangla*》을 출간했다. 그리고 그의 노래 〈모국에 경례를*Bande Mataram*〉은 인도 민족주의 운동의 비공식 국가(國歌)가 되었다. 후에 그의 노래 〈모든 국민의 마음*Jana Gana Mana*〉은 인도의 새 국가로 선정되었고, 〈나의 황금 벵골〉은 방글라데시의 국가로 부활하여 유일하게 국가 두 개를 만든 작곡가가 되었다.

◆   ◆   ◆

그의 강력한 소설과 에세이, 동료 독신자에게 말없이 보내는 깊은 이해, 평생을 벵골에 바친 깊은 애정에 이끌려 나는 타고르가 출생하고 사망한 콜카타 지역의 조라상코를 찾아 지구 반 바퀴를 돌았다.

대영제국이 아대륙을 강탈하기 위해 근거지로 건설한 '기쁨의 도시' 콜카타는 20세기를 지나며 아시아의 가장 부유한 도시에서 가장 빈곤한 도시가 되었다. 자본주의, 식민주의의 폭력과 비극이 여실히 드러나는 곳이다. 넓은 길 위에 온 마을 사람들이 나와 요리하고 잠을 자고 웃고 배설하고 구걸하고 아기에게 젖을 물리는 곳, 언제 어디서나 물건을 팔고 또 파는 곳. 얼룩덜룩한 갈색의 벵골인들 한가운데, 그 혼돈의 소용돌이 한가운데에 그들보다 머리 하나가 더 큰 백인 남성이 있다. 그곳을 방문한 몇 주 동안 나는 유일한 백인, 더군다나 혼자 여행하는 백인이었다. 백인들은 범죄의 현장을 다시 방문하고 싶어 하지 않는데 말이다.

그곳에서 아들이 미국으로 이민을 가고 싶어 한다는 의사 부부를 만났다. 두 사람은 모스크바에서 의학 교육을 받았고, 영국으로 여행을 간 적이 있다고 했다. 그들에게는 결혼 적령기에 이른 미혼의 딸이 있었다. 얼마 후 의사 아내는 내게 결혼을 했는지 물었다. 예상했던 질문인 데다 오해를 사고 싶지 않아 동성애자라고 대답했다. 그녀는 한참을 생각하더니 그런 현상에 대해 들어 봤다고 말했다.

그러곤 서로 사랑해서 하는 결혼보다 부모가 주선한 결혼이 성공할 가능성이 더 높지 않겠느냐고 물었다. 남자에게는 결혼과 출산, 부양의 세 가지 책임이 있지 않느냐고도 물었다. 그리고 남자들끼리 성관계를 한다는 건 알고 있지만 왜 굳이 그것에 대해 말하느냐고도 했다.

신이 공평하다고 생각할 때면 나는 내 동료들 때문에 몸이 떨리곤 한다.

칼리 사원의 피 묻은 입, 두개골 목걸이, 검은 얼굴, 칼리신의 식욕을 돋울 진홍색 히비스커스 꽃이 담긴 바구니들, 매시간 제물로 바쳐지는 염소들. 이렇듯 죽음에 대한 문화적 친숙함, 즉 죽음을 생의 종말이 아닌 삶의 본질이자 늘 존재하는 것으로 인식하는 방식이 타고르를 죽음에 대해 깊이 생각하도록 만들었을 것이다. 엘리자베스 퀴블러 로스는 그녀의 저서 《죽음과 죽어감》의 모든 장을 타고르의 인용문으로 시작한다.

콜카타는 두르가가 악마 마히사수라를 물리치고 승리를 거둔 것을 기념하는 대축제가 한창이었다. 두르가는 콜카타의 수호신, 처녀이자 시바신 아이들의 어머니다. 축제를 위한 임시 사원인 펜달은 저택보다 크며, 건축의 디테일을 살려 대나무를 엮어 만든 화려한 구조물에 삼베를 덮고 코린트식 기둥을 세우고 인간과 동물, 장미 문양을 넣는다. 실내는 일괄적으로 황소, 양, 처녀, 구유에 놓인 아기, 두르가 여신의 여러 변형 신, 고독한 전사, 다리를 벌리고 앉은 사자, 양옆의 네 명의 자녀, 여신의 팔 열 개에 각각 들린 무기, 그 가운데 한 손에는 물소의 발현인 푸른색 옷을 입은 악마 마히사수라를 꿰뚫은 삼지창으로 장식한다.

꿈의 건축양식으로 지어진 환상의 도시, 파괴되기 위해 지어진 도시. 펜달을 가득 메운 신자들. '두려움 없는 삶'이라고 적힌 현수막

이 입구에 걸린 거대한 펜달. 축제 마지막 날에 신자들은 펜달을 들고 강으로 나아가 그들의 여신을 원점으로, 진흙을 진흙으로 돌려보낸다. 과거는 없다, 미래도 없다. 시간은 환상일 뿐, 지금 여기 그리고 현재만 있을 뿐이다. 시작하고 또 시작하자.

우기가 길어졌다. 하지만 매 순간을 활용하자는 다분히 백인다운 결심에 따라 나는 조라상코를 찾아 출발했다.

비는 그칠 줄을 몰랐다. 배수시설이 여의치 않은 도시의 거리는 물이 무릎까지 차올랐다. 비쩍 마른 인력거꾼들이 물에 잠긴 거리를 뚫고 승객을 나를 뿐이었다. 러시아가 건설한 지하철이 정시에 들어왔다 나갔다. 나는 영국의 인도 통치를 공개적으로 지지했던 잔존하는 상류층의 모임 장소와 주택이 모여 있는 아시아 소사이어티 건물 근처에서 내렸다. 누군가 나에게 조라상코로 가는 길을 알려 줄 거라 생각했다. 건물 입구에는 무장 경비병 네 명이 담배를 피우고 있었다. 조라상코로 가는 길을 묻자 그들 중 한 명이 여권을 요구했다. 그렇게 네 명이 돌아가며 여권을 살펴보더니 마지막 경비병이 여권을 들고 건물 안으로 사라졌다. 나머지 경비병들이 가리킨 긴 의자에 앉아 한 시간쯤 기다리다 내가 말했다. "나는 그저 조라상코로 가는 길이 알고 싶었을 뿐이오." 그들은 가만히 미소 지었다. 한 시간이 더 지나고, 나는 자포자기의 심정으로 지갑에서 명함을 꺼내며 말했다. "나는 교수요. 내 여권을 돌려주겠소?" 이번에도 경비병 셋이 돌아가며 명함을 살펴보고는 말했다. "미국에서 온 유명한 교수님이군요. 책임자를 만나야 합니다." "나는 책임자를 만나고 싶지 않소. 여권을 돌려주시오." 조라상코를 찾겠다는 그날의 계획을 포기해야 했다. 비는 여전했다. "센터 책임자가 차를 마시고 돌아오면 만나 보셔야 합니다." 첫 번째 경비병이 말했다. 언제 오는지 묻자 그들은 다시 미소만 지을 뿐이었다. 또다시 한 시간쯤 지나자 여권을 들고 갔던 경비병이 돌아와 말했다. "책임자께서 만나시겠답니다." 내가 만나고 싶지 않다고 말하자 내 여권은 다시 사라졌다. 30분이 지나 4시가 되자 경비병이 다시 돌아와 말했다. "책임자께서 5시에 만나시겠답니다." 나는 도망갈 생각으로 그의 손에 여권이 있나 살피며 물었다. "내 여권 좀 돌려주겠소?" "책임자를 만나고 나서 드리겠습니다." 정확히 5시가 되자 경비병이 내게 오라고 손짓했다.

건물 꼭대기 층에 있는 책임자의 방은 높은 천장과 유럽 식민주의 시기에 그린 그림들로 화려하게 장식되어 있었다. 한쪽 벽을 덮은 곰팡이가 그림을 타고 기어올랐다. 책임자가 내게 앉으라고 손짓했다. 그는 티끌 하나 없이 깨끗한 책상 앞에 앉아 있었다. "영어를 쓰는 저명한 교수님이시라고." 그가 말했다. "그 정도는 아닙니다." 내가 대답했다. "저는 그저 조라상코로 가는 길을 찾고 있을 뿐입니다." 다소 찡그러지는 그의 얼굴을 보고, 나는 타고르가 아시아 소사이어티와 뜻을 같이한 사람이 아니었다는 것과 어쩌면 내가 속임수에 넘어가고 있는지 모른다는 생각이 들었다. 그가 비로소 미소를 지으며 두 손을 모으고 일어섰다. "윌리엄 워즈워스의 〈서곡〉이오." 그는 십 분 넘게 시를 암송했다. 그러더니 다시 두 손을 맞잡고 자리에 앉았다. "이제 당신이 나를 위해 시를 읊어 줄 차례요. 셸리로 하겠소, 바이런으로 하겠소?" "유감스럽게도 영국 시인의 시는 외울 줄 아는 게 없습니다." 그러자 그가 말했다. "강연을 좀 해 줘야겠소." "고마운 말이지만, 나는 그저 조라상코를 찾아왔을 뿐입니다. 그러니 여권을 돌려주십시오." 하지만 어떻게 해도 조라상코에 대한 대답은 들을 수 없었다. 그가 달력을 꺼내 들며 말했다. "날을 잡읍시다. 다음 주 목요일 낮 12시 어떻소? 우리 협회 사람들을 초대하리다. 미국에서 온 유명한 교수의 강연을 듣는다면 다들 좋아할 거요." 나는 준비가 되어 있지 않으며 강의노트를 들고 여행을 하지는 않는다고 말했다. "주제는 뭐가 좋겠소?" 어쩔 수 없이 얼마 전 불교와 기독교의 만남에 대한 책을 썼다고 답했다. 그가 인상을 찌푸리며 말했다. "협회 사람들과 의논을 해 봐야겠군요."

몇 번의 대화가 오가는 사이 그림들에서 곰팡이 냄새가 올라오고 비는 계속 내렸다. 그리고 마침내 해방되었다. "아, 당신 여권은, 괜한 일을 했구려, 아래층에 가서 물어보시오." 나는 아래층에 내려가 여권을 달라고 한 뒤 출입문으로 향했다.

건물 밖으로 나오니 하루가 저물었다. 계획을 세우지 말자고 생각했다. 상황을 받아들이는 자세를 배우고, 콜카타의 삶에 대해 배우고, 인생에 대해 배웠다. 비가 그쳤다. 물에 잠긴 거리를 간신히 지나 지하철을 타고 다시 인력거를 타고 숙소로 돌아왔다. 이곳은 타고르의 아버지가 공동으로 설립한 힌두 일신교 개혁운동 단체 브라마 사마지*Brahmo Samaj* 추종자들이 세운 기관이었다. 휴대폰을 여는 순간 전화가 울렸다. 아시아 소사이어티 책임자였다. "미국인은 불교에 대해 강의할 수 없소. 다른 주제로 준비해 주시오."

기분이 좋지 않았다. "회고록은 어떤가요? 내가 쓰고 있는 회고록 이야기는 할 수 있을 것 같습니다만." 그가 전화를 끊었다.

혹시 꿈을 꾼 것은 아닌지, 내가 강연을 해야 할 의무가 있는지 생각하며 남은 며칠을 보냈다. 하지만 나는 예의를 갖춘 방문객이고, 또 어떤 일이 기다리고 있을지 궁금하기도 해 약속 시간에 맞춰 갔다. 눈부시게 빛나는 태양 아래 덥고 습한 콜카타의 한낮, 거리는 행상과 구걸하는 사람들과 도티를 입고 정찰 중인 공무원으로 붐볐다. 뼈가 드러나 보일 정도로 앙상하게 마른 한 남자가 광고판을 메고 눈에 띄게 절름거리며 왔다 갔다 했다. 광고판에는 이렇게 적혀 있었다. 펜턴 존슨/미국의 저명한 교수/워즈워스 강의/낮 12시.

회의실로 올라가니 화려한 무늬의 비단 사리를 입은 여성 마흔 명과 잘생긴 남성 한 명이 있었다. 책임자가 그들에게 나를 소개했다. 나는 창의적 글쓰기 프로그램과 그 프로그램에서 내가 하는 일을 간단히 설명했다. 그러고는 1990년 파리에서 에이즈로 사망한 친구에 대해 쓴 회고록을 읽었다. 인터넷이 되는 카페에 들러 인쇄해 온 자료였다. 에이즈라는 단어를 말하자 책임자는 자리에서 일어나 나갔다. 인구가 천오백만 명에 달하는 콜카타에서 에이즈 예방 프로그램을 담당하고 있는 직원과 나눴던 대화에 대해서도 이야기했다. 여성들은 모두 무표정한 얼굴이었다. 질문이 있는지 물었지만 질문하는 사람은 아무도 없었다. 잘생긴 남성이 내게 꽃다발과 500루피, 그러니까 약 4달러의 사례금을 건넸다. 그에게 조라상코는 어떻게 가는

지 물었다. 그러자 그는 두 손을 모아 인사하더니 미소를 지어 보일 뿐이었다.

◆　　　　◆　　　　◆

라빈드라나드 타고르는 자신의 성장에 영향을 준 곳이 붐비는 콜카타 거리가 아니라 갠지스 강의 드넓은 델타 지역에 위치한 벵골의 시골이라는 것을 알고 있었다. 그곳의 생활양식은 물에 의해 형성되었다. 계절성 폭우, 씨뿌리기, 추수, 그리고 그것을 기원하는 종교 축제들이 해마다 서로 조화를 이루며 반복된다. 조라상코에서 학교를 다녔지만 타고르는 성인기 대부분을 갠지스 델타 지역의 친절한 마을 감독관으로 보냈다. 그 모습은 뱅골 출신의 영화감독 사티야지트 레이가 타고르의 동명 소설을 각색한 영화 〈가정과 세상*The Home and the World*〉에 잘 나타나 있다. 타고르는 20세기 인도의 출현을 알리는 사회·문화적 격변기에 휘말렸음에도 노래와 시, 산문과 연극, 그림을 통해 시골 마을의 생활을 누구보다 잘 기록했다.

인류의 가장 오랜 문화를 바탕으로 근대민족국가인 인도가 건설될 당시 타고르는 고전 음악과 시를 쓰며 끊임없이 실험적 시도를 했다. 그는 악기를 연주한 적은 없지만 2,000여 곡의 노래를 작곡했다. 작품을 모아 보니 32권에 달했다. 말년에 이르러서는 그림을 그리기 시작했고, 전 세계 주요 도시에서 전시회를 열었다. 또한 모든 형태의 군국주의에 반대했으며, 1919년 영국군이 암리차르의 사히브 사원을 방문한 순례자들에게 충격을 가하자 자신이 받은 기사 작위를 반납하며 영국에 항의했다. 협력과 협동, 교육만이 평화적 공존으로 가는 유일한 길이라고 믿었기에 마하트마 간디가 추진한 독립운동 스와데시°도 영국과 인도, 힌두교와 이슬람교 사이에 장벽을 만들었다는 근거를 들어 반대했을지 모른다.

그는 평생을 흔들림 없이 교육에 헌신했다. 그의 부친은 브라마사마지 운동을 위해 산티니케탄에 최초의 이상주의 학교를 설립했다. 이 학교는 후에 타고르의 아들이 비스바바라티 대학으로 확장하면서 새롭게 변모한 인도의 위대한 예술가와 사상가들의 성장에 주요한 역할을 담당했다. 그중에는 영화감독 사티야지트 레이와 노벨경제학상을 수상한 아마르티아 센도 있었다.

타고르는 언제나 예술과 과학, 동양과 서양, 신비주의와 이성을 불가분의 공생관계로 이해했다. 해외에서는 영성을 옹호하는 인도를 지지했고, 인도에서는 이성을 옹호하는 서양의 입장을 지지했다.

타고르는 나의 독신자들이 지닌 또 다른 공통점을 보여 준다. 사회적 통념의 돌을 뒤집어 그 아래에 놓인 보석을 찾아내는 고집 센 반골이라는 점이다. 이성이 우주라는 조화롭고 훌륭한 합창의 한 측면이라는 사실을 이해하는 순간, 그 합창에서 이성이 지휘자와도 같지만 지휘자를 음악 자체와 혼동해서는 안 된다는 점을 이해하는 순간, 타고르는 이성이 지닌 힘과 아름다움에 완전히 빠져 버렸다. 그

° 20세기 초 인도에서 전개된 국산품 장려 운동. 영국 상품에 대한 불매 운동이었다. - 편집자

가 이룬 업적은 귀족적 특권의 결실이었지만 그의 삶을 지배하는 모티브는 소박함과 고독이었다.

◆　　　　　◆　　　　　◆

　　지적 미적 전통에 투자를 아끼지 않는 가문의 열세 번째 막내로 태어난 아이답게 어린 시절 타고르는 이전 시대의 시에 매료되었다. 열네 살에는 크리슈나를 향한 처녀 라다의 짝사랑을 그린 시 여덟 편을 16세기 스타일의 서정적인 문체로 썼다. 고대 문서를 찾아 베껴 썼다고 말하며 문학지 편집장이었던 형에게 그 시들을 보여 주었고, 형은 아름다운 시에 홀딱 반했다. 타고르가 베꼈다고 한 것은 거짓말이라고 하자 형은 기뻐하며 〈신의 연인*The Lover of God*〉이라는 제목과 바누시마 타쿠르라는 필명으로 막냇동생의 시 열세 편을 잡지에 실어 출간했다.

　　사춘기 시절의 장난으로 치부할 수도 있지만 그 시들 안에서 타고르는 중년의 시녀로 분해 젊고 매력적인 라다에게 감정에 대해 충고한다. 그는 버지니아 울프보다 앞서 양성성이 창의력의 바탕이 된다고 생각했다. 또한 제인 오스틴, 헨리 제임스, 유도라 웰티가 그랬듯 관계에서 성별을 구분하지 않는 현자였다.

　　어쩌면 그가 감탄해 마지않던 휘트먼을 따라 평생 자신의 초창기 시들을 고치고 또 고쳤는지도 모른다. 그는 오랫동안 그 시들을 자신이 쓰지 않았다고 했다. 한번은 그 거짓말을 믿게 하기 위해 가짜 시인을 만들어 그가 혐오하는 현학적 문체로 그의 전기를 쓰기도 했다.

인구문제와 환경오염이 아무리 심각한 지경에 이르렀어도 인도는 신을 저버리지 않았다. 여전히 길거리와 마을, 지하철과 논 여기저기에서 아무렇지 않게 몰려다니는 사람들을 목격할 수 있다. 길모퉁이 나무와 가로등마다 힌두교 신들에게 바치는 작은 제단이 있다. 그리고 타고르가 쓴 시에도 신들이 있다. 나는 내가 베껴 쓴 〈신의 연인〉을 아무 때나 펼쳐 예술의 여신 칼라와 카누라는 약칭으로 불리는 크리슈나를 만나곤 한다.

> 들으소서 카누여, 짐승들 가운데 신성한 신이시여,
> 그녀가 당신 사랑에 목말라 합니다.
> 그녀의 목을 축여 주소서.

타고르는 유전적 소인의 양성성 혹은 비발현성 동성애 인자를 지니고 있었을지도 모른다. 열네 살 소년이 여성의 생각을 자연스럽게 알고 있다니 말이다. 19세기 후반 벵골의 열네 살 소년은 시 속에서 300년 전 중년의 시녀로 분해 신과의 로맨틱한 사랑에 집착하는 처녀에게 충고한다. 후에 노벨상을 수상한 이 소년은 여든에 이르기까지 자신의 시를 고치고 또 고친다.

나는 여기서 포스트모더니즘, 물질주의, 세속주의, 사실과 기계, 그리고 정체성에 집착하는 서양 세계에 필요한 교훈을 발견한다. 겉으로 드러난 화려한 기쁨을 뚫고 그 아래 놓인 우주의 본질로 나아가는 것. 고정된 실체로 존재할 것이 아니라 고독과 침묵 가운데 거울로 이루어진 복도를 따라 줄지어 늘어선 문을 하나씩 열고 들어가 탐험하는 것이다.

◆　　　◆　　　◆

타고르는 회고록에서 1883년 열 살 신부와 결혼을 했다고 지나가는 말로 언급했다. 당시 타고르는 스물두 살이었다. 1902년에 아내가 사망해 두 사람이 함께 산 시간은 얼마 되지 않았다. 그는 회고록에 단 한 문장으로 "나는 결혼했다"라고만 썼고, 그것이 그가 결혼에 대해 내린 평가의 전부였다. 그는 조혼에 반대한다고 말했지만 자신의 딸들을 열 살, 열다섯 살에 결혼시켰다. 그의 전기 작가 중 한 명은 타고르가 자신의 인생 프로젝트인 산티니케탄 학교와 비스바바라티 대학에 집중하고 싶어서 그랬을 것이라 추측했다. 그는 사랑하는 딸이 결핵으로 사망할 당시 딸을 거의 5년간 만나지 못한 상태였다. 휘트먼처럼, 그리고 나처럼, 타고르 역시 이상적인 동반자에 관해 글을 썼다. 단편소설 〈우체국장The Postmaster〉에서는 이렇게 말했다. "지금 내게 소중한 사람이, 내가 사랑할 수 있는 사람이 내 옆에 있다면." 그의 신부는 아직 어린 데다가 봐도 못 본 척 들어도 못 들은 척 퍼다° 속에 숨어 순종적인 아내로 살도록 교육을 받아 왔기 때문

° 이슬람 국가에서 여자들이 남자들의 눈에 띄지 않도록 얼굴과 신체를 가리는 덮개 – 옮긴이

에 그 역할을 채울 수 없었다.

20세기 초 교육받은 남성들의 문화적 규범을 냉정하게 일깨우고 타고르의 여성혐오에 대한 전후 사정을 설명하고자 나는 간디 역시 이에 필적할 만큼 여성을 무관심하게 대했던 점에 주목한다. 이는 월트 휘트먼이나 헨리 데이비드 소로와 대조적이다. 특히 휘트먼은 미국 민주주의의 위대한 실험 과정에 매번 여성을 포함시키고 여성의 위치를 널리 알리고자 했다. 타고르와 간디가 이같이 기본적인 편견을 극복하지 못한 것은 벵골과 힌두 전통의 무게를 보여 준다. 미국은 새로운 국가를 개척하고 정착시키는 일에 여성을 동등하지는 않더라도 최소한의 파트너로서 받아들이는 데 상대적으로 방해 요인이 적은 국가였다. 타고르는 힌두 카스트 제도의 엄격한 사회구조와 힌두교 개혁운동의 이상을 구분하려 했지만, 자신에게 주어진 특권을 거부하지는 않았다. 어느 전기 작가는 그를 "민주주의 옹호자라기보다는 귀족"이라 일컬었다. 사실 산티니케탄은 1901년 설립 당시부터 간디가 그곳을 방문한 1915년까지 상류층과 상류층이 아닌 소년을 분리해 왔다.

그렇다 하더라도 작가와 예술가는 작품 속에서, 작품을 통해 가장 근본적인 진리를 형성하고 표현한다. 〈가정과 세상〉을 비롯해 타고르의 시와 산문은 급변하는 인도에서 여성이 겪는 각성과 시련에 대해 심오한 감정을 드러낸다. 이런 측면에서 타고르는 영향력이 큰 문학가였을 것이다. 1984년 소설 부문 전미도서상을 수상하며 아대륙 여성에게 작가의 수문을 열어 준 벵골 출신 작가 바라티 무커르지에 앞서 길을 닦아 놓은 셈이다.

산티니케탄 초기에 콜카타의 엘리트들은 타고르의 대학을 대책 없이 이상적이라며 무시했다. 하지만 나는 타고르의 원칙과 비전 속에서 본질적 독신자의 이상주의, 즉 내 아버지의 세속적인 수도원을 본다. 학교 설립은 일종의 운명에 대한 믿음이 필요했다. 학교를 지은 곳이 가난에 찌든 벵골의 메마른 땅이라는 사실은 중요하지 않았다. 타고르 같은 신비주의자는 그 어떠한 지옥도 천국으로 여길 수 있기 때문이다. 1940년부터 1942년까지 그곳에 거주했던 사티야지트 레이는 산티니케탄을 "먼지 하나 없는 하늘 아래 드넓은 세상이 펼쳐지고, 맑은 밤하늘에 그 어떤 도시에서도 볼 수 없는 별들이 쏟아지는 곳……. 아무것도 하지 않아도 무미건조하고 세속적인 마음에 사색과 경이감을 불러일으키는 곳"이라고 회상했다. 타고르는 조카에게 보내는 편지에서 "저 멀리 보이는 지평선, 검은 폭풍우, 그리고 심오한 감정. 혼자여야 진정한 무한함을 목격할 수 있다. 여럿이면 그모든 것이 보잘것없고 정신이 산만해진다."라고 말하며 그곳이 혼자고독을 즐기기에 좋은 곳이라고 강조했다. 초창기 산티니케탄은 금욕적 혹은 원시적 삶의 기준을 부여했다. 하지만 토지가 점차 용도에 맞게 제자리를 찾고 타고르의 개간 사업이 진행됨에 따라 학교는 독신 프로젝트의 주제이자 좌우명이라 할 수 있는 '아름다움을 일구는일'의 대명사가 되었다.

◆　　　　　◆　　　　　◆

형제들이 하나둘 사망하는 것을 지켜보았기에 타고르는 일찌감치 죽음에 익숙했을 것이다. 그는 아내와 세 자녀, 형 다섯과 누나 셋을 먼저 보냈다. "내 삶에서 무한함은 슬픔과 절망, 갈등과 죽음의 형태로 등장한다고 확신한다. 그리고 그 확신은 내 글에 반복해서 나타난다."라고 썼고, 그보다 앞서 "삶은 죽음을 통해 제대로 알아 가야 한다. 죽음을 잡기 위해 돌진하는 사람은 자신이 잡은 것이 죽음이 아니라 삶이라는 것을 알게 된다."라고 했다.

죽음……
나는 기쁘게 맞을 것이고 받아들일 것이다.
온 마음을 다해. 그리고 믿을 것이다.
죽음은 나의 친구이며 소중한 소울메이트라는 것을.

타고르 《기탄잘리》

죽는다는 것은 생각과 달리 운이 좋은 일이다.

휘트먼 《풀잎》

콜카타 여정이 반쯤 지났을까. 나는 기차를 타고 죽음의 도시, 베나레스로 향했다. 힌두의 우주론에 따르면 베나레스에서 죽음을 맞이하면 전생과 이생에 쌓은 업보에서 벗어나 열반에 이를 수 있다고 한다. 그래서 정통 힌두교 신자들은 죽음을 맞이하기 위해 베나레스로 간다. 현명한 벵골 친구들은 나에게 가이드를 구하는 것이 나을 거라고 했다. 찌는 듯한 더위에 기차가 늦게 도착한 데다 몸에 열까지 났다. 그늘이라곤 없는 기차역에서 한 시간을 기다리며 물도 마시지 못해 불안했던 나는 택시를 불러 빠져나올 수 없는 미로와 같은 베나레스를 뚫고 들어갔다. 호텔에 도착하고 한 시간 뒤에 가이드가 나타났다. 원래 약속 시간보다 네 시간이나 늦은 것이었고, 나는 그를 돌려보냈다. 이는 수많은 문화적 억측에서 비롯된 어리석은 결정이었다. 무엇보다 시간이 달력과 시계의 지배를 받는다고 생각한 나의 오산이었다. 기차가 신만이 아는 일정표대로 도착하고 출발하는데, 어찌 정각에 도착할 수 있겠는가! 나는 가이드가 필요 없다고, 늘 혼자 여행했으니 됐다고, 혼자 힘으로 할 수 있다고 생각했다.

그리고 정말 그렇게 했다. 하지만 서양인의 오만에서 비롯된 이 특별한 경험을 누군가 하고 싶어 한다면 어떻게든 말리고 싶다. 어떤 여행이든 혼자는 위험에 노출되기 쉽다. 대표적인 예로 거리의 걸인과 행상인들이 가차 없이 내게 달려든다. 걸인이 내민 손과 귀를 찢을 듯한 행상인의 외침을 외면하고자 돌아볼 사람도, 의지할 사람도 없는 나 같은 백인은 그들의 1차 목표물이다.

광활하게 펼쳐진 갠지스, 일제히 울려 퍼지는 경전 읊는 소리. 호텔 앞 좁은 골목길에는 반얀나무가 다닥다닥 붙어 있는 집들 위로 커다란 가지를 드리우고, 세상 밖이 그리운 뿌리는 무너진 담벼락과 길을 타고 기어올랐다. 나뭇가지마다 자리를 차지한 거미원숭이들은 석양빛에 실루엣을 드러내며 날카로운 비명을 질러 댔다. 비명 소리 사이사이로 강변 화장터에서는 악기들 소리가 들려오고, 화장을 통해 본래의 모습으로 돌아가려는 연기가 피어올랐다. 불가촉천민은 잿더미를 뒤져 금붙이와 은반지를 찾고 한 줌 재로 변한 시신을 수습하며 품삯을 받는다. 종소리가 멎었다. 어둑어둑해지는 강 위로 신자들이 기원을 담아 띄운 램프가 떠다닌다. 누군가 계단 위에 버린 오수가 갠지스 강으로 흘러들어 갔다. 얼마 떨어지지 않은 곳에서는 남자들과 아이들이 목욕을 하고 있었다. 누군가는 성스러운 강물을 마시고 또 누군가는 그 물로 양치를 했다. 뱃머리가 둘인 작은 배들이 계단을 따라 늘어서 있다. 내가 있던 발코니 난간에 거미원숭이가 기어오르는 바람에 나와 거의 닿을 뻔했다. 어딘가 모르게 걱정스러운 갈색의 큰 눈이 내 눈과 마주쳤다. 또 다른 램프 무리가 강 아래로 천천히 흘러갔다. 또 다른 나각 소리가 울리고, 음악이 점점 커졌다. 심장을 파고드는 음악 소리에 영국인들이 불편했을 법도 하다. 굽이쳐 흐르는 강 위로 누군가 종을 울리고 소라고둥을 불고 바라를 두들겼다. 골목은 3미터를 넘지 않았고 그마저 염소, 송아지가 딸린 소, 행상, 아이들, 자전거, 이따금씩 보이는 오토바이, 개, 쇠똥, 원숭이로 북적거렸다. 죽음을 상징하는 흰색 옷차림을 한 하층민들은 시신을 어깨에 메고 두 번 행군했다. 군중은 약속이나 한 듯이 그들이 지나갈 수 있도록 양옆으로 비켜섰다. 온갖 고행자와 죽기 위해 이곳을 찾은 수척한 사람들이 주변을 배회했다. 엽서, 마사지, 맥주, 마리화나, 아편, 아이들이 내미는 손길이 내 옆을 떠나질 않았다.

화장터 근처에는 나무로 만든 제단 다섯 개가 강을 마주 보고 있었다. 제단 위에는 각각 가장자리가 빨간색이거나 초록색인 흰색 옷을 입은 젊은 남자가 서 있었다. 그들은 정해진 안무에 따라 일제히 한쪽을 바라보다 강을 바라보고 다시 다른 한쪽을 바라보며 공작새 깃털로 된 부채를 흔들었고, 이어서 풀을 엮어 만든 거대한 먼지떨이 같은 것을 흔들었다. 그들의 동작은 느리고 우아했으며 최면을 일으키는 듯했다. 그다음으로 사제가 나와 악기들 소리에 맞춰 확성기에 대고 경전을 읊었다. 소들이 군중 사이를 어슬렁거리며 돌아다녔다. 보트가 하나둘씩 정박하고 순례자들이 내렸다. 짙은 노란색 법의를 입은 수도승이 오목한 접시에 촛불을 들고 걸어 나왔고 군중은 촛불을 향해 손을 흔들었다. 한 시간이 지나자 춤을 추던 사람들은 멈췄지만 나각 소리와 종소리는 밤새 이어졌다.

다음 날, 평생 독신으로 살다 죽음을 맞이하기 위해 베나레스에 온 독실한 산스크리트어 학자를 만났다. 그녀는 나를 자신의 작은 아파트로 초대해 차를 대접해 주었다. 그녀는 미국 기독교 케이블 방송을 보고 있었다. 다음은 그녀와의 대화 일부를 요약한 것이다.

• 유대교도와 이슬람교도는 할례를 통해 유대교도가 되고 이슬람교도가 되고, 기독교인은 세례를 통해 기독교인이 되지만 우리는 힌두교도로 태어난다.

• 신께 숭배를 드리면 신성한 존재가 된다. 향은 불에 의한 정화를 상징한다. 오감을 불태우면 모든 것을 내려놓게 된다.

• 강은 소우주, 대양은 대우주다. 영혼은 산에서 흘러나와 더 큰 자아와 합류한다. 일단 강에 들어가면 반드시 목적지에 도달하게

마련이다. 그것은 물이 아니라 에너지다. 선과 악은 말장난일 뿐 그 이상도 그 이하도 아니다. 언어는 저 너머에 놓인 것을 경험하기 위해 잊어야 하는 환영이다.

- 당신이 살면서 선을 얻는다면 그것은 당신이 남보다 뛰어나서가 아니라 신께서 축복하신 것이다.
- 선과 악은 같은 것이다. 서로 다른 가면을 쓴 동일인이다. 우리는 해 질 녘이나 새벽녘에 명상을 한다. 선과 악, 빛과 어둠이 섞이는 시간이기 때문이다. 스스로 무엇이 선이고 무엇이 악인지 신경 쓰지 않는다. 올바른 행동에 신경 쓸 뿐이다. 어떻게 매 순간 선이 내게 요구하는 것과 일치를 이룰 수 있겠는가? 미국인은 직접적으로 행동하기를 원하지만 그것이 목표를 이루는 가장 좋은 수단이 되는 경우는 드물다. 필요한 것은 인내심이다. 문제가 스스로 모습을 드러낼 수 있도록 두어야 한다.
- 우리는 동성애자를 불태울 것이다.
- 우주는 용서를 통해 단단해지고 사랑을 통해 굳건해지는 눈부신 보석 세트다.
- 위대한 영웅이 죽는 날에는 꽃비가 내린다.

특별한 신앙심의 표시로 이마에 황금색 또는 금속성 흰색 또는 은색 또는 붉은색 페인트를 칠한 남자들이 보였다. 둥둥 북 치는 소리, 높고 낮은 종소리, 징 소리, 경전 읊는 소리가 불타는 시체들을 스치고 지나갔다. 황토색, 황갈색, 적갈색 사원과 계단이 강의 불빛을 받아 애잔하게 빛났다. 오수의 지독한 악취, 순례자와 노인들이 물을 튀기며 목욕하는 소리, 흐르는 강물, 붉은색 실을 팔목에 두른 신도들, 사람을 나르는 보트, 대나무 몸통에 판자를 못 박아 만든 두 개의 노, 과거에서 튀어나온 뱃사공, 시간 밖에 아니 어쩌면 시간이 존재하지 않는 세상. 시간은 환상일 뿐이다. 고백하건대 나는 시간의 존재를 믿지 않는다.

시간은 존재하지 않는다. 모든 과거도 모든 미래도
지금 이 순간에 담긴다.

타고르 〈발라이〉

하루 일정을 마치고 돌아온 나는 좁은 호텔 방에 들어가 의문에 잠긴다. 내가 그것을 봤던가? 그런 일이 정말 일어났을까? 질문은 점점 나를 뚫고 들어와 대답을 할 수가 없었다. 왜냐하면 내게는 또 다른 눈이 없었고 동행도 없이 혼자였으니까.

하지만 삶과 죽음 사이의 경계선 같은 곳에 누가 동행을 원하겠는가? 동행이 있었다면 이런 일들은 일어나지 않았을 것이다. 나 홀로 여행객이 어느 순간 깨달음에 이르는 경계선 없는 공간에 있다. 나를 잡고 있던 것들을 놓아준다. 연약해지고, 불편하고 어리석게 느껴진다. 나를 찾기 위해 나를 버려야 하는 데서 깨달음이 시작된다.

◆   ◆   ◆

과학과 지식, 교육을 중요시했지만 타고르의 본질은 명상가였다. 그의 시는 계절마다 자연의 요구에 맞게 해야 할 일들과 일정한 주기에 따라 다음 계절로 넘어가는 한결같은 농촌 생활을 이상적으로 그려 낸다. 자국을 벗어난 여행은 그의 명상가적 본성을 더욱 깊게 했다. 그는 산업화가 초래한 전 세계의 환경적 사회적 파괴를 마주하고서 경악을 금치 못했다. 그래서 그는 천천히, 성실히, 그리고 한 번에 하나씩 차근차근 변화에 다가가자고 주장했다.

전기 《무수한 영혼의 인간*The Myriad Minded Man*》에서는 타고르와 간디를 비교하며 인도 역사 속 타고르의 역할을 강조했다. "타고르 대 간디는 심미주의자 대 금욕주의자, 예술가 대 공리주의자, 사상가 대 활동가, 개인주의자 대 정치가, 엘리트 대 포퓰리스트, 다독가 대 정독가, 근대주의자 대 보수주의자, 과학 신봉자 대 반과학주의자, 동서양 융합 옹호자 대 인도 우월주의자, 국제주의자 대 민족주의자, 여행가 대 비(非)여행가, 벵골 출신 대 구자라트(인도의 서부) 출신, 학자 브라만 대 상인 바이샤, 그리고 무엇보다 윤기가 흐르는 긴 겉옷과 턱수염 대 거친 도티와 벗겨진 앞머리가 대조를 이룬다."

신비주의자 타고르와 실용주의자 간디 사이에서 내 위치는 어디쯤일지 생각해 본다. 브라만 계층의 타고르가 영국 정부와 손잡은 가문에 묶여 온건한 목소리를 내야 했던 것과 바이샤 계층의 간디가 영국 정부와 대치하며 비폭력 저항의 목소리를 냈던 것은 어쩌면 예견된 일이었을지 모른다. 타고르는 수줍음 많고 혼자 있기를 좋아하는 고독한 사람이었다. 그는 스스로를 전통을 부수고 싶어 하는 성향을 지닌 동시에 정신과 영혼이 온전한 일체를 이루는 일원론을 신봉하는 외톨이 혹은 방랑자라고 썼다. 또 다른 책에서는 이렇게 말한다. "타고르의 인생철학에서 기본적이고도 가장 견고한 특성은 영과 육, 신과 인간, 생명에 대한 사랑과 신을 향한 사랑, 아름다움에 대한 기쁨과 진리의 추구, 사회적 의무와 개인의 권리, 전통의 존중과 자유로운 실험정신, 민족애와 인류의 단결에 대한 믿음, 이른바 상반되는 주장 사이에서 본질적으로 그 어느 쪽에도 치우치지 않았다는 것이다." 결국 나는 힌두교에서 교훈을 얻는다. 간디와 타고르는 반대라기보다는 상호 보완의 관계라 할 수 있다. 말하자면 밤과 낮의 관계가 그렇듯, 명상가이자 사상가가 기초를 세우고 활동가가 그 위에 국가를 건설하는 격이다. 그들의 여성혐오를 평가하자면, 그들은 그 시대 남성이었던 것이다. 나 역시 시대의 역사적 사건들을 겪으며 가치관을 형성해 왔고, 만약 내가 후대에 기억된다면 후손들은 지금의 내가 전혀 알지 못하는 맹점들에 대해 당황스럽고 실망할 수 있을 거라 생각한다. 나는 과거로 거슬러 올라가 샌프란시스코의 젠 센터 정원사에게 얻은 교훈을 떠올려 본다. "금이 간 그릇에서 가르침을 얻다니 이 얼마나 운 좋은 일인가."

✦   ✦   ✦

"신이 나를 가장으로 살라고 창조하지 않았음을 분명히 깨달았다. 그래서 아마 끊임없이 방황하고 어디에도 정착할 수 없었던 것 같다." 스스로 인정했듯이 타고르는 아내와 자녀들에게 얽매이지 않았기에 자신의 비전을 밝히고 실현할 수 있었다. 다만 이와 같이 타고르의 삶에서 칭찬할 수 없는 면들은 독신자라는 동그란 말뚝을 사회의 전통적 요구라는 네모난 구멍에 억지로 밀어 넣을 때 일어나는 갈등과 수많은 예술가가 자신의 소명과 가족에 대한 책임감 사이에서 겪는 갈등을 보여 준다.

몇몇 전기 작가는 타고르를 '대단히 자기중심적'이라고 표현하는데, 그것이 이단적인 자기애에 대한 공포감에서 비롯된 것은 아닌지 늘 궁금했다. 타고르의 가르침대로 개인이 세상의 축소판이고 개인과 우주를 분리할 수 없다고 말하기 위해서 베풀 수 있는 가장 좋은, 아니 유일한 이타적 행동은 자신을 완전히 사랑하는 것이다. 그렇기에 타고르는 전통적 가장의 역할을 버려둔 채 살아간 것이다. 부처가 잠든 갓난아이와 아내를 두고 자기 발견의 여정을 떠날 수밖에 없었던 것처럼, 예수가 자신의 혈육을 두고 하느님의 뜻을 따르는 자들이 자신의 진정한 어머니이자 형제라고 한 것처럼 말이다.

타고르는 죄를 단 하나의 행동이라기보다 "우리의 목표가 유한하며, 우리 자신이 궁극적 진리이며, 우리 모두가 본질적으로 하나인 것이 아니라 개인이라는 분리된 개별적 존재를 위해 각각 존재하는 것을 당연시하는 삶의 태도"라 정의했다. 더 나아가 미덕은 특정 개개인이 공동의 보편적이고 영속적인 것과 융합될 때 이루어진다고 했다. 자칭 독신자가 모든 피조물의 단결을 그토록 열정적으로 옹호하다니 이상하면서도 의미심장하다. 어쩌면 그러한 점이 신비주의자의 특징일 것이다. 그들은 고독을 단련하며 개인의 운명과 우주의 운명을 공생관계로 화합시킨다.

◆　　　　　◆　　　　　◆

아시아 소사이어티에 다녀온 다음 날, 차를 한 대 빌려 운전사에게 조라상코로 데려다 달라고 했다. 숨이 막힐 듯한 더위에 도로에서는 뜨거운 열기가 피어올랐다. 차는 몇 시간을 사람과 염소, 소와 트럭, 그리고 또 사람을 비켜 가며 조금씩 앞으로 나갔다. 걸으며 명상을 하는 수도승의 속도와 비슷했다. 나는 운전사에게 돈을 지불하고 차에서 내려 걸었다. 그리고 길을 잃었다.

코끼리 코로 내 지갑에서 100루피 지폐를 꺼냈던 그 유쾌한 남자는 어디에 있을까? 찌그러진 깡통을 들고 동냥하던 여자는? 그녀의 발치에 팔다리 없는 아기가 땅바닥에 얼굴을 묻고 씰룩거리고 있었는데. 몇 시쯤 되었을까? 모두 환상이다. 죽음이란 무엇일까? 그것은 삶이다.

손을 잡은 남자들. 판지를 잘라 바나나잎을 깔고 그 위에 음식을 담아 주는 행상들의 접시. 길거리에서 요리하는 냄새, 향수 냄새, 배설물 냄새, 배기가스 냄새. 육교 아래 공동체를 이루어 스스로 거세를 하고 여성의 삶을 살아가는 히즈라°. 하얀 모슬린 천을 걸친 브라만 사제 주위로 몰려드는 사람들. 사제는 바질 줄기로 사람들에게 갠지스 강물을 뿌리거나 마리골드와 히비스커스 한 움큼을 뿌린다. 더

° 인도에서 남성도 여성도 아닌 중성적 성 정체성을 지닌 사람들을 일컫는 말 -옮긴이

위에 현기증이 나 수도원으로 돌아왔다.

나는 여전히 조라상코를 찾고 있었다.

운 좋게도 콜카타 초창기 성 소수자 권리 단체인 스위크리티의 게이 여섯 명과 사나운 레즈비언 한 명을 만날 수 있었다. 콜카타에서의 마지막 날, 그녀는 동료 운동가들과 나를 덤덤에 있는 부모님의 작은 아파트로 초대했다. 외곽에 위치한 덤덤은 영국이 이 지역을 포병 시험장으로 사용했을 때 발생한 폭발로 인해 붙은 이름이라고 한다. 내 키와 큰 몸집을 고려한 동시에 나를 엄청난 부자라고 생각한 집주인이 그날의 점심 식사에 얼마나 투자를 했는지 느껴졌다. 그 모임에서 나는 홀로 우뚝 솟아 있었다. 내 앞에는 음식이 많았고 자리도 넉넉했다. 그녀의 할아버지는 내게 인도 정부가 아직도 말살하고자 애쓰는 마오이스트 좌파 낙살라이트° 대학살 사건에서 살아남은 이야기를 들려주었고, 그녀가 할아버지를 위해 통역해 주었다. 1971년, 잔혹했던 방글라데시 독립 전쟁에서 수천 명이 체포되어 총살당했다. 그는 죽은 척 있다가 어둠이 깔리자 동료들의 시체 위를 기어 안전한 곳으로 도망쳤다. 다음 날, 불도저가 시체들을 한꺼번에 묻어 버렸다. 현재 남아 있는 낙살라이트들은 인도의 북동쪽 끝 아삼 지역으로 피신했고, 그곳에서 성 소수자의 시민권 투쟁 지원을 위해 스위크리티가 판매하고 있는 공예품의 제작이 시작되었다.

나는 열 때문에 정신이 몽롱했다. 아프기도 했지만 그보다 감각 과부하로 인해 쓰러지기 직전의 상태로 다음 날 로마에 도착할 것

° 인도의 반정부 집단 —옮긴이

같았다. 잊힌 역사의 또 다른 공포 앞에서 나는 그 상황을 모면할 수 없는 무지한 미국인으로 느껴졌다. 그들은 작가인 내가 낙살라이트의 이야기를 세상에 알려 주기를 바랐지만, 이것이 내가 할 수 있는 최선이다.

점심 식사 후 그들은 외딴곳에 사는 아삼 부족이 기증한 물건들을 보여 주었다. 그때 나는 언제 다시 인도에 오겠는가 하는 마음에 가지고 있던 루피를 거의 다 써서 수중에 50달러 정도가 남아 있었다. 덤덤에서 여행자가 현금을 구할 데라곤 없었다. 나는 그 물건들의 가격을 물었다. 그들이 지불한 액수보다 더 많이 내고 싶었지만 그들은 웃으며 인사만 할 뿐 절대 손님에게 가격을 말하지 않았다. 결국 나는 지갑에 있는 돈 전부를 주었다. 금색 실을 섞어 짠 리넨 천은 미국에 돌아와 소파에 걸쳐 두었는데, 그 천과 다른 물건들을 볼 때마다 그들이 관광시장에서 들여온 가격보다 덜 지불했다는 죄책감에 사로잡혔다.

돌아오는 길에 우리는 인력거가 들어갈 수 없는 좁은 길을 걸었다. 내가 부탁하자 나의 동성애자 친구들, 내 아웃사이더 동료들이 마침내 나를 조라상코로 데려가 주었다.

타고르가 나고 자란 가족용 주거 단지, 일명 '타고르의 집'은 다층 저택으로 층마다 야외 포치를 두었고 중앙에는 뜰이 있었다. 빛과 공기 그리고 소문들이 자유롭게 드나들며 외부 세계를 차단하는 건물 구조였다. 경비병이 여권을 요구하기에 보여 주었지만 손에서 놓지 않았다. 건물은 꽤 웅장했으며 한쪽은 퍼다를 쓴 사람들만 입장할 수 있었다. 타고르가 그린 흑백그림 몇 점이 전시되어 있었는데, 서벵골 정부가 여전히 영국에 화가 나 있기에 영어로 번역된 해설은 없었다.

안뜰로 들어간 우리는 두르가의 환생과 마주했다. 평평한 발과 특유의 자세로 두르가 여신을 연상시키는 작은 소녀가 주황색 비단옷을 입고 받침대 위에 올라가 있었고, 흰색 천을 두른 브라만 사제가 우리를 향해 갠지스 강물을 뿌렸다. 향이 피어오르고 두르가가 발밑에 놓인 악마를 물리치자 이에 맞춰 고수들이 힘껏 북을 두들겼다.

◆   ◆   ◆

어린 시절 1학년 학급에서는 하늘색 망토를 말쑥하게 차려입고 5월의 행렬에서 마을의 외딴길을 따라 성모 마리아상을 들고 갈 소년 네 명을 선발했다. 엄마들은 작약과 조팝나무, 장미로 화환을 만들고 동상이 올라갈 가마를 장식했으며, 황금빛 제의를 입은 마을 사제를 부모와 아이가 함께 따라다니며 라틴어로 성가를 불렀다. 문득 그때 부른 성가들이 떠올랐다. 성모 찬송, 신비로운 장미, 황금 궁전. 나는 타고르의 집을 나와 진흙투성이의 부서진 포장도로를 걸었다. 저녁 소나기를 피하기 위해 세워 둔 천막과 인력거 앞에 옹기종기 모여 있는 인력거꾼들을 지나갔다. 승객을 잡은 운전사는 차와 버스, 트럭과 사람, 소들 사이를 요리조리 피해 배기가스 속으로 가마를 끌며 지나가고, 가마에 올라탄 사리 입은 여자는 여왕처럼 꼿꼿이 앉아 있었다. 물기로 반짝거리는 과일과 채소를 손에 든 길가의 행상들이 그녀에게 다가가 물건을 내밀었다. 잘생긴 십 대 소년들은 서로의 어깨에 팔을 걸친 채 걸었다. 여기저기 친절과 협동, 관용이 가득하고 질병과 기형, 죽음이 넘치는 곳이었다.

공항에 도착해 지구 반대편에 있는 어머니에게 전화를 걸었다. 콜카타의 인상에 대해 묻는 어머니에게 말했다. "모든 것을 가진 사람들은 인색하기 짝이 없고, 가진 게 아무것도 없는 사람들은 관대하기 짝이 없어요."

타고르는 임종을 앞두고 이렇게 말했다. "이제 내 자루는 텅 비었소. 내가 주어야 할 것은 뭐든 다 내주었소." "나를 살게 하고 나를 사로잡는 것은 예술에 대한 사랑과 그 사랑을 주고 싶은 마음이며, 더 이상 남는 게 없을 때까지 모조리 내주고 싶다"고 한 유도라 웰티의 말과 헨리 제임스의 "관대함", 메리앤 무어가 말한 "자신을 지키기 위해 기꺼이 희생을 감수하는 이상주의"가 떠오른다. 나의 독신자들은 모두 고독을 소명으로 받아들였다. 특별한 부르심이자 더 이상 남는 게 없을 때까지 베풀고 또 베푸는 최선의 방식으로 이해했다.

9.

잔잔한 바다 위 고요한 섬

조라 닐 허스턴
Zora Neale Hurston

＊＊＊

어머니는 컷글라스 양념통을 물려받았다. 크리스털은 아니지만 아주 오래된 것이었다. 자주 사용하는 유리 제품이 그토록 오랫동안 남아 있다는 것은 놀랄 만한 일이었다. 내가 알기로 그 양념통은 어머니의 증조할머니 때부터 내려온 것이다. 우리는 그것을 한 가지 목적으로 사용했다. 삶은 채소 위에 뿌릴 사과식초를 담아 두는 것이다. 프랑스에서는, 미국의 다른 지역도 마찬가지겠지만, 은연중에 식초 병과 오일 병의 짝을 맞춰 둔다. 하지만 우리 삶의 일부인 그린샐러드는 다른 지역에서 유래된 것이다. 어쩌면 캘리포니아에서 냉장 농산물을 들여오면서 생겨난 마트와 홍보용으로 나눠 준 병에 든 드레싱에서 시작되었을 수도 있다. 어린 시절 어머니의 주방을 생각하면 먹기 직전에 딴 아삭아삭한 상추에 다진 파를 얹고 프라이팬에 뜨겁게 달군 베이컨 기름을 두른 그린샐러드가 떠오른다. 싱싱한 상추만이 뜨거운 기름을 견뎌 낼 수 있다. 물기가 남은 상추 위에 기름이 떨어지는 순간의 지글지글 소리가 들리는 듯 침이 고인다.

삶은 채소 중에서 케일은 언제나 그날 아침에 따서 정오쯤 삼겹

살 한 덩어리와 썬 양파와 함께 가스레인지에 올리고 저녁때까지 대여섯 시간 정도 약한 불에 끓인 다음 그 위에 사과식초를 뿌린다(이때 컷글라스 양념통이 등장한다). 그러고는 거친 입자의 옥수수 가루로 만든 빵과 함께 식탁에 올랐다. 어머니는 한 입 맛보고는 "이번 채소는 질기네." 하고 말했지만 그 말은 질감과는 무관했다. 아이러니하게도 그것은 칭찬을 유도하는 말이었다.

양념통은 다이아몬드 모양과 꽃무늬가 번갈아 기하학적 패턴을 이루며 깊게 세공되었다. 엄지손가락에 오돌토돌 튀어나온 유리가 느껴졌고 마개는 동그란 육면체였다. 수많은 주방 도구 중에서 유독 이 양념통이 깊은 울림을 일으키며 이제는 사라진 내 어린 시절을 구체적으로 떠올리게 한다. 아마도 특정 요리에 특별히 사용한 것이기 때문일 테다. 오래되었기 때문일 테고, 19세기부터 여러 손을 거쳐 전해졌다는 점에서 조상들을 떠올리게 하기 때문일 테다. 늦은 봄의 저녁, 낮게 드리운 저녁 햇살에 빛나는 창문, 작은 마을을 에워싼 언덕 너머에 있을 거대한 세상에 대한 나의 무지와 순진, 내 상상력을 온통 점령했던 세상, 곧 꿈이 이뤄지며 내가 내던져진 세상(그러니 기도를 할 땐 조심하는 게 좋다). 컷글라스 양념통은 내게 어머니 쪽의 가족이었다. 그리고 그 양념통은 내게 조라 닐 허스턴을 생생히 떠올리게 한다. 허스턴이 사람을 표현하는 데서, 그리고 "옥수수빵과 겨잣잎, 혹은 마치 부드러운 천으로 사물을 닦아 내듯 문장을 다듬는 일"과 같은 표현에서 나는 그녀의 열정을 발견한다.

아프리카계 미국인 소설가이자 선구적인 인류학자 조라 닐 허스턴은 자의식이 생기는 순간부터 고독을 자신의 소명이라 생각했다. 회고록《길 위의 먼지 자국Dust Tracks on a Road》에서 어린 시절 미래에 대해 품었던 환영에 대해 다음과 같이 묘사한다.

환영이 언제부터 시작되었는지 알지 못한다. 하지만 확실히 일곱 살도 채 되지 않은 때였다. 이런 이상한 일들에 대해 누구에게도 말하지 않았다. 그들은 아마 이야기를 꾸며 냈다며 나를 비웃을 것이다. 나는 다른 아이들과 다르다고 느꼈고 그것이 들통나기를 원하지 않았다. 아, 내가 다른 아이들처럼 되고 싶다고 얼마나 소리쳤던가! 내가 평범한 아이였을 때, 내 삶 외의 다른 것들에 무지했을 때 무척 행복했다. 그런 부름이 다시 오지 않기를 바랐다. 하지만 그 순간 내게 올 그 잔이 지나가지 않을 것임을 알았다. 나는 그 쓴잔을 마셔야만 한다. 주변 사람들을 유심히 살피며 그것을 막아 줄 누군가를 찾았지만 그런 사람은 없다는 말이 내 안에서 들려왔다. 그것은 내게 끔찍한 외로움을 안겨 주었다. 나는 잔잔한 바다 위 고요한 섬에 서 있었다.

그것을 선언하면서 진정한 내 어린 시절은 끝이 났다고 생각한다. 사실 나는 다른 아이들과 놀고 싸우고 공부했지만 그 안에서 늘 따로 떨어져 서 있었다. 왜? 왜? 무한의 외로움이 그림자처럼 나를 따라다녔다. 내 주위의 그 무엇도, 그 어떤 누구도 나를 건드리지 않았다. 환영을 보고 꿈을 꾸는 사람들이 드물다는 것은 세상이 내린 축복 가운데 하나다.

허스턴은 아프리카계 미국인들의 생활과 영적인 삶의 보고였다. 그녀가 기록해 놓은 것을 빼고는 그중 상당 부분이 사라졌을 것이다. 수천 개 도서관의 책 더미 속에 다이아몬드가 있다. 하지만 그녀는 삶의 마지막 몇 해를 허드렛일을 하며 사회보장 연금에 기대어 보내다 주변 사람들의 도움을 받으며 생을 마감했으며, 친구들이 모은 기금으로 땅에 묻혔다. 독신의 삶은 참으로 힘들 수 있다. 다만 그녀의 회고록과 소설, 인류학에 관한 글을 읽고 나서 그녀를 떠올리면 늘 환하게 웃고 있는 모습이 보인다.

허스턴은 교회라는 혹독한 시련을 거치며 성장했다. 어린 시절 겪는 강렬한 영적 경험은 독신자들에게 비옥한 흙이 된다. 예배를 통해 앞서간 롤 모델 독신자들의 이야기를 접한다. 나는 예수와 부처가 곧바로 떠오른다. 성경은 홀로 운명을 개척해 나간 여성과 남성의 이야기로 가득하다. 유디트, 에스더, 심지어 많은 비난을 받는 이브까지 모두 자기 손으로 운명을 개척한 여성들이다. 비록 남편이 있었지만 성모 마리아는 신약 성서와 민간 신화에 홀로 등장하며 과달루페와 루르드에 발현했다. 인류가 세운 시설 중 가장 크고 가장 오래된 것으로 추정되는 1700년 된 교회와 적어도 산업혁명 시대와 그 이후 성가정 교회를 공표한 교회가 독신자들을 성인으로 모신다.

◆   ◆   ◆

허스턴은 그녀 말에 따르면 물질적으로 빈곤했지만 정신적으로 빈곤하지는 않았다. 그녀는 자신을 '대모'라고 불렀다고 주장한 부유한 백인 후원자 샬롯 메이슨에게 돈을 받았을 뿐만 아니라 접시에 담을 음식을 얻기 위해, 지붕 아래 머리 둘 곳을 얻기 위해 온갖 일을 했다.

허스턴의 절친한 친구이자 시인이며 독신자인 랭스턴 휴스와 메이슨의 다른 수혜자들이 그러했듯 허스턴은 메이슨에게 아첨하느라 심적 에너지를 쏟아부어야 했다. 옷이 흐트러지면 가지런히 해 주고 가렵다면 긁어 주고 허리를 굽혀야 한다면 허리를 굽혔다. 그런 경우는 많았다. 재능이 뛰어나고 자주적인 허스턴이 얼마나 자주 눈을 감고 플로리다를 생각해야 했을까. 그녀는 위태위태하게 버티며 하루하루를 살았다. 그리고 스스로를 "누군가 쉬는 날 소나무 마디에서 잘라 낸 것 같은 얼굴"이라고 묘사했다. 허스턴처럼 이 땅에서 살아가는 일에 숙련된 사람조차도 목표를 이루려면 돈이 필요했다.

많은 사람들이 《그들의 눈은 신을 보고 있었다*Their eyes were watching God*》라는 훌륭한 소설의 작가로 허스턴을 알고 있지만 소설 못지않게 미국 남부와 카리브해 지역, 중앙아메리카의 흑인 이주 공동체의 속담이나 이야기, 관습을 상세히 기록한 문서들도 역사에 지속적인 영향을 끼쳤다. 플로리다 중심부에 있는 국가 지정 최초의 흑인 공동체 이턴빌에서 고아로 자란 그녀가 1920년대에 컬럼비아대학교에 입학하면서 인류학의 아버지라 불리는 프란츠 보아스 교수의 지도를 받게 된다. 마거릿 미드와 같은 위대한 민족지학자를 양성한 보아스는 허스턴이 백인뿐 아니라 때로는 흑인들 사이에서도 현명하게 감춰 온 그들의 관습을 보여 줄 수 있는 배경과 영혼, 그리고 타고난 호기심을 지닌 여성이라는 것을 알아보았다. 흑인 여성으로서 플로리다 사람으로서 그녀는 카리브해 지역 사람들과 문화에 대해 독특하게 접근했다. 보아스의 후원과 드문드문 이어지던 대모의 지원으로 허스턴은 플로리다 공동체에 뒤이어 뉴올리언스와 아이티의 부두교 집단에 잠입했다.

허스턴의 책은 매 페이지에서 이야기를 향한 그녀의 열렬한 사랑이 드러난다. 그 사랑이 너무도 위대해 이야기를 쫓느라 한 번 이상 목숨을 걸었고, 사실을 사실 그 자체로 목표 삼지 않고 목표로 가는 유용한 수단으로 여겼다. 그녀의 보고서에 대해 백인 학자들은 피험자에게 관여한 데다 진리를 찾고자 기꺼이 사실을 과장하고 왜곡했다며 비난했다. 하지만 만약 허스턴이 열성적인 경험주의자의 태도로 피험자들에게 접근했더라면, 즉 그들의 관습과 철학에 정반대되는 방법으로 다가갔다면 그들의 이야기에서 보아스가 그녀에게 알아오도록 한 바로 그 부분만 뽑아낼 수 있었을 것이다. 또한 허스턴은 그들의 신뢰를 얻지 못했을 것이다.

어린 시절부터 신비주의자였던 허스턴은 부두교를 연구하며 크게 공감했고, 결국 한 명 이상의 사제를 둔 도제가 되어 부두교의 의식과 철학에 숙달한 사람이 되었다. 그녀는 부두교에 대해 이렇게 썼다. "부두교는 창조와 생명의 종교다. 태양과 물 그리고 다른 자연의 힘을 숭배한다. 하지만 다른 종교에 비해 그 상징성이 잘 이해되지 않아 결국 지나치게 문자 그대로만 받아들여지고 있다." 그리고 마침내

'호운시hounci' 등급, 즉 일급 종교 입회자로 격상되었다. 전기 작가 발레리 보이드에 따르면 그 등급으로 인해 그녀는 비밀강령을 지켜야 했고, 그에 따라 경험한 일에 대해 솔직하게 쓸 수 없었다고 한다.

그녀는 방언을 있는 그대로 표현했다는 비난을 받았다. 아프리카계 미국 작가인 리처드 라이트는 흑인이 이상하고 예스럽게 말한다고 생각하는 백인의 선입견에 허스턴이 일조했다고 말했다. 허스턴은 상류층 백인의 발음을 옹호하는 사람들의 요구에 맞춰 언어를 편집하고 수정할 의도 없이 인류학자로서 들은 내용을 음성학적으로 있는 그대로 기술했을 뿐이다. 어찌 되었든 허스턴의 기록은 지금은 사라지고 없는 미국의 최남동부와 카리브해 지역 사회에 대해 공감할 수 있는 유일한 자료다. 그녀는 자신이 느낀 감정을 감추려 하지 않았다. 그리고 그것은 오늘날 학자들이 과학적이고 객관적인 척하는 것보다 더 믿을 만하고 유용한 인류학적 기록이자 연구 방법이다.

비록 어린 나이에 버려져 고아로 자랐지만, 제임스 볼드윈이나 다른 아프리카계 미국 작가들처럼 허스턴은 목사의 자녀였다. 그녀는 오랜 시간에 걸쳐 부두교 철학을 받아들이고 그것을 다시 흑인 기독교와 결합해 자신만의 종교로 만들었다. 그녀의 소설에 등장하는 남자들은 목사가 되지만 여자들은 부르심을 받더라도 목사의 길을 택하지 않는다. 허스턴 역시 영향력 있는 목사가 됐을 법도 하지만 글쓰기를 자신의 성직으로 삼았으며, 회고록의 〈종교〉라는 장에서 사신의 영적 철학을 다음과 같이 제시했다.

······ 나는 신의 마음을 읽는 척하지 않는다. 만약 신에게 우주에 대한 계획이 아주 자세하게 있고, 내가 무릎 꿇고 빌며 그 계획을 수정하려 든다면 그것은 어리석은 일일 것이다. 그것은 최고의 신성모독처럼 보인다. 그래서 나는 기도하지 않는다. 나라는 존재는 계속 변하고 계속 움직이지만 결코 사라지지 않는다. 그러니 모든 동료의 안락을 내 스스로 부인하는 종파와 교의가 무슨 소용이 있겠는가? 나는 무한의 것을 가진 사람이며 다른 도움은 필요하지 않다.

허스턴은 스피노자의 철학을 빌려 자신의 신념을 설명하는 산문시를 썼다. 규율과 개인의 책임감을 옹호한 이 두 사람이 모두 독신자이며 따돌림을 당했다는 것은 우연의 일치가 아니다. 스피노자는 성서 속 이야기를 글자 그대로 해석하면 안 된다고 주장해서 유대인과 기독교인에게 비난을 받았고, 그의 고향 암스테르담에서 추방당하는 놀라운 위업을 이루었다.

"나는 나약함을 인정하지 않는다." 허스턴의 이 말은 나약함이 들어오지 못하도록 벽을 쌓는 것이 의지의 행동이라고 강조한 흥미로운 표현이다. 그녀는 속세에 사는 수도자로, 휘트먼의 종교적인 자기애와 츠바이크의 이단적인 자기애에 해당하는 자신만의 종교를 잘 알고 있었다. 그리고 이는, 제대로 이해한다면, 이기심과는 거리가 멀었다. 허스턴은 기독교와 부두교라는 두 전통을 위대한 사랑의 힘이 서로 다르게 발현된 것으로 이해하는 독특한 재능을 가지고 있었다. 제도란 권력을 차지하고 미화하는 남성을 위해 존재하지만 종교는 필연적으로 생겨나고 흘러가는 근본적인 욕구로 이해했다. 그녀는 지붕과 벽을 억압적으로 여겼다. 매년 성스러운 여정의 목적지인 폭포에 경찰을 배치해 순례자들을 위협했던 아이티의 한 가톨릭 사제 이야기를 전하며 이렇게 말했다. "교회 안에 머물며 신의 고통에 대해 묵상하라는 사제의 설교를 듣는 것이 순례자들에게 더 큰 힘이 될 거라고 생각하지 않는다. 이는 헛된 일로 자신을 벌하는 또 다른 방법일 뿐이다. 차라리 영원한 아름다움을 찾아서 깨끗한 맨발로 바위를 기어올라 신을 직접 만나는 것이 훨씬 낫다."

영원한 아름다움을 찾는 일. 그것은 나를 매료시킨 독신자들의 만트라°가 될 수 있다. 영원한 것을 찾기 위해 왜 시간과 에너지를 써야 하는가? 왜냐하면 우리의 삶은 일시적이지만 동시에 영속적이기 때문이다. 일시성, 그것은 간단하다. 우리 사회는 일시성을 강조한다. 우리는 모두 우리가 죽는다는 사실을 알고 있다. 죽음은 모두에게 평등하니 참으로 위대한 민주주의다. 하지만 나는 우연히 무시하고 싶은 진실을 발견했다. 모든 것은 일시적이지만 영속한다는 것이다. 내 휴대폰을 생산할 때 사용된 독성 화학물질도 그렇고 나도 그렇다. 만약 신비주의자와 과학자가 각각 다른 방식으로 말하는 그 진리를, 우리의 모든 선택이 다른 사람의 삶에 울려 퍼진다는 진리를, 죽음은 없고 하나의 생명이 더 많은 생명으로 이어진다는 진리를 이해한다면 세상을 더 사랑하게 될까?

° 기도나 명상을 할 때 외우는 주문 -옮긴이

보이드는《그들의 눈은 신을 보고 있었다》는 결국 자기애에 관한 것, 자신을 사랑하는 이상으로 그 누구도 사랑하지 않겠다고 굳은 의지로 선택하는 이야기라고 언급했다. 허스턴은 특유의 당당한 태도로 말했다. "나는 어떤 인종에도, 어떤 시간에도 속하지 않는다. 나는 진주목걸이를 한 영원히 존재하는 여성이다." 그녀는 돈이나 권력을 축적하는 것이 아니라 자신의 공동체와 자신의 일을 사랑하는 것으로 자기애를 표현했다. 언제 어디서든 노동자 계층 출신의 흑인 전문직 여성으로 삶을 꾸려 가야 한다는 어려움에 직면했지만, 짐 크로 법° 아래에서도 글쓰기와 스토리텔링, 예술에 대한 열정을 굽히지 않았다.

허스턴은 지혜롭게 살았다. 자신에 대한 신념, 자신의 여정에 대한 온전한 신념에 따라 살았다. 집주인이 집세를 요구하기 직전에 그녀가 다른 곳으로 거처를 옮겨 가는 꾀를 냈다면 이는 신념을 저버린 행동일까? 수의 외에는 그 어떤 것도 소유하지 않은 채 최후를 맞이하는 위대한 영혼들만이 신념을 지키는 것일까?

◆   ◆   ◆

허스턴은 세 번 결혼했다. 한 번은 4년간 결혼생활을 했지만 같이 있었던 시간보다 이혼을 요구하며 떨어져 지낸 시간이 더 많았고 나

° 1876년부터 1965년까지 존재한 미국의 인종차별법. 공공장소에서 흑인과 백인의 분리와 차별을 규정했다. -편집자

머지 두 번도 결혼생활이 짧았다. 그녀 인생의 진정한 사랑이라고 묘사한 남자 'P.M.P.'에 대해서는 이렇게 썼다. "나는 정말 순응하고 싶었지만 불가능했다. 그가 원하는 것은 무엇이든 하고 싶었지만 딱 하나 내가 할 수 없는 일이 순응하는 것이었다. 그것은 그저 출판업자와 계약을 하는 것과 같은 일이 아니다. 그것은 무언가 내 안을 할퀴고 있다고 꼭 말해야 하는 것이었다. 우리가 아무리 황홀경에 빠져 있다고 해도 전화벨이나 초인종은 울릴 것이고, 나는 다시 일을 해야 할 것이다."

이토록 자유로운 영혼에게, 위대한 작가이자 박애주의자에게 금욕 또는 결혼의 맹세를 강요하는 것은 문명사회에 얼마나 폐를 끼치는 일인가.

"자네는 자네를 파괴하고 있네." 독신 작가 셔우드 앤더슨의 단편소설 〈손〉에 이런 구절이 나온다. "자네는 혼자 있으려고 하고 또 그런 꿈을 꾸지만 꿈을 두려워한다네. 자네는 이 마을의 다른 사람들처럼 되고 싶어 하지. 그들이 하는 말을 듣고 그들을 따라 하려고 애쓰고 있다네." "나는 정말 순응하고 싶었지만 불가능했다." 독신자들은 그들의 일과 그들이 선택한 관계를 묘사할 때 몇 번이고 반복해서 소극적인 목소리를 낸다. 독신자들은 그들이 자신보다 더 큰 힘에 의해 선택되었다고 생각한다. 그것은 순응이나 관습, 결혼의 부름보다 더 큰 부름이며, 고통스러울지라도 스스로 특별한 운명을 가지고 태어났다고 이해한다.

  우리는 모두 고독을 피하려고 하며 대다수는 고독이 싫어 결혼으로 자신을 구속한다. 우리는 스스로를 내주고 싶어서, 너무도 관대해지고 싶어서 감정이라는 건축술에, 드라마라는 집에, 결혼이라 불리는 끝나지 않는 세 발 달리기 경주에 우리의 특별한 자아를 기꺼이 건네주려 한다. 쓰라린 경험의 반복을 통해 고독하게 사는 것이 합당한 길임을 분명히 깨닫고도 말이다. 허스턴의 소설에 대해 보이드는 이렇게 말했다. "허스턴은 결혼이 치명적인 과제이며 누군가에게는 자기 삶을 포기해야 하는 일이라고 말하는 듯하다." 그러자 허스턴은 "나는 의심이 많다. 변함없는 사랑으로 여겨지는 많은 것들이 꿈속을 거닐 듯 금빛으로 물든 순간일지는 확신할 수 없다."라고 말했다.

  그녀는 결합에 대한 갈망이 어떤 것인지 우리보다 더 잘 알고 있다. "아, 내가 남들처럼 되고 싶다고 얼마나 소리쳤던가!" 하지만 그녀는 독신을 자신의 소명으로, 운명으로 받아들였다. "내게 올 그 잔이 지나가지 않을 것임을 알고 있다고 생각하는 순간 나는 그 쓴잔을 마셔야만 한다." 미각 가운데 가장 예민한 감각이라는 쓴맛을 두고 어떤 이들은 인간이 독을 인지하고 피할 수 있도록 발달한 것이라고도 한다. 하지만 모든 마스터 셰프가 알고 있듯 쓴맛은 어우러지기에 가장 어렵고 가장 흥미로운 맛이다.

10

홀로인 남자 혼자인 여자

로드 맥컨, 니나 시몬
Rod McKuen, Nina Simone

♦♦♦

전설적인 재즈 가수이자 인권운동가 니나 시몬의 노래를 듣고 있으면 독신에 대한 새로운 정의를 생각하게 된다. 불타는 숲에서 모세에게 들려온 목소리처럼, 그녀는 그녀이기에 그녀 자체로 온전한 존재다. 다른 누군가에 의해 완성되거나 보완되는 존재가 아니다. 그녀는 소위 불교도가 이르는 이중성 없는 경지, 즉 안과 밖이 분리되지 않으며 마음과 현실 사이에 구분이 없는 경지에 도달했다.

강렬한 감각을 경험하는 사람들, 그리고 내적 세계와 외적 세계, 마음의 세계와 머리의 세계, 자신과 타인 사이에 경계벽이라 할 수 있는 보호막을 만드는 데 관심이 없거나 만들지 못하는 사람들, 그로 인해 갖게 된 강한 자의식. 이것이 바로 나의 독신자들의 특징일 것이다. 시몬은 이렇게 썼다. "마치 내 몸이 바이올린이 되고 누군가 내 몸에다 활을 켜듯 음악은 황홀경에 온몸을 떨게 했다."

하지만 이것은 내면의 삶을 외적으로 감추어야 하는 사회, 그 어떤 기술보다 무표정한 얼굴이 살아가는 데 필수적 기술인 사회에서는 별 도움이 되지 않는다. 시몬이 1993년 발매한 마지막 앨범의 제목을 〈싱글 우먼〉으로 지었다는 것을 알고서 CD를 주문했다. 힘든 시기를 거치며 나이 든 시몬의 목소리는 더 탁해지고 깊어졌다. 그녀의 노래에는 음악적 성공과 감정적으로 안정된 삶을 이루기까지 분투하며 얻은 비통과 지혜가 담겨 있다. "나는 홀로 살아갑니다. 그것이 항상 쉬운 일은 아닙니다." 제목에 해당하는 가사를 부르고 다시 이렇게 이어서 부른다. "이해해 주는 사람이 없는 세상 속에서."

세상살이에 지치고 어딘가 나른한 가사가 마음에 와닿아 작사가를 찾아보니 1960~70년대 비평가들이 비난을 퍼부었던 시인이자 작곡가 로드 맥컨이었다. 뉴스위크지는 그를 "대중의 인기를 노린 저급한 작품의 대가"라 불렀고, 어느 비평가는 그의 작품에 대해 "1960년대에 딱 맞는 시로, 엉성한 시구들이 촌스러운 운율로 느릿느릿 이어진다. 세상을 묘사하기보다는 예쁘게 치장하기를 좋아한 한 남자의 사탕발림으로 끈적거렸던 칼 샌드버그의 순수하면서도 촌스러운 감성을 담고 있다."라고 말했다.

포크 뮤직에 영향을 받아 만든 작품으로 일약 스타덤에 오른 맥컨이지만 그의 인생은 힘난했다. 오클랜드의 한 구세군 호스텔에서 태어나자마자 아버지에게 버림받고 친척들에게 육체적·성적 학대를 받으며 자란 데다 고등학교를 중퇴하고는 이십 대 초반까지 거리를 전전하며 사기를 쳐서 하루하루 근근이 먹고살았다. 그런 그가 '세상을 예쁘게 치장'하다니? 비평가들이 무슨 의도로 그런 말을 했는지 의아하다. 지금은 거의 잊혔지만 1969년 당시 그는 미국 서부 해안 지역 연예계의 주류였으며 〈홀로A Man Alone〉를 녹음한 프랭크 시나

트라에게도 극찬을 받았다. "사랑을 안다고 하는 사람은 보이는 것만큼 사랑을 알지 못해요. 그저 다른 사람들의 꿈일 뿐이죠." 많은 곡들 중에서도 〈싱글 맨The Single Man〉과 타이틀 곡 〈홀로〉의 가사에는 조라 닐 허스턴이 표현했던 분노가 들어 있다.

맥컨이 가사를 쓴 시몬과 시나트라의 이 앨범들은 스스로를 독신자로 생각하고 목소리를 내기 시작한 사람들 간의 음악적 협업이었다. 게이였던 맥컨은 시몬과 시나트라의 연결고리였으며, 독신 남성과 독신 여성 모두의 관점에서 가사를 썼다. 맥컨이 둘 사이에서 중성적 입장을 취했기 때문일까? 극명하게 다른 두 가수를 위해 쓴 가사가 유사했던 것은 맥컨이 창의성이 부족해서일까 아니면 고독의 경험이 성별을 초월한다는 의미일까?

그가 쓴 가사를 20세기의 수많은 아티스트가 불렀다는 것도, 그의 책이 수백만 부 팔렸다는 것도, 그가 아카데미상 후보에 이름을 두 번 올리고 그래미상을 수상하고 〈진 브로디 양의 전성시대The Prime of Miss Jean Brodie〉라는 영화음악으로 퓰리처상 후보에 올랐던 것도, 남아프리카공화국에서 성대한 콘서트를 열겠다고 요구한 최초의 예술가인 것도, 그가 벨기에 가수 자크 브렐을 미국 관객에게 소개했다는 것도 (모두 사실이지만) 중요하지 않다. 핵심은 그가 인종차별과 동성애 혐오를 직면하고도 자신만의 규칙에 따라 노래하고 성공을 거둔 아웃사이더라는 점, 스스로 독신자라 정의한 독신자라는 점이다.

자신을 규정해 달라는 질문에 맥컨은 무척이나 센스 있게 답했다. "섹스보다 양치하는 데 더 많은 시간을 보내기 때문에 나는 내 삶을 성적으로 규정하지 않겠습니다." 종종 에드워드 하비브 맥컨이라고도 불린 화가 에드워드 하비브는 맥컨과 같이 살았다. 맥컨은 그를 때로는 파트너로 때로는 형제로 묘사했다. 어느 소식통에 따르면 맥컨에게 자녀가 한두 명쯤 있었다고 하는데 또 다른 소식통은 자녀에 대해 언급조차 않는다. 서로 다른 입장을 보이는 그의 전기는 자신을 보수적인 페미니스트라 칭한 그가 어떠한 꼬리표도 용인하지 않았으며 아무것도 없이 태어나 잃을 것도 없었던 독신자였음을 입증한다. 그가 쓴 책들의 제목에 고독이 자주 언급되는데, 그중 《고독의 소리The Sound of Solitude》에 등장하는 시 〈위대한 모험The Great Adventure〉에서 그는 다음과 같이 노래한다. "어느 누가 고독을 충분히 노래할 수 있는가? 우리는 왜 페스트를 두려워하듯 그 단어를 두려워하는가?"

독신자의 이야기를 다룬 〈진 브로디 양의 전성시대〉의 영화음악에서도 알 수 있듯 맥컨의 수많은 노래와 작품이 독신에 초점을 두고 있다. 내가 그를 시대를 앞서간 시인이자 음악가라고 생각하는 이유다. 돌리 파튼과 그가 듀엣으로 부른 〈고독한 이들은 모두 혼자 가야 하네Every Loner Has To Go Alone〉의 가사를 보자. "평생을 나는 혼자였네. 고독한 이들은 모두 혼자 가야 하네." 맥컨이 혼자 부른 〈외톨이The Loner〉에서도 드러난다. "내가 손을 내밀자 사람들은 내게 등을 돌리네."

그는 전형적으로 자신을 헌신하는 독신자였다. 평생 성 소수자의 권리를 위해 일했고 에이즈 관련 연구와 성 소수자를 돕기 위한 행사를 주최했다. 말년에는 친부를 찾는 과정을 회고록으로 출간해 입양아들이 자신의 친부모를 찾는 일에 쓰이도록 저작권 수익금을 기부했다.

맹렬한 비난이 맥컨을 괴롭혔지만 그의 작품은 흔들리지 않았다. 1977년에는 디스코 열풍에 힘입어 〈미끄러지듯 편안히Slide⋯⋯In Easy〉라는 앨범을 발매했다. 유럽판 앨범 커버에는 '디스코'라고 적힌 크리스코° 깡통에서 쇼트닝 한 덩어리를 꺼내는 근육질의 팔이 등장하는데, 그것이 1970년 동성애 혁명의 절정을 이루었고 맥컨은 자신의 시를 비난하던 기득권층을 비웃었다. 어쩌면 가운뎃손가락을 치켜들었을지도 모른다.

디스코 열풍에 엄청난 비용을 들여 제작했지만 디스코 앨범은 한마디로 끔찍했다. 확실히 맥컨은 시인이라기보다 작사가가 어울린다. 무대에서 진부해 보일 수 있는 가사도 생동감 넘치는 연주와 배경음악이 있으면 의도된 효과를 충분히 발휘할 수 있다. 책으로 읽었던 테네시 윌리엄스의 희곡도 비비안 리나 말론 브란도 같은 대배우를 무대 위에 올리거나 카메라 앞에 세우면 멜로드라마로 보이는 법이다. 라빈드라나드 타고르도 비슷한 어려움에 처했다. 그의 가사에 대해 지나치게 공을 들였다고 평가한 영국 비평가들에게 타고르는 음악 없이 가사를 읽는 것은 날개 없는 나비를 보는 것과 같다고 했다. 음악이 동반되는 것은 서양에서 가장 흔한 방법이다. 가사에 멜

° 미국의 쇼트닝 브랜드 -옮긴이

로디가 붙어야 덜 촌스럽고 더 감동적이다.

자크 브렐이 작사 작곡을 한 샹송 〈날 떠나지 말아요*Ne Me Quitte Pas*〉와 맥컨이 영어로 옮긴 〈당신이 떠나가면*If You Go Away*〉을 놓고 시몬은 비통한 마음을 구체적으로 표현한 전자를 택했다. 라틴어에 뿌리를 둔 프랑스어가 깊은 슬픔을 표현하기에 더 적합하다고 생각했기 때문이었다. 사실 가사도 브렐의 것이 더 나았다. 맥컨은 브렐의 훌륭한 은유를 흉내만 낼 뿐 따라잡을 수는 없었다. 브렐은 잊을 수 없는 곡을 썼고, 맥컨은 그보다 더 잘 쓰려 노력할 만큼 어리석지 않았다.

니나 시몬과 다른 많은 독신자들처럼 맥컨 역시 우울증에 시달렸다. 시몬과 맥컨은 명성에 대한 부담감을 느꼈을 뿐 아니라 독신이라는 점과 함께 시몬의 경우 인종 문제, 맥컨의 경우 성적 취향 문제로 그들의 진실성이 끊임없이 공격받았다. 두 사람에게 쏟아진 악랄한 평가가 내 귀에는 정당한 비판이 아닌 그저 괴롭히는 것으로 들린다. 깊은 상처를 입은 두 독신자가 고통을 어떻게 예술로 승화했는지 알 것만 같다.

✦   ✦   ✦

노스캐롤라이나의 작은 마을에서 신동으로 인정받은 시몬은 클래식 음악가 겸 보컬리스트로 활동을 시작했다. 하지만 클래식 음악계에서 인정을 받지 못하자 자신이 흑인이기 때문이라고 생각했고,

이름을 바꾼 후 교외 술집과 클럽에서 재즈를 부르기 시작했다. 맥컨이 정식 시인으로 받아들여지기를 갈망했듯 시몬 역시 재즈 가수로 활동하면서도 클래식계에서 인정받고 싶어 했다. 그러나 비평가들은 '높음'과 '낮음', '가치 있는 예술'과 '대중적인 예술' 사이에 경계선을 분명히 하며 자신들의 명성을 쌓아 갔다. 타고르와 밥 딜런은 그 범주를 초월할 수 있었는데, 타고르에게는 재산과 국가의 후원이 있었고 딜런은 백인인 데다 이성애자였기 때문이다. 시몬과 맥컨은 순수 예술의 영역에서 무언가 배제시키고자 할 때 비평가들이 꺼내드는 강력한 탄압의 무기, 즉 보이지 않는 인종차별과 동성애 혐오에 맞서 싸웠다.

두려움을 모르는 시몬의 자아는 단단했다. 그녀는 무대 위에서든 무대 밖에서든 부당함을 수용할 마음이 없었다. 하지만 다른 사람들의 예술적 감성에 자신을 맞추고 바꾸지 못하는 그녀는 그 대가를 치른다. 〈미시시피 갓댐Mississippi Goddam〉을 쓰고 부른 여성과 같은 앨범의 감동적인 노래 〈검은색은 진실한 내 사랑의 머리 색Black Is The Color Of My True Love's Hair〉을 부른 여성은 같은 인물이지만 음색과 메시지는 완전히 다르다. 시몬은 분노에서 사랑까지, 그리고 그 사이 온갖 감정의 섞임과 멈춤을 표현할 수 있었다.

시몬의 삶을 다룬 다큐멘터리 〈니나 시몬: 영혼의 노래What Happened, Miss Simone?〉를 보면 코미디언 딕 그레고리가 〈미시시피 갓댐〉에 대해 이야기하던 중 발을 탁 내려놓으며 "우리는 모두 그 가사에 대해 생각하지만 그녀는 그 가사를 썼습니다."라고 강조하며 말하는 장면이 나온다.

그렇다. 시몬이 그 가사를 쓰고 부르고 비난을 받았다. 그리고 그 비난은 점점 고통이 되었다. 만약 시몬이 가끔씩 헛것을 봤다면 그것은 아마도 예기치 않은 기습 공격을 실제로 수차례 당했기 때문일 것이다. 그녀는 자서전에서 자신의 재능과 그녀가 흑인들의 지도자가 되기를 바란 어머니 때문에 얼마나 외로웠는지 이야기한다. "어머니는 자신의 바람을 가족들이 알게 하는 데 남다른 재능이 있었다. 스스로 자신이 무엇을 말하고 있는지조차 알지 못했지만 그녀의 바람은 알려졌다." 이를 놓고 그녀의 어머니가 시몬이 세계 최초의 성공한 흑인 피아니스트가 되기를 바랐다는 주장도 있었다.

심지어 몇 년간 전문적인 교육을 받는 동안에도 시몬은 자신의 진로를 설계해 나갔다. 자서전에서 그녀는 "내 미래는 선생님들의 미래만큼이나 내 손에 달려 있었다. 그들은 내게 여러 음악적 방향을 안내했지만 나는 혼자 힘으로 탐험을 하고 있었다."라고 했다. 그러나 그 재능은 천사뿐 아니라 악마를 동반했다. 그녀는 가끔 연주를 통해 발견한 기쁨에 대해 말했지만 음악은 늘 고독을 불러일으켰다. "음악은 나를 참 외롭게 만들어요. 나는 친구들과 다르게 예외 취급을 받았어요. 나는 스스로 혼자가 되었어요." 이에 대해 그녀의 친한 친구이자 극작가인 로렌 핸즈베리는 "그래서 네가 특별하고 또 외로운 거야."라고 했다. 시몬이 흑인이라서 필라델피아 커티스 음악원 입학을 거부당했는가 하는 문제에 대해서는 시몬은 이렇게 말했다. "이런 유형의 인종차별이 놀라운 점은 누구도 돌아서서 자신을 인종차별주의자라고 인정하지 않을 것이기에 사실 여부를 알 길이 없다는 데 있다. 그뿐 아니라 그럴 리가 없다고, 당신이 못해서 그랬을 것이라는 잔소리가 끊이지 않는다.”

거부를 당한 뒤 그녀는 더욱 열심히 노력했다. 고전적 테크닉과 복잡한 구성을 변경하고 지역 특유의 언어를 이용해 현대적 포크와 블루스, 재즈로 표현했다. 그녀는 현대 음악을 구성하는 국제적 테크닉과 영향력으로 경이로운 작품을 만들어 낸 선구자였다. 하지만 최초의 흑인 클래식 피아니스트라는 어머니와 선생님들의 원래 목표 또한 포기하지 않았다. 자서전에는 이렇게 썼다. “내 삶의 방향은 다른 이들의 야망과 그들의 돈에 의해 결정되었고, 내게는 선택권이 없는 미래가 주어졌다.” 또한 “내가 아는 모든 이들이 내게 보인 믿음에 대한 보답으로 우리의 운명을 완수하는 일에 헌신했으며, 그 외의 모든 일에 등을 돌렸다.”라고 했는데, 여기서 ‘우리’는 그녀의 가족과 그녀가 교육을 받을 수 있도록 기금을 마련해 준 후원자들을 말하는지도 모르겠다. 말년에 대필 작가를 두고 쓴 자서전에서 나오는 ‘우리’는 짐작건대 그녀의 민족, 즉 흑인과 아프리카계 미국인을 의미하고 있는 듯하다.

조라 닐 허스턴이 그랬듯 시몬은 자신이 일을 위해 개인적 삶을 희생한 것 같다고 느꼈으며, 재능 있는 흑인 여성을 향한 엄청난 요구를 평생 감당하며 살아갈 수 있는 사람은 거의 없을 거라고 밝혔다. 허스턴에 비해 자아 인식은 덜했지만, 배우자를 찾는 데 시간과 에너지를 할애하면서도 그를 위한 어떠한 공간도 허락하지 않는 완성된 자아를 지닌 독신자가 되었다. 시몬이 자서전을 통해 암묵적으로 인정했듯이 그녀는 배우자보다 남편 앤디 스트라우드와 같은 사업 파트너가 필요했다. 스트라우드는 그녀에게 폭력을 행사했다. 후에 그는 가정폭력을 인정했고, 남자든 여자든 노닥거리는 것을 참을 수 없어 그랬다며 변명했다.

"누군가를 사랑하고 싶은 마음이 간절해 그와 결혼했어요." 시몬의 이 말은 한 사람을 사랑하고픈 동시에 모두를 사랑하고픈 마음속 열정을 어떻게 해야 할지 몰라 어려움에 처하는 독신자의 모습을 전형적으로 보여 준다. 책으로 나온 〈니나 시몬: 영혼의 노래〉에는 시몬이 스트라우드에게 보낸 충격적인 편지의 일부가 소개된다. "폭력은 안 돼요. 앤디, 폭력은 안 돼요. 폭력은 견딜 수가 없어요. 폭력은 내 안의 모든 것을 파괴해 버려요. 확신, 온기, 그리고 영혼까지! 당신이 나를 사랑하게 될 거고 내가 당신을 다시 사랑하게 될 거라고, 그렇지 않으면 나를 죽이겠다는 당신의 노골적인 메시지를 이해하고 존중해요."

다시 유도라 웰티가 쓴 외판원의 애원을 생각해 보자. "내 마음이 사랑으로 흘러넘쳐야 할 텐데……. 당신이 누구든 어서 내 마음속에 들어오라. 강 전체가 당신의 발을 뒤덮고 높이높이 솟아올라 무릎을 휘감고 온몸을 그리고 심장을 뒤덮어야 할 텐데." 배우자를 향한 갈망에서 고독을 선물이자 운명으로 받아들이기까지, 웰티와 디킨슨이 어떻게 변화해 갔는지 짐작해 본다. 고달픈 가수의 삶, 연약한 예술적 감수성, 인종차별, 성차별. 수많은 이유로 시몬은 결코 내적 평화를 누릴 수 없었던 듯하다. 그녀는 열일곱에 체로키 청년과 나눈 순수한 사랑을 이상적인 관계로서 평생 간직했다고 한다. 그녀만큼 그도 시몬을 사랑했다고 한다. 하지만 예술에 헌신했던 그녀를 떠올려 보면 만약 그들이 결혼을 했더라도 금세 폭풍우가 몰아치며 끝이 났을 것 같다. 만약 그녀의 고독이 받아들여졌더라면, 그녀가 독신의 흑인 여성을 인정하는 사회에 살았더라면 분명 더 쉬운 길을 걸었을 것이다.

그 당시 도대체 무슨 일이 일어났던 걸까. "사람들은 내가 무대 끝에서 노래를 부르다가 언젠가 떨어질 거라는 걸 알고 나를 보러 왔어요." 그녀의 말에는 대중이 예술가의 성공보다 실패를 더 보고 싶어 한다는 고통스러운 진실이 담겨 있다. 모두가 길가의 만신창이를 넋을 잃고 바라본다. 음악극《서푼짜리 오페라The Threepenny Opera》의 〈해적 제니〉를 부른 로테 레냐와 같은 노래를 부른 니나 시몬을 비교해 보자. 세련되게 부르는 레냐와 달리 시몬은 분노와 비탄, 수천 년간 이어진 억압 속에서 태어난 증오를 불러일으키며 가사의 핵심을 후벼 판다. 레냐는 가수로서 자신의 역할을 했고, 시몬은 가사처럼 살아가고 있었다. 시몬은 우리에게 18세기 파리의 가난한 사람들이 어떻게, 왜 그리 열렬하게 단두대를 받아들였는지 알려 준다.

"특권층은 어떻게 진흙탕을 밟으면서도 우아하게 걸을 수 있을까?" 다큐멘터리 〈니나 시몬: 영혼의 노래〉에 등장하는 베티 샤베즈 박사가 묻는다. "사람들은 그녀가 살아온 것만큼 정직해지기를 두려워해요." 그만큼 마음을 가꾸고 표현하기 위해 시몬은 정신적으로 예술적으로 큰 대가를 치렀다. 그녀의 노래를 듣는 이들이 그녀의 수혜자다. 그녀의 노래를 들으면서 특권층임을 의식하며 전율을 느낄 뿐 아무런 변화 없이 살아가기보다 그녀가 원했던 대로 세상을 바꾸기 위해 우리가 행동에 나섰더라면 좋았을 것을.

니나 시몬은 마침내 조울증 진단을 받고 약물치료를 진행했다. 치료는 그녀에게 안정을 주었지만 피아노 연주에는 방해가 되었고 목소리 역시 불분명해졌다. 아무리 굳센 마음을 지녔더라도 자신을 향한 관객들의 아첨과 백인 경찰이 흑인에게 휘두르는 소방호스, 최루가스를 모두 감당하기는 힘들었을 것이다. 시몬과 사회 가운데 아픈 것은 어느 쪽인가. 그녀의 고군분투가 에밀리 디킨슨을 떠올리게 한다.

> 깊은 광기는 가장 신성한 감각입니다.
> 분별 있는 눈에는.
> 깊은 감각은 가장 완전한 광기입니다.
> 늘 그렇듯 여기서 승리를 거두는 것은
> 다수입니다.
> 찬성하면 당신은 정신이 온전합니다.
> 반대하면 당신은 당장 위험한 존재가 되어
> 쇠사슬로 다루어집니다.
>
> 〈시 435〉

그녀의 고뇌와 슬픔, 고통과 분노가 사람들의 재밋거리라는 것을 알면서도 어떻게 밤마다 공연을 이어 갈 수 있었을까? 그녀의 병은 일종의 증상의 발현이었다. 백인이 원인은 아니었더라도 적어도 복잡한 요인 가운데 하나였다. 놀라운 정신력과 수완으로 증오를 연료로 바꾸었던 제임스 볼드윈도 시몬이 그랬듯 다른 나라로 건너가서 살다가 사망했다. "백인에게 묻겠소. 깜둥이가 왜 필요하오? 당신 안의 무엇이 깜둥이를 필요로 하는 것이오?" 볼드윈이 물었다. 그는 어디서든 어떻게든 그 질문을 안고 살아갈 힘을 찾아냈지만, 시몬은 압박감 속에 무너져 내렸다.

◆　　　　◆　　　　◆

〈미시시피 갓댐〉과 같이 인권 문제를 다루는 혁명적 노래를 통해 시몬은 자신의 의견을 구슬프게 피력했다. 흑인 인권 단체의 지도자 메드가 에버스 피살 사건, 버밍엄 폭탄 테러로 네 명의 소녀가 사망한 사건, 그리고 두 사건의 시위자들은 흑인 청중이 그동안 무엇을 인지하고 있었는지 그녀에게 보여 주었다. "신을 찬양할 수 있는데 너는 왜 세상 밖에 나가 큰 소리로 노래하니? 마침내 나는 묻지도 않은 어머니의 질문에 대답할 수 있었다." 당시 그녀는 가사와 공연을 통해 신을 찬양하고 있었다. 그녀는 "저 불빛 아래 무슨 일이 일어나든 그것은 하느님의 일이고 나는 그저 하느님이 가시는 길 위에 자리할 뿐이었다."라고 했다. 그리고 이렇게 말했다. "시골의 저 아이들은 내가 미처 깨닫기도 전에 내가 그들과 한편이라는 것을 알고 있었다. 마침내 매일매일 목숨을 걸고 싸우는 '돌격대원'을 만났을 때 나는 그들 옆에 서는 것 말고는 선택권이 없었다. 그 일에 대해 당신이 좋을 대로 말해도 되지만 내게 그 일은 운명과도 같았다."

시몬은 자서전에서 하느님을 만나고 이해하는 것과 자신의 음악 사이의 관계를 설명했다.

당신이라면 무대에 올라 시를 표현할 수 없는 사람들의 마음과 영혼 속에 닿는 시를 노래하는 기분이 어떤지 어떻게 설명하겠어요? 그것에 대해 어떻게 말할래요? 말로 할 순 없지만 그래도 오늘 밤이 좋다는 건 알 거예요. 그것이 하느님이에요.
나는 내가 하느님의 도구라는 사실을 잘 알고 있어요. 매일 하느님과 싸우죠. 나는 악보를 보지 않고도 완벽한 음정으로 노래할 수 있는 재능을 받았어요. 이런 재능을 가지고 있다면 세상에 돌려줘야 하죠. 하느님에 대해 그보다 더 잘 설명할 수 있을지 모르겠군요.

시몬은 또다시 하나의 본보기가 된다. 그녀는 하느님에 대해 자신의 경험에 비추어 이야기한다. 허스턴이 그랬듯 자신의 생각과 이해를 토대로 하느님을 재정립한 것이다.

◆   ◆   ◆

시몬은 종종 작가 로렌 핸즈베리와 나눈 깊은 우정에 대해 이야기하거나 글을 썼다. 브로드웨이에서 최초로 공연된 흑인 여성 작가의 작품《태양 속의 건포도 A Raisin in the Sun》를 쓴 핸즈베리는 시몬이 정치적 의식을 높이는 데 중요한 역할을 했다. 시몬은 그녀의 자서전을 통해 이렇게 말했다. "핸즈베리와 나는 남자나 옷, 그 밖에 하찮은 것들에 대해 절대 이야기하지 않았다. 늘 마르크스와 레닌, 혁명에 관해 이야기했다. 그것은 진정한 여자들의 대화였다." 겨우 서른넷의 나이에 핸즈베리가 병원에서 죽어 가자 시몬은 레코드플레이어를 들고 그녀를 찾아갔다. "그녀를 위해 〈달빛 비치는 저녁에 In The Evening By The Moonlight〉를 틀어 주었어요. 그녀의 장례식에서도 그 곡을 틀었죠."

시몬이 로렌 핸즈베리의 임종을 앞두고, 또 장례식에서도 같은 노래를 틀었다는 이야기를 읽고 나는 또다시 작사가를 찾아봤다. 가슴 아픈 이별의 순간에 시몬은 왜 케케묵은 옛날 노래를 선택했을까? 그러다가 보드빌° 시대의 많은 클래식 작품이 지미 블랜드의 펜에서 탄생했다는 사실을 알게 되었다. 시몬은 분명 알고 있었겠지만 나는 몰랐던 사실이다. 1854년에 태어난 지미 블랜드는 독학으로 사회의 정상에 올라 국제적 명성을 얻었으나 가난하게 살다가 아무도 모르게 사망해 묘비도 없이 무덤에 묻힌 아프리카계 미국인이자 독신자였다.

° 1890년대 중반부터 1910년대 초까지 미국에서 유행한 노래·춤·연극 등을 엮은 버라이어티쇼의 일종 -옮긴이

뒤늦게 그가 쓴 가사들을 연구하다가 노예 제도에 대한 언급을 발견했다. 〈달빛 비치는 저녁에〉는 흥겨운 전통적 후렴구 앞에 느린 속도로 진행되는 스탠자가 나온다.

> 달빛 비치는 저녁에
> 어머니가 일을 마치면
> 우리는 벽난로 앞에 둘러앉아 있곤 했네.
> 옥수수빵이 익어 갈 때까지……
> 그들이 우리에게 준 유일한 시간이었네.
> 약간의 기쁨을 누릴 수 있는.

1960년에 녹음된 곡을 들어 보면 시몬은 "그들이 우리에게 준 유일한 시간이었네. 약간의 기쁨을 누릴 수 있는."이라고 부른 후 잠시 의미심장하게 멈추었다가 껄껄 웃고는 원래의 관례적인 편곡대로 신나고 빠른 템포로 이어 간다. 그로부터 30년이 지나 정신적 질환으로 눈에 띄게 황폐해진 채 같은 노래를 부르는 시몬은 돈 때문에, 자신의 일이기에 노래를 불러야 한다는 사실에 화가 나고 상처받은 모습이다. 그녀는 중간중간 노래를 멈추고 드러머에게 속도를 높이지 말라고 퉁명스럽게 내뱉었다. 결국 빠른 템포를 버리고 노래 초반의 스탠자가 지닌 우울한 음조를 코러스까지 이어 갔다.

나에게 〈달빛 비치는 저녁에〉는 부모님과 부모님의 친구들이 돌을 깔아 만든 테라스에 앉아 밤늦게까지 부르던 노래였기에 그 선율과 가사의 일부가 DNA에 뿌리 깊게 새겨져 있다. 아버지가 지은 집에는 근처 개울에서 돌을 가져다 만든 테라스가 두 개나 있었다. 모양이 재미난 판돌들은 우리 가족이 어느 여름날 개울가 물속에서 하나하나 손으로 끄집어내 가져온 것들이었다. 아버지가 개울 바닥에서 꺼내기 쉬운 납작한 돌을 찾아 형들과 함께 꺼내는 동안 어머니는 물장구치며 노는 아이들을 지켜봤다. 이렇게 구한 돌들을 이리저리 짜 맞춰 만든 테라스는 돌을 깎아 내지도 않았는데 네 귀퉁이의 각이 딱 맞았다.

테라스는 봄부터 늦가을까지 최상의 집결지였다. 한번은 그곳에서 파티를 열기도 했다. 그 파티에 있었던 사람들의 영혼이 서로 지나치고 겹쳐진다. 각각의 순간은 다음 순간을 아련하게 보여 주고, 공간은 이미지와 소리로 가득 찬다. 모든 순간은 사진 건판에 끊임없이 노출되고 동시에 오디오 테이프는 계속 돌아간다. 모든 순간과 모든 대화가 구별되는 동시에 뒤섞인다. 제랄드 배리와 마가렛 배리가 우쿨렐레를 연주한다. 수도사들은 아버지가 만든 옥외용 안락의자에 앉아 있다. 어머니는 언제나 관심의 중심에 있었다. 늘 청중에게 이야기할 준비가 되어 있었고, 누구라도 현관에 나타나면 수프와 비스킷을 내올 준비를 하고 있었다. 이방인이든 여행객이든, 작은 마을의 우리 집에 거대한 바깥세상의 소식을 가지고 오는 이들은 언제나 환영이었다.

제랄드는 새로운 가락을 배우는 데 관심이 없었기에 연주 레퍼토리는 매번 같았다. 하지만 즐겨 부르는 노래들과 늘 마지막으로 불렀던 〈잘 자요, 아이린〉은 파티가 끝나 감을 알려 주었다. 〈달빛 비치는 저녁에〉를 부를 때 부모님과 부모님의 친구들은 노예와 관련된 가사는 절대 부르지 않았다. 어쩌면 그런 가사를 들어 본 적도 없었을지 모른다. 그들이 부르는 그 노래는 "노인들이 노래하네"와 "밴조가 울리네"에서 흥겨운 가락으로 바로 넘어갔다.

그 노래와 그 목소리, 검지를 들고 멋지게 지휘하며 선창하는 어머니의 목소리가 머릿속에 메아리친다. 시몬과 블랜드, 그리고 그때 그 가수들은 모두 죽었지만 테라스에 앉아 저녁 늦게까지 달빛을 받으며 노래 부르던 그들의 목소리가 들려온다. 마치 죽음은 없다는 휘트먼의 외침을 입증하는 듯이. 지미 블랜드는 그가 겪은 고통과 비애에도 불구하고 니나 시몬과 내 어머니를 통해 내 마음속에 여전히 살아 있다.

11.

아름다움을 찾는 사람은
그것을 발견할 것이다

빌 커닝햄
Bill Cunningham

＊＊＊

뉴욕과 샌프란시스코는 이민자를 위한 입항지로서 처음부터 독신자
들의 도시였기에 미국 내에서 가장 문명화된 곳이라 할 수 있을 것이
다. 이민으로 인해 자유로워진 창의적 상상력은 교회와 가족의 제약
에서 벗어나 전통에 근거를 두면서도 억압받지 않는 문화를 이루어
냈고 두 도시를 트렌드 세터로 만들었다. 두 도시는 욕망을 기반으로
만들어졌다. 섹스와 돈, 그리고 무엇보다 중요한 권력을 향한 욕망, 그
러한 욕망의 중심에 늘 존재하는 아름다움에 대한 욕망. 그 욕망의
힘이 너무도 강력해서 누군가는 익숙한 삶을 포기하고 어떠한 시련
을 겪더라도 아름다움을 찾아 떠난다. 그리고 그 힘이 모자를 사랑
한 미의 숭배자 빌 커닝햄에게로 나를 인도했다.

커닝햄은 다큐멘터리 〈빌 커닝햄 뉴욕〉과 2016년 사망 직전까지
발행한 뉴욕타임스의 스타일 섹션 〈온 더 스트리트〉를 통해 패션 사
진계를 넘어 전 세계적으로 유명해졌다. 사진을 통해 도시의 패션을
좌지우지하는 사람이 되었지만 그는 카네기 홀 꼭대기의 주방도 침
실도 없는 작은 스튜디오에서 평생을 혼자 살았다. 수십 년간 찍은

사진 원판을 상자에 담고 그 위에 싸구려 매트를 깔고 잤다. 그의 부유한 친구들은 그가 상류층 출신일 거라 믿었고, 심지어 한 친구는 다큐멘터리에서 "부유하게 태어난 사람만이 그렇게 소박하게 살 수 있다"고 말했다. 하지만 그 말은 오히려 그 친구가 가진 특권 의식을 보여 준다.

커닝햄은 보스턴의 전통적인 중산층 가정에서 예의 바르고 점잖게 자랐다. 하지만 하버드 대학을 중퇴하고 화려하고 기괴한 여성 모자를 만들면서 가족과 멀어지게 되었다. 1960년대에 들어 모자 산업이 사양길을 걷자 커닝햄은 패션 관련 글을 쓰기 시작했고, 이어서 패션 사진을 찍는 수순을 밟았다.

커밍햄과 같은 위치에 있는 사람이 평생 진심과 열정을 유지할 수 있었던 것이야말로 우리가 상상할 수 있는 가장 깊은 신앙심을 보여 주는 일일 것이다. 다큐멘터리에서 보그지 편집장이 "우리는 모두 빌이 찍은 사진처럼 입는다"고 말했지만, 그를 패션의 결정권자라고 부르는 것은 그가 기여한 바를 도리어 낮추는 말이다. 그는 명성이 아닌 아름다움을 추구했다. 자신의 견해를 밝히고 창조 본연의 행위를 모방하고 인간의 위대한 드라마를 계속 써내 가고자 의식적으로 노력했다.

그는 나의 롤 모델은 아니었지만 분명 현자였다. 나는 맛있는 음식과 술을 좋아하지만 키닝햄은 에그 맥머핀에 만족했다. 나는 식탁에서의 즐거움을 좋아하지만 사교 만찬에 참석한 커닝햄은 카메라 뒤에서 일을 하곤 했다. 아시시의 성 프란치스코는 "복음을 가르쳐

라. 꼭 가르쳐야 한다면 말을 이용해라."라고 충고했지만 빌 커닝햄은 말로 하지 않았다. 작은 것도 놓치지 않았기에 매우 솔직하고 편견이라곤 없었다. 그의 다큐멘터리를 보면 80번째 생일 케이크의 촛불을 한 번에 불고는 양팔을 휠럭이며 뛰어다니는 모습이 아이처럼 활기차다. '묻지도 말고 말하지도 말라' 정책°이 하이패션계까지 확산되고, 스스로 커밍아웃을 하게 되면 직업을 잃을 수도 있는 세상에서 게이인 그는 현명하게 행동했다. 물론 카메라가 그를 보호해 주었지만, 당시 상황에서 직업을 얻고 유지하려면 동성애자임을 비밀리에 부치고 모든 사람이 공개적으로 이성애자여야 한다는 규칙을 따라야 했다.

커닝햄의 회고록을 읽다가 세상 물정 모르는 사람들이 창의적이고 모험 가득한 곳을 찾아 도심에서 멀리 떨어진 교외에 살던 그 시절의 삶이 더 재미있었겠다는 생각에 사로잡혔다. 커닝햄이 뉴욕의 최고급 호텔 월도프 아스토리아에서 있었던 무도회 의상에 대해 이야기한 적이 있다. 그는 여자 친구에게 깃털로 된 옷을 입히고 닭 두 마리를 데리고 무도회에 갔다. 닭들에게는 장식용 반짝이를 뿌리고 모조 다이아몬드가 박힌 끈을 묶었다. 하지만 군중이 몰려드는 바람에 끈이 끊어져 버렸고, 그는 저녁 내내 반짝이는 닭들을 쫓아다니며 보내야 했다. 그중 한 마리는 파크 애비뉴로 도망쳤고 다른 한 마리는 다음 날 점심으로 먹었다고 했다(그는 밥을 사 먹을 돈이 없었다고 말했다).

° 성 소수자의 군 복무 차별 금지와 관련된 정책 -옮긴이

그는 화려한 저녁을 한껏 즐기면서도 그 와중에 사회적 관계를 떠나 일에 몰두했다. "그 당시 나는 친구가 많지 않았소. 디자인하는 일이 무척이나 보람 있어 친구의 필요성을 느끼지 못했다오. 사람들을 만나면 내가 영향을 받을 것 같아 그러고 싶지 않았소."

그의 위대한 재능은 우리에게 보는 방법, 즉 주의를 기울일 줄 아는 능력을 가르쳐 주었다. 그가 찍은 사진에서 명백히 드러나듯 그의 재능은 바로 '사랑할 줄 아는 능력'이었다. "나는 눈으로 먹는다." 그가 말했다. 또한 셔터를 누를 때마다 기쁜 마음으로 가득하다고 했다.

자연스럽고 전염성 강하며 모두를 아우르는 그의 환한 미소를 누가 거부할 수 있겠는가? "당신이 돈을 받지 않으면 그들은 당신에게 명령할 수 없어요. 그것이 모든 것의 열쇠요. 돈을 받지 않는 것." 그는 편집자들이 돈을 주려 하자 수표를 찢으며 이렇게 말했다. 물론 그도 약간의 돈을 받았지만, 임대차 규제가 적용되어 수십 년간 집세를 올릴 수 없는 방에 살아온 사람들에게 당시 뉴욕의 물가는 그나마 싼 편이었다.

커닝햄은 평생 독신주의자였던 것으로 보인다. 그는 빙그레 웃으며 교회를 가는 한 가지 이유는 회개를 하기 위해서라고 말했다. 성적 욕망이라곤 전혀 없는 쾌활한 성격이었기에 처음 보는 사람들도 사진에 담을 수 있었다. 혼자 다녔지만 위협적이거나 위험해 보이지 않았으며, 순간순간 의도적으로 말장난을 하며 즐겁게 사진에 집중하는 전문가의 모습을 보여 주었다.

그에게 가장 먼저 붙는 타이틀은 외톨이이지만 그는 파티를 좋아하는 사람이었다. 아웃사이더이자 독신주의자, 별종, 속세에 사는 수도사였으나 외톨이는 아니었다. 내가 어릴 때였더라면 우리는 그를 괴짜라 불렀을 것이다. 그 말에는 자신의 남다른 운명을 개척하고 살아간 용기에 대한 존경과 부러움까지도 담겨 있다. 월트 휘트먼이 그랬듯 커닝햄 역시 물욕에 예속되지 않는 자유로운 영혼이었다. 카네기 홀에 텔레마케터 사무실이 들어오면서 커닝햄과 몇몇 세입자가 센트럴 파크 남부에 있는 스튜디오로 이전해야 했을 때 그는 집주인에게 파일을 둘 공간이 필요하니 집기들을 치워 달라고 요구하기도 했다. 레지옹 도뇌르 슈발리에 훈장을 받기 위해 파리에 초대받았을 때 그는 파리의 청소부를 위해 디자인한 자신의 트레이드마크인 파란색 작업복을 입었고, 비가 올 때는 포장용 테이프로 덧댄 검은색 비닐 우비를 입었다.

로맨틱한 사랑을 해 본 적 있느냐는 질문을 받았을 때 커닝햄은 기다렸다는 듯이 이렇게 대답했다. "아, 게이에 대해 알고 싶으신 거죠?" 그러자 그럴 의도가 없었던 기자는 몹시 당황하며 어쩔 줄 몰라 했다. 필름에 관해서는 솔직하고 단순했지만 이때 커닝햄의 반응은 우회적이고 난해했다. "그런 생각을 해 본 적 없습니다. 늘 옷에 대한 생각뿐이었어요." 그 시절 게이들의 전형적인 말이었다. 기자가 그래서 후회하는지 묻자 잠시 생각에 잠기더니 웃으며 이렇게 대답했다. "시간이 없었어요. 당신에게는 육체적인 욕구가 있고 당신은 최선을 다해 그 욕구를 통제하고 있겠죠." 하지만 그 웃음은 친밀한 '나'에서 한 걸음 물러나 객관적인 '당신'으로 옮겨 갈 때 그가 사용하는 가면에 불과했다.

이어서 기자는 일요일마다 미사에 참석하는 이유는 무엇인지, 그에게 종교는 어떤 의미인지 물었다. 대답하기 위해 입을 연 그의 얼굴이 일그러졌고, 그는 감정을 누르기 위해 바닥을 내려다보았다. 그러곤 어깨를 떨었다. 그러자 영화제작자가 그에게 대답할 필요 없다며 조심스럽게 말했다. 하지만 커닝햄은 이내 평정을 되찾고 그 이유에 대해서는 설명하지 않은 채 그저 교회가 필요하다고만 말했다.

예술은 슬로건과 교리를 내세워 진실에 반대하는 사람들을 알아볼 뿐만 아니라 진실을 인지하고 진실 속에 살아가라고 가르친다. 커닝햄은 보다 웅장하고 위대하며 보다 관대한 아름다움을 위해 자신의 특별한 사랑을 제물로 바쳤다. 그 희생은 신성하고 종교적인 것이었다. 그 후 교회는 '객관적으로 문란하다'는 꼬리표를 붙여 그를 거부했다. 교회의 권력을 쥔 모든 남성 엘리트들은 권력과 지위를 선과 바꾸며 흔하디흔한 흥정을 벌이는 자신의 관료적 모습을 드러내 버리는 진정한 성인(聖人)을 두려워한다.

커닝햄이 인터뷰에서도 언급했듯 무대와 그에 따른 의상의 중요성과 아름다움의 본질, 아름다움을 창조하고 발견하고 찬양하는 일의 중요성을 처음 가르쳐 준 것이 바로 로마 교회였다. 그래서 그 모순은 더욱 커졌다. 커닝햄에게 뉴욕의 거리는 세속적 형태의 신성한 무대였고, 그는 한 사람이 아닌 모든 사람에게 사랑을 주기로 선택한 대표적인 독신자였다.

◆　　　　　◆　　　　　◆

　몇 년 전 나는 동료 작가들과 택시를 탔다. 택시 안에서 일행 중한 명이 인기 있는 팝 트리오가 독신주의를 공개적으로 발표했다고말했다. 그러자 다들 낄낄거리며 웃었고 누군가 물었다. "그게 정말 가능한 일일까? 건강한 사람이 성적 욕구를 억제하는 일이 가능하다고생각해?" 그에 관해 논쟁이 이어졌다. 나는 아무 말도 하지 않았다.

　배우자나 연인이 있었던 30~40대 작가들은 전쟁이나 사고 혹은질병의 희생자들은 육체적 관계를 할 수 없는 삶을 받아들여야 할지도 모른다는 데 동의했다. 그렇지 않고서야 어떻게 금욕이 가능하냐며 하나같이 팝 트리오의 발표를 믿지 않았다. "홍보전략인 거지." 누군가 고개를 끄덕이며 말했다. 그들은 독신주의가 속임수이거나 뿌리 깊이 자리 잡은 일종의 심리적 트라우마를 나타내는 것이라고 결론 내렸다.

　많은 사람들이 육체적 관계를 하지 않는다고 말한다. 심지어 결혼을 했는데도 말이다. 그러한 사실을 받아들이려 하지 않는 동료 작가들의 모습은 지식의 실패(독신으로 산 천재들이 얼마나 많은데 그것을 모르다니 지적 역사에 대해 이 얼마나 무지하단 말인가)와 상상력의 실패(작가라는 사람이 자신의 현실이 반드시 다른 사람들의 현실일 거라 생각하다니 이 얼마나 낯설단 말인가)에 대해 생각하게 만들었다. 욕구가 다양하고 복잡한 형태로 표현될 수 있다는 사실보다말 그대로 누가 무엇을 어디에 얼마나 자주 삽입하는가를 중심으로 삶이 이루어진다는 근거 없는 믿음에 철저히 빠져 있는 것 같았다.

대중문화가 쏟아붓는 메시지 홍수에 맞서 나는 금욕을 부정적 의미로서가 아니라 즐거운 내적 탐색의 방법으로 실행하고 있다. 육체적 관계가 없는 삶을 내 운명으로 받아들이고, 취미로 즐기는 자수와 머슬카로 에너지를 발산한다. "공기에 취하고 이슬에 방탕해진다." 에밀리 디킨슨의 이 말이야말로 가장 문란한 금욕주의가 아닐까.

짝을 짓는 것은 자연스러운 결합의 추구이며 성교의 행위로 표현되고 구체화된다. 성교(coitus)라는 말은 섹스와 연결되기 훨씬 전부터 만남 혹은 결합의 의미를 담아 사용했던 단어다. 교회가 처음 천년을 맞이할 즈음, 그러니까 기독교 교회가 결혼을 세속적 권력의 근간으로 제도화하기 이전에 성교는 곧 결혼이었다. 결혼은 교회가 아닌 침대에서 일어났다. 사제는 부부가 이미 했거나 하려고 하는 성례에 축복을 내려 줄 뿐이었다. 섹스의 어원은 '성스러운 맹세'이며 섹스가 바로 성례였다. 초창기 기독교 교회에서 결혼은 억만장자의 청혼에 대해 샬롯 스탠트가 반응했던 것과 같은 '조건'이 아니었다. 중세에 들어서 교회는 결혼을 세속적 권력을 얻기 위한 도구로 여기기 시작했다. 이후 교회가 군대와 토지를 잃게 되자 교황 무류성°을 실시해 종교적 도그마에 대한 믿음을 요구했고, 결혼의 유효를 입증하기 위한 증명서가 필요하다는 이유로 정부의 정책과 관행에 영향을 미치고 그 뜻을 관철시키려고 하기 시작했다. 하지만 초창기 기독교에서 말하는 결혼은 소유가 아니다. 한 사람이 자신의 짝에게 자신

° 전 기독교의 우두머리로서 교황이 내리는 결정에는 오류가 없다고 하는 교리 ─옮긴이

의 취약한 모습을 드러내 보이는 육체적 관계의 성스러운 본질을 공식적으로 인정하는 것이었다.

사실 '누가 무엇을 어디에 얼마나 자주 삽입하는가'는 중요한 문제다. 동성애 혐오자와 여성을 혐오하는 남성이 지닌 강박 때문이 아니라 육체적 관계에서는 수용적인 쪽이 더 큰 위험에 노출되기 때문이다. 그리고 이것은 사랑의 본질이며 퀴어의 본질이다. 결국 퀴어의 현대적 의미는 침대에서 무엇을 하느냐가 아니라 구체제, 현재 상황, 지배적 방식, 관습적 방식에 대한 입장을 말하는 것이다. 빌 커닝햄이 보여 준 것과 같이 위험을 감수하고 솔직하게 자신을 내보이려는 의지를 말한다. 소로는 다음과 같이 설명한다.

> 스스로 자신의 물살을 헤치고 나아가는 루이스와 클라크°가 되어라. 더 높이 올라 네 안의 새로운 세계를 탐험하는 콜럼버스가 되어라. 거래가 아닌 새로운 통로를 열어라. 추위와 폭풍우, 식인종을 뚫고 수천여 마일을 가는 것이 네 안의 바다를 뚫고 지나는 것보다 더 쉽다. 대서양과 인도양에 그들을 홀로 방황하게 두어라. 내게는 신이 있고 그들에게는 길이 있다.

"내게는 신이 있다." 그렇다. 그것은 초자연적인 결합이다. 그것은 승부가 나지 않는 내적 여행의 목표이며 독신자가 얻는 보상이다.

° 토머스 제퍼슨 대통령이 새로 구입한 땅을 탐험하기 위해 조직한 원정대의 리더들 – 옮긴이

고독과 금욕은 관련이 있지만 서로 반드시 필요한 전제조건은 아니다. 나는 파티에 열광하는 독신주의자를 알고 있고 성적으로 문란한 독신주의자도 알고 있다. 다만 육체적 관계를 삼가려는 의식적인 노력은 고독을 강력하게 보여 준다. 온전히 독신으로 살겠다는 것은 시간이 얼마나 되든지 규율을 지키겠다는 결심, 깊이 있는 자아 탐색이라는 남다른 장기적 목표를 위해 농탕질의 매력과 가벼운 만남의 즐거움과 같은 쾌락을 포기하겠다는 결심을 보여 주는 것이다.

　　남자든 여자든 나의 수도사 친구들은 독신주의에 대해 특정 개인이 아닌 전체와 결합함으로써 자아를 실현하려는 의식적 결정이라고 이야기한다. 그들은 자신을 한 사람에게 한정시키는 대신 모두에게 개방해 모두를 통해 자신을 신에게 드러내 보이기로 결심했다고 말한다. 참으로 너그럽고 멋진 주장으로 들린다. 하지만 씁쓸하게도 1970년대 샌프란시스코의 게이 전용 술집에서 놀던 게이 친구들도 그들의 난잡한 밤에 대해 거의 같은 용어를 사용해 묘사했다. "나는 단지 한 사람이 아닌 모두에게 내 자신을 내주기로 결정했어. 한 가지 더 추가하자면 그건 말이지, 종교야."

　　이것은 우연의 일치가 아니다. 금욕주의와 자유주의는 욕망을 정의하는 데 정반대 입장에 있다. 하지만 각각 가장 큰 욕망을 가진 사람들로 이루어져 있기에 다르다기보다 유사하다고 할 수 있다. 핵심은 고독을 늘 선택할 수 있는 것으로 본다는 점이다. 고독은 고통이며 그 고통을 통해 사랑의 장엄함과 가능성에 끊임없이 자신을 노출시키는 것이라고 본다. 이는 뉴욕타임스의 칼럼니스트 로스 다우닷

이 말한 '깊은 가족적 이기주의'라기보다는 휘트먼이 말하는 동지애, 즉 모두를, 특히 아웃라이어들을 사랑하는 것을 말한다.

◆　　　　◆　　　　◆

1930년대에 나의 어머니는 치마가 없는 수영복을 입고 테이블 위에 올라가 춤을 추었다. 개신교였던 어머니는 대학 시절 한 학기 동안 기숙사 맞은편에 있던 가톨릭교회의 향냄새와 종소리, 그리고 음악에 끌려 로마 가톨릭으로 개종을 하고 싶었고, 아버지와의 결혼은 오랫동안 고민해 온 개종 문제에 빌미를 제공했다. 그것은 바이블 벨트 출신의 여성이 할 수 있는 가장 열정적이고 저항적인, 보기 드문 행동이었다.

나는 로마 가톨릭에 평생 감사한다. 왜냐하면 로마 가톨릭은 내게 독신자 플래너리 오코너가 그랬던 것처럼 신비감과 예의범절을 심어 주었기 때문이다. 개신교 회의론의 기초를 마련해 준 내 어머니에게도 감사하다. 이 글을 쓰고 있는 지금, 어머니는 죽음을 앞두고 있다. 그리하여 어머니를 위해 즐거운 이야기로 넘어가려 한다. 다음은 조라 닐 허스턴의 《길 위의 먼지 자국》에서 가져온 구절이다.

달빛과 음악, 꽃과 기분 좋은 모직 천 냄새, 그 마법 아래 나는 때때로 한 시간, 아니 하루, 어쩌면 일주일 동안 신성한 충동을 느낀다. 그 감정이 사라지고 나의 관심은 둥글납작하게 구운 옥수수빵과 겨잣잎 혹은 마치 부드러운 천으로 사물을 닦아 내듯 문장을 다듬는 일로 옮겨 간다. 바로 그때, 과거에 나와 함께 이 분위기를 나누던 이가 상기된 목소리로 전화를 걸어 내가 했던 어리석은 말들을 떠올리게 하더니 나를 부추겨 또다시 그 말들을 반복하게 한다. 크리스마스가 지나고 세 번째 칠면조 해시 요리에 대해 말하고 있었다. 그 말을 했던 그 순간은 진심이었다. 그것은 엄밀히 말해 시간의 문제다. 순간은 진심이었지만 다음 날 혹은 다음 주는 그 순간이 아니다. 그렇기에 가장 큰 문제는 어젯밤의 순간을 그 순간을 모르는 날로 가져오는 데 있다. 그때의 표정, 그때의 부드러운 손길은 모든 왕국 가운데 가장 부유한 조폐공사에서 발행한 것이다. 오늘 어제와 같은 표정을 지었다 해도 그것은 완전히 위조지폐다. 아니 기껏해야 터무니없는 인플레이션 현상이다. 무효화된 수표보다 더 재미없는 것이 있을까? 그런 상황에서 불성실하다고 한다면 그것은 잘못된 일이다. 어떻게 하란 말인가?

어디에도 구속되지 않는 자신의 자아를 분명히 표현하기에 그들이 무엇에 빠져들지 그들의 파트너가 처음부터 알 정도라는 자유로운 영혼들을 만나 왔다. 나는 그런 부류는 아니다. 우리는 대부분 그런 부류가 아니라고 생각한다. 우리는 대부분 한계를 필요로 한다. 우리는 한계 내에서 성장한다. 하지만 게이인 내가 데미몽드° 무리에

° 예술가라고 자처하는 사람들 -옮긴이

발탁된 것은 행운이라고 생각한다. 데미몽드는 내게 진정한 사랑은 남성의 법칙과는 별개로 그 밖에 존재한다는 것을 가르쳐 주었다.

　내 오랜 독신생활이 내일이라도 끝날 수 있다는 것을 믿어 의심치 않는다. 언제쯤 사랑을 찾을 수 있겠냐는 한 중년 여성의 질문에 선불교 스님은 머리를 긁적이며 대답했다. "아마 다음 주 수요일쯤이요." 안정적인 결혼도 실패할 수 있다. 평생 독신으로 산 남녀가 뒤늦게 결혼을 하기도 하고, 승려와 사제가 그 자리에서 종교를 떠나기도 한다.

　하지만 나는 오랜 시간 혼자 살아왔다. 주어진 삶을 미리 짐작하기보다는 받아들이며 살고자 한다. 수많은 미덕이 필요에 의해 생겨난다. 내가 중년에 접어들며 혼자 살기로 선택하지 않을 수도 있었고 금욕주의자로 사는 것을 선택하지 않을 수도 있었다. 하지만 지금 여기 내가 있고, 나는 혼자이며 금욕주의자다. 관심을 바깥으로 돌리고 그저 견디며 살 수 있다. 육체적 관계가 없는 얼마간의 삶을 반려자를 만나기 전의 기착지로 볼 수도 있다. 물론 현대 문화가 전하는 모든 메시지에 거스르는 일이긴 하지만 육체적 관계 없이도 살 수 있다. 공동체의 텃밭을 가꾸는 일이든 가르치는 일이든 세계 평화를 위하는 일이든 책을 쓰는 일이든 그것을 내 마음속 가장 깊은 곳에 자리한 갈망에 집중할 수 있는 기회로 삼고 또 합당한 삶의 방식으로 여기며 살 수도 있다.

◆　　　◆　　　◆

영국의 가톨릭 작가 G. K. 체스터튼은 다음과 같이 썼다. "미덕은 악의 부재나 도덕적 위험을 피하는 일이 아니다. 미덕은 고통이나 특정 냄새와 같이 선명하고 분리된 것이다. 순결은 성적 부정을 저지르지 않는 것이 아니다. 그것은 잔 다르크처럼 불타오르는 무언가를 의미한다." 체스터튼은 하마를 닮은 우락부락한 얼굴에 성적인 것 외의 다른 쾌락, 특히 술을 좋아하는 것으로 아주 유명했다. 나는 그의 순결 기도에 술을 절제하는 것과 스스로 고행하는 일처럼 모든 분야에서의 절제력을 포함하고 싶다. 그럼에도 독신자의 열망을 활활 타오르는 큰불이라기보다 꾸준히 빛을 발하는 램프와 같이 '불타오르는 무언가'라고 표현한 것은 잘한 일이라 생각한다. 아빌라의 성녀 테레사와 십자가의 요한, 예수와 부처도 욕망을 초월하지 않았다. 그들은 욕망을 성공적으로 다스리고 내면으로 집중시켜 그 에너지를 밖으로 돌릴 수 있었다. 그들은 남보다 뛰어나려고 애쓰지 않았다. 오히려 철저히 세상과 하나가 되고자 했다.

나는 체스터튼이 말하는 '순결'이라는 표현보다는 불교의 '옳은 행위'라는 말을 선호한다. 올바른 행위를 실천하겠다는 맹세는 금욕주의에 대한 맹세보다 유연하고 포괄적이며 더욱 도전적이라는 생각이 든다. 그러한 맹세는 개인에게 양심과 더불어 책임감과 투지를 부여한다. 실천이든 묵상이든 금욕주의에는 그 무엇보다 중요한 본질적 질문이 포함된다. 그것은 자본주의와 자본주의에서 행해지는 과학에 근본적 영향을 미치는 질문이며 자제에 관한 질문이다. '내가 무언가를 할 수 있다면 반드시 해야만 하는가?'

금욕주의는 규율이자 존재의 방식이며, 상대방 남성과 여성에 대한 입장이다. 욕망의 용에게 금욕의 대가로 낮잠을 허락하는 동시에 에너지를 다른 쪽으로 돌리겠다는 자아와의 합의다. 어떤 경우든 어느 정도 시간이 지나면 욕망의 용은 구석에 웅크린 채 지나간 승리를 추억하며 깜빡 잠이 들고 싶어 한다. 그리고 시간이 한참 지나면 승리든 패배든 기억 속에 고색창연하게 빛나게 된다.

　　오랜 시간 독신으로 살아간 디킨슨과 제임스, 소로와 커닝햄에게 대중은 종종 연민을 느낀다. 하지만 연민이란 우월감의 점잖은 표현 방식이다. 그것은 이해할 수 없는 것을 측정하고 그 결과에 따라 이해하는 것이다. 마치 토마스 아퀴나스가 이성을 통해 신의 존재를 증명하려는 것과 같다. 무한함은 나를 계속 끌어당기고 지구는 내가 시작된 우주 속으로 나를 다시 데려간다. 내 마음 깊은 곳에서 나는 신과 하나가 되기를 갈망한다. 출생과 사망은 시작도 끝도 없는 여행의 특별한 이정표에 지나지 않는다. 양자물리학자들의 말처럼 시간은 환상이다. 그리고 시간이 환상이라면 죽음 또한 환상이다. 모든 순간들이 지금 이 순간에도 존재한다. 훌륭한 선문답이 그렇듯 말로 설명할 수는 없지만 이것은 진리다.

그럼에도 나는 얼마나 익숙하고 구체적인 손길을 바라고 있는가. 섹스보다 섹스 앞뒤로 일어나는 일들, 친숙함과 소원함, 상대와 자신에 대한 낯섦, 다른 사람과 내 자신 앞에서 알몸이 되는 일. "모든 동물은 섹스 후 우울해진다." 나는 그 우울함이 그립다. 심지어 말다툼조차 그립다. 왜냐하면 말다툼의 밑바닥에는 그렇게 화를 낼 만큼 내가 그 사람에게 중요한 존재라는 당연한 사실이 숨어 있기 때문이다. 사랑해서라기보다 고독이 두려워 우리는 얼마나 많은 관계를 이어 가고 있는가?

나는 최근에 20대에 만나 60대가 되도록 결혼하지 않으며 서로의 상속권을 지켜 주는 커플과 지내게 되었다. 내가 잠자리에 들고 나면 이 층에서 잘 준비를 하는 소리가 들린다. 그러다 둘 중 누구하나가 뒤척이거나 코를 골면 나는 잠에서 깬다. 그러면 어둠 속에 홀로 누워 생각에 잠긴다. '저렇게 오랜 세월 다른 이의 육체를 알고 지내다니 이 얼마나 놀라운 일인가! 얼마나 위대한 사랑인가! 그에 비해 고독이 주는 기쁨과 슬픔은 무엇일까?'

조용한 방에 대답이 들린다. 비스듬히 비치는 가을 햇살 속에 대답이 보인다. 독신자는 모두에게 마음을 열기 위해 하나를 포기한다. 모두를 통해 나는 신과의 초자연적 결합을 원한다.

부부에게 결혼이 그렇듯 독신자에게 독신은 쉽지 않은 소명이며 스스로 자초한 규율이다. 독신자에게 그 무엇에 비할 데 없이 소중한 보답은 존재의 핵심에서 만날 수 있는 위대한 침묵을 경험할 수 있다는 것이다. 그 침묵 속에 유일하게 내가 있고 우주의 흥얼거림이 있다. 빛의 변화를 위해 사는 것은 적절한 보상인 듯하다.

나는 장미꽃이 뿌려진 길을 권하는 것이 아니다. 독신자의 여정은 험난하다. 자유를 향해 고통을 뚫고 지나가야 한다. 이전 세대의 독신자들은 우리가 사는 이 소비주의 시대에 참으로 인기 없는 진실을 몇 번이고 반복해서 제시한다. 평화를 향한 여정에서 고통을 피해 갈 수는 없다. 휘트먼은 병원에 있었고 디킨슨은 그녀의 방 안에 있어야 했다. 자아는 외로움을 지나 우리를 고독으로 데려다주는 보트와 같다.

✦　　　✦　　　✦

다큐멘터리 〈빌 커닝햄 뉴욕〉에 등장하는 커닝햄은 푸른색 청소부 작업복을 입은 모습도 아니고 레지옹 도뇌르 훈장을 받으며 평생 아름다움을 추구해 왔다고 말하는 모습도 아니다. 그를 상징하는 조끼를 입고 트라이베카에서 어퍼웨스트사이드까지 뉴욕의 절반에 해당되는 거리를 그의 스물아홉 번째 자전거 슈윈을 타고 다니며 사진 찍는 여든 살의 모습이다. 그는 자신의 모습을 다음과 같이 몇 구절로 요약했다. "나는 아무것도 결정하지 않아요. 그저 거리가 내게 말을 걸도록 두지요. 당신도 거리에 서서 거리가 당신에게 하고 싶은 말을 하도록 두세요. 지름길은 없답니다." 아무런 가치판단 없이 모든 것을 포용하며 바라볼 수 있는 능력은 부처와 예수의 가르침에서 비롯되거나 혹은 세상을 있는 그대로 보고자 하는 과학자의 노력에서 온다. 나는 그것이야말로 세상을 바꾸는 진정한 사랑이라고 생각한다.

친밀한 관계를 이루고 유지하는 것은 분명 아름다움을 만드는 하나의 방법이다. 무슨 이유에서인지 커닝햄은 그 길을 추구하지 않았고 그러한 길이 주어지지도 않았지만 그는 후회 속에 시간을 낭비하지 않았다. 다큐멘터리에서는 내내 고독으로 인한 슬픔이 선명히 드러나지만 카메라를 들고 아름다움을 쫓아 홀로 거리를 활보하는 기쁨은 형언할 수 없는 듯 보였다. 프랑스 예술원에서 수여하는 레지옹도뇌르 슈발리에 훈장 수락 연설에서 그는 영어와 서툰 프랑스어를 섞어 눈물을 흘리며 말했다. "아름다움을 찾는 사람은 그것을 발견할 것입니다." 그 순간 나는 진정 어찌할 바를 몰랐다. 커닝햄은 웰티가 말한 '모든 걸 내준 사람'에 해당하는 영혼이었다.

세상을 바라보고 세상에 존재하는 법을 가르쳐 준 사진사의 철저한 투명성은, 그의 말을 빌리자면, 의식이 생기면서부터 눈에 띄지 않고 존재하는 법을 연습해 온 사람에게서만 생겨날 수 있다. 그렇다면 누가 가장 눈에 띄지 않는 존재인가? 동성애 성향의 아이, 학대받는 아이, 상처 입은 아이, 부적응자, 아웃라이어, 그리고 독신자일 것이다.

우리 가운데 신성한 존재가 있다는 것을 참을 수 없는 사람들로부터 박해를 받으면서도 아름다움을 추구해 온 많은 사람들을 생각해 본다. 달라이 라마는 만약 부처가 덜 안정적이고 더 폭력적인 시대와 국가에 살았더라면 예수가 평화롭고 아름다운 세상을 증언했다는 이유만으로 죽임을 당한 것과 같은 운명을 맞이했을 거라고 말했다. 가장 파괴적인 권력 행사는 아름다움에 대한 접근을 통제하는 것이다. 빌 커닝햄은 사진을 통해 거리에서, 우리의 삶에서 아름다움을 발견하는 법을 대가 없이 보여 주었다.

12.

고독은 외롭지 않다

♦♦♦

얼마 전까지만 해도 나는 근 몇 달간 고대 로마 시대 프로방스의 수도였던 엑상프로방스에서 해외 작가들에게 제공한 레지던시 프로그램에 참여했다. 내가 머물던 방의 창밖으로는 생 소뵈르 대성당이 정면으로 내다보였다. 폴 세잔은 말년에 일요일마다 이 성당에서 미사를 드린 뒤 아내와 아들을 데리고 저녁을 먹으러 도시 안으로 걸어들어갔다. 아내와 아들을 제외하고는 세잔이 만나는 사람은 몇 안되었다. 그는 혼자 살며 그림을 그렸다. 생물이든 무생물이든 모든 사물에 담긴 영혼을 그리려 노력했으며, 그림을 통해 종교를 얻었다고했다.

나는 엘리베이터도 없는 아파트의 4층에 머물렀는데, 내 방이 성당의 종탑보다 조금 낮은 데다 종탑이 워낙 가까이에 있어서 종이 울릴 때면 왔다 갔다 흔들리는 모습까지 볼 수 있었다. 종들은 일제히 엄숙한 소리를 냈다. 깊고 웅장한 베이스 파트의 종소리가 차분하고 안정적으로 깔리고 그 위에 맑고 기분 좋은 테너 파트의 종소리가 어우러진다. 무척이나 순수한 소리를 내는 이 종은 16세기에 만들어졌다. 종소리에 정신을 차리고 그 울림에 흠뻑 빠져든 나는 초월적 경험을 했다. 진동이 뼈를 파고들었다. 무엇보다 왔다 갔다 하는 흔들림이 멈췄을 때의 그 여운이 좋았다. 사람이 직접 줄을 당겨 종을 치다 보니 약간씩 소리가 다른 것은 당연한 일이었다. 흔들림이 멈춰도 종소리는 계속되었다. 그러다 마지막에 마치 한숨을 토해 내듯 홀로 작게 이어지는 소리, 그것은 언제나 테너 파트의 종이었다. 그리고 침묵이 이어졌다. 여전히 몸을 떨고 있는 종들의 아름다운 울림이 방 안을 가득 채웠다.

하루 세 번 기도를 드리는 시간에 맞추어 테너 종과 베이스 종이 엄숙하게 울렸다. 주변으로 성인의 조각상이 둘러싸여 있고 꼭대기 정면에서 수호신 미카엘 대천사가 내려다보고 있는 웅장한 아치형 문이 주는 극적인 효과 때문인지 매주 토요일이면 프랑스 남부 전역에서 결혼식을 올리려는 커플이 이곳에 몰려들었다. 아파트에 틀어박혀 있어도 쉬지 않고 울려 대는 무모한 종소리 때문에 결혼식이 열리고 있음을 알 수 있었다.

아들이 태어나고 오랫동안 결혼생활을 유지했던 세잔에게도 종소리가 울렸을지 문득 궁금했다. 나 같은 독신자에게는 저 종소리가 울리지 않을 것이다. 책상에 앉아 음악을 들으며 일을 하다가도 이것에 대해 여러 번 생각해 보았다. 나로서는 다른 어떤 삶보다도 독신의 삶이 필요하다고 주장하지만, 독신자로서의 내 삶은 결코 남의 부러움을 사거나 축하받을 만한 일은 아닐 것이다.

그리하여 고독을 선택했거나 선택받은 사람들의 삶을 연구하고,

그들의 삶을 통해 스스로 배우고 또한 세상에 알리기 위해, 고독의 기쁨에 대한 근본적 이유를 찾기 위해 이 책을 쓰게 되었다.

◆   ◆   ◆

　창조의 행위는 손을 내미는 것이다. 독신자였던 미켈란젤로가 시스티나 성당 천장에 그린 그림을 생각해 보자. 예술의 영역에서 가장 유명한 창조적 행위라 할 수 있는 이 그림에서는 하느님이 아담에게 생명의 손길을 내민다. 혼자인 아담에게 손을 내미는 혼자인 하느님. 아담이 생명의 선물을 당연시한 것은 그저 인간의 본성이지만 사랑 없이 굶어 죽는 법을 아는 참새와 같은 독신자들은 생명의 선물을 당연시하지 않았다. 이는 그들이 그들의 삶과 예술 작품을 통해 우리에게 주는 교훈이다. 우리가 잘 듣기만 한다면 말이다.

◆   ◆   ◆

　이 책의 각 장에 등장한 인물들에게는 공통점이 있다. 모두 자아를 찾기 위해 자아를 잃어버렸다는 것이다. 소로는 월든 호수를 둘러싼 숲에서 자아를 잃었고, 세잔은 그림과 그가 사랑해 마지않는 생 빅투아르 산에게 자아를 내주었다. 웰티는 글과 사진에게, 타고르는 음악과 시, 학생들과 갠지스 강의 수많은 어귀에게, 시몬은 음악에게 자아를 내주었다. 자본주의는 내게 사물에서 자아를 찾을 수 있을 거라고 말한다. 휴대전화에서 나를 발견할 수 있을 거라고 말한다. 하지만 나의 독신자들은 자아를 찾고자 한다면 더 이상 남아 있지 않을 때까지 내주고 또 내주라고 거듭 가르친다.

◆   ◆   ◆

나는 내 고독뿐 아니라 외로움, 그것의 모양과 느낌, 기복, 하루하루의 변화, 자아와 상상력과 작품과의 관계 안에서 기쁨을 맛보게 되었다. 그 기쁨은 조용한 방 안에서 이미 사용한 종이 뒷면에 글을 쓰며 마음의 침묵 속에서만 다가갈 수 있는 깊고 영원한 진리와 연관되어 있음을 본능적으로 느낀다. 나는 여행을 할 때면 마지막으로 했던 생각을 끼적거린 종이 몇 장을 챙겨 간다. 이미 사용한 종이는 마치 퇴비를 주고 땅을 갈아엎어 모든 것을 다 드러낸 정원처럼 잠시 쉬어 가는 시간 같은 해방감을 준다. 그리고 매일같이 휴대할 수 있는 책에게 한없이 감사하다. 내 작은 집의 모든 방은 다양한 책들로 도배되어 있다. 책은 작가의 사색과 노동 그리고 고독의 시간을 보여준다. 나는 마치 선생님들에 둘러싸인 학생이 된 것처럼 책들 사이에서 글을 쓴다.

이것이 인쇄된 글자가 지니는 마법이다. 질문에 답을 하는 것이 아니라 삶을 주제로 계속 음악을 만들어 간다. 빛처럼 살아 있고 서서히 전개되는 소리 없는 합창곡을 말이다.

침묵과 고독은 상상력을 자유롭게 한다. 그래서 자본주의가 군중과 소음을 만들어 내는 데 열중하는지도 모른다. 지혜는 듣는 것에서 시작되고 듣기는 침묵에서 시작되며 침묵은 고독에 뿌리를 두고 있다. 셰익스피어의 《리어왕》에서 아버지는 막내딸 코델리아에게 자신을 얼마나 사랑하는지 묻는다. 그러자 코델리아는 아버지에 대한 사랑을 아첨으로 더럽히고 싶지 않다며 침묵한다. 침묵은 보잘것없지 않다. 절제된 표현과 침묵 속에 행해지는 독신자의 사랑은 공개적으로 사랑을 선언하고 표현하는 배우자와 부모, 자녀와 형제의 사랑 못지않게 가치 있다.

침묵과 고독의 연결고리는 필연적이지 않다. 지친 하루 끝에 집으로 돌아온 독신자가 기혼자보다 더 자주 텔레비전를 켤 수도 있다. 하지만 고독은 침묵 속에 이루어진다. 내 안의 목소리는 주의를 기울이라고 말하지만 나는 자주 그것을 무시한다. 그 목소리를 듣기 위해 나는 가만히 앉아 입을 다물고 귀를 기울인다.

◆   ◆   ◆

독신이 왜 좋은가? 이 책의 첫 질문으로 돌아가 보자.

혼자 있는 것 그 자체만으로는 부족하다. 만약 웰티의 단편소설과 디킨슨의 시, 세잔의 그림과 니나 시몬의 음반이 모두 사라진다면 어떻게 될까? 아버지 집에 보관해 둔 그림을 여동생의 남편이 대부분 팔아 버리자 세잔은 남아 있는 그림을 전부 태웠다. 디킨슨의 동생 라비니아는 언니가 지시했던 대로 편지를 모두 불태웠다. 하지만 시는 처분하지 않고 출판사를 찾아 나섰다. 니나 시몬의 음반을 녹음한 것은 최근의 기술이다. 그녀가 한 세기만 더 일찍 노래를 했다면 우리는 그녀의 목소리를 알지 못했을 것이다.

왜 노래를 부를까? 왜 그림을 그리고 춤을 출까? 왜 글을 쓸까? 이보다 더 쓸모없는 일이 있을까? 혼자만의 시간이 왜 필요할까? 고독 속에, 그 쓸모없음 속에 나는 체호프가 말한 완전함을 향해 끊임없이 다가가고 있다. 나는 근본적으로 존재하는 모든 것에 속해 있다.

◆   ◆   ◆

젊은 시절 친구로 지낸 세잔과 에밀 졸라는 고독을 향해 나아갔다. 세잔은 스튜디오에서 혹은 생 빅투아르 산기슭에서 홀로 그림을 그렸고, 졸라는 프랑스의 정치적 사회적 이슈의 중심에 있는 유명 인사였지만 스스로 독신자라 여겼다. 졸라는 젊은 시절을 떠올리며 친구에게 이렇게 편지를 썼다. "십 년간 우리는 예술과 문학에 관해 이야기해 왔지. 가끔씩 같이 살기도 했고. 자네, 기억하고 있는가? 과거를 이야기하고 미래에 의문을 제기하고 진실을 찾고 우리 스스로 완벽한 종교를 만들어 내고자 열심히 토론을 벌이다 날이 밝아 놀라곤 했지. 우리는 끔찍한 생각들을 바꿔 나갔고 모든 시스템을 연구하고 거부했으며 그렇게 힘들게 노력한 끝에 영향력 있는 개개인의 삶 너머에는 거짓과 어리석음이 있을 뿐이라고 이야기하곤 했지." 정치적 스펙트럼은 정반대였지만 두 사람은 같은 결론에 도달했다.

"혼자 사는 것이 정말 사는 것일까?" 반 고흐는 테오에게 편지를 보내며 이렇게 물었다. 그러고는 다음 단락에 자신의 질문에 대한 답을 썼다. "이만큼 너를 믿고 이만큼 나 자신에 대해 알고 있단다. 기본적으로 평온함이 있지. 그러니 우리는 둘 다 불행하지 않아. 우리의 평온함은 진심으로 일을 사랑하고 예술이 우리 마음의 상당 부분을 차지하며 인생을 즐겁게 만들어 준다는 사실에 바탕을 두고 있단다." 반 고흐는 그림을 통해 훨씬 더 훌륭한 답변을 전해 주었다. "나는 사람들에게 감동을 주는 그림을 그리고 싶다." 그런 면에서 그는 확실히 성공했다. 만약 고흐가 자신의 성공을 가늠하지 못하거나 의심했다면 예술가를 시장에 내놓을 상품을 만드는 사람이 아니라 삶의 방식으로 이해했기 때문일 것이다.

영국의 정신과 의사 앤서니 스토는 자신의 저서 《고독의 위로 Solitude: A Return to the Self》에서 정신 건강은 사랑할 수 있고 일할 수 있는 능력에 달려 있다는 프로이트의 말을 인용한다. "우리는 지나치게 전자를 강조해 왔고 후자에는 관심을 기울이지 않았다." 오로지 로맨틱한 사랑만을 강조하는 것은 일의 빈곤에서 비롯된 것으로, 자본주의와 기술이 우리가 일에서 발견할 수 있는 만족감을 빼앗아 가기 때문이다. 나는 바닥을 청소하고 일정을 짜고 정보를 공급하고 꾸며 낸 이야기를 제공하는 장치들로 둘러싸여 상상력을 빼앗기고, 혼자서는 아무것도 할 수 없게 돼 버린다. 결국 나는 내적 자원이 바닥나고 외로워진다.

스토는 결혼 안에서의 이성 간 성관계가 인간 만족의 최적 기준이라는 개념은 프로이트와 빅토리아 시대의 그의 동료들 때문이라고 지적한다. 그는 인간의 경험을 풍부하게 하는 데 큰 기여를 한 사람들 가운데 일부는 인간의 행복에 거의 기여하지 못했다고 주장했다. 독신자들은 가족이나 사교 집단에 집중하기보다 사회에 더 큰 기여를 해 왔다. 독신자들의 사랑은 개인이나 혈연관계에 초점을 두지 않고 마치 바다로 흘러들어 가는 거대한 강물처럼 여러 경로로 확산된다.

세잔과 고흐의 붓놀림, 유도라 웰티의 문장, 니나 시몬의 노래, 에릭 사티의 침묵, 빌 커닝햄의 사진. 나의 독신자들은 나르시시즘과 고독의 차이를 보여 준다. 나르시시스트는 작품을 통해 인정받고 싶어 하지만 독신자는 작품을 만드는 일에 만족한다.

◆　　　　　◆　　　　　◆

내가 고독을 예찬하는 글을 쓰고 있다는 것을 알게 된 친구가 정곡을 찌르며 물었다. "두 사람이 평생 서로를 보살피기로 결정하는 일이 뭐가 잘못이란 말이지?" 나는 정부와 교회의 승인 없이도 사람들이 평생 서로를 아끼며 살 것을 약속할 수 있다고 대답했다. 그리고 나는 위기에 처한 공동체를 경험했다고 덧붙였다. 에이즈가 처음 확산되던 1980년대에서 1990년대 초반 샌프란시스코의 동성애자,

트랜스젠더 공동체에 있었던 우리는 대부분 결혼을 하지 않았기 때문에 서로가 서로를 보살폈다. 아메리카 대학교의 교수 낸시 폴리코프는 당시 여성들의 공동체도 유사한 상황이었다고 설명했다. "한 친구가 유방암으로 죽자 가족이 장례식에 왔습니다. 그들은 그녀와 가족을 이루어 돌봐 준 사람들을 보고는 무척이나 놀랐어요. 누군가는 일정을 짰고 누군가는 매일 밤 음식을 가져왔었죠. 어떻게 보면 가족의 개념을 확장시키기 위해 마련된 결혼이라는 관습적인 제도가 부재한 상황이었습니다." 에이즈 유행 초기에 등장한 공동체 중심의 돌봄 체제가 오늘날 다시 일어날 거라고는 생각하지 않는다. 지금은 동성애자도 결혼을 할 수 있게 되었다. 모두에게 열려 있던 것이 한 사람에게로 대체되었다.

버지니아 울프는 이러한 변화를 인지하고 그녀의 소설《올랜도》를 통해 신랄하게 풍자했다. 올랜도는 몇 세기에 걸쳐 장소를 이동해 가며 사는 인간으로, 터키의 하렘에서 혁명이 발생한 가운데 남성에서 여성이 된다. 그녀는 빅토리아 시대의 영국으로 돌아와 자신이 떠나고 없던 시기에 발생한 변화에 동요한다.

이제 그녀에게는 온 세상이 황금으로 가득한 것 같다. 결혼반지가 넘쳐 난다. 그녀는 교회로 갔다. 결혼반지가 도처에 널려 있다. 커플들이 떼려야 뗄 수 없는 관계가 되어 길 한복판을 터벅터벅 걸어갔다. 여자의 오른손은 늘 남자의 왼쪽 손을 거쳐 갔고 여자의 손가락은 남자에게 쥐어졌다. 올랜도는 인류에게 새

로운 일이 벌어졌다고 생각했다. 그들은 서로 딱 붙어 있었다. 커플 뒤에 또 다른 커플. 누가 언제 이러한 일을 만들었단 말인가. 그녀는 가늠조차 되지 않았다. 낯설었다. 혐오스러웠다. 사실 그녀의 품위와 위생관념에 불쾌감을 주는 이러한 육체의 분리성에는 무언가가 있었다.

인간의 성과 행동을 연구한 선구적인 프랑스 학자 미셸 푸코는 한 인터뷰에서 애정의 제도화를 설명하면서 대안을 요구했다.

우리는 제도가 매우 빈곤한 관계 중심의 세상에 살고 있다. 다양한 관계가 존재하는 세상은 통제하기 복잡하다는 이유로 사회와 사회를 구성하는 제도는 관계의 가능성을 제한해 왔다. 우리는 빈곤한 관계 구조에 맞서 싸워야 한다. 결혼을 하지 않은 사람은 부부의 관계와는 상당히 다른 관계를 맺고 있다고 인식해야 한다.

푸코는 이상주의자다. 하지만 이상적 목표와 척도가 없다면 우리는 나아가지 못하고 길을 잃는다. 내가 아는 최고의 결합은 교회와 국가에서 말하는 결혼과는 거리가 멀다. 최고의 결합은 서로 간의 신의이며, 벽이 아니라 개방된 문이고, 친구라는 동반자 관계라 할 수 있다. 어느 게이가 내게 결혼을 하지 않기로 결심한 이유를 설명하면서 그의 파트너에 관해 이야기했다. "그는 내게 아무것도 약속하지 않았고 내게 모든 것을 다 주었습니다." 마음으로 하는 성스러운 결혼, 그것이야말로 진정한 결혼이라고 생각한다.

◆   ◆   ◆

어린 시절 살던 집이 팔렸다. 형제들과 함께 오래된 벽돌을 가져다 더러운 때를 닦아 내고 그 벽돌로 내 아버지가 지은 집. 시멘트를 바른 화덕 입구에 이제는 잘 보이지도 않는 내 손자국이 있는 집. 버번위스키 반죽이 밴 편백나무 판자를 이어 붙여 만든 집. 내 어머니의 온실이 있고, 앞으로 3천 년 후 고고학자들을 혼란스럽게 할 3천 킬로그램에 달하는 석회암 제단이 있는 집. 형제 중 유일하게 미혼인 나를 제외하고 다들 모여 서류에 서명했다. 집이 팔렸다는 소식을 듣자 세잔의 심정이 헤아려졌다. 그가 어린 시절을 보냈고 그 후로도 많은 시간 그림을 그리며 보낸 자 드 부팡 저택을 여동생의 남편이 팔아 버렸을 때, 그들은 각각 얼마씩을 세잔에게 가지고 왔다. 세잔은 그의 몫을 받아 엑상프로방스 북부에 자신의 아틀리에를 지었다. 그는 생 빅투아르 산이 보이는 엑상프로방스의 가족 묘지에 묻혔고, 그의 아내는 그녀가 태어난 파리의 페르 라셰즈 묘지에 묻혔다. 지방 도시인 엑상프로방스보다 그녀에게 훨씬 더 잘 어울린다.

나와 세잔의 상황은 그간의 시간과 유럽과 미국 대륙 사이의 대양만큼이나 다르다. 내가 부모님의 집을 살 수 있는 기회도 많았다. 현혹된 적도 있지만 그때마다 합당한 이유를 들어 거절했다. 그럼에도

258

내 삶의 닻이자 암반이며 가족이 함께 일군 곳이 사라진다니 가슴에 비수를 꽂는 듯한 기분이었다. 결혼에 대해 그 어떤 반대를 한다 해도 결혼은 요새와 같다. 켄터키 언덕에 있는 그 집은 평생 우리에게 그 역할을 해 주었다. 집이 사라지자 나는 배를 묶어 두던 밧줄이 떨어져 나간 듯 끊임없이 변화하는 인생의 조류에 빠져들고 말았다.

> 독립은 극소수만의 일이다. 강한 자들의 특권이다. 그는 미궁에 빠진다. 그는 처음부터 삶 자체가 가져온 위험을 천배로 늘린다. 가장 위험한 것은 그가 언제 어떻게 길을 잃고 고립되며 양심이라는 괴물에게 조각조각 찢겼는지 아무도 모른다는 것이다. 그리고 그는 더 이상 돌아갈 수 없다!
>
> 프리드리히 니체 《선악의 저편》

니체는 24세에 바젤 대학교의 최연소 교수가 되었으나 유전성 신경 질환으로 건강이 악화돼 34세에 은퇴해야 했다. 그로부터 10년 후 그는 정신을 잃고 쓰러졌지만 어머니와 여동생의 보살핌 아래 11년을 더 살았다. 그의 여동생은 반유대주의와 파시즘을 지지하는 자신의 견해에 맞춰 니체의 원고를 수정했다. 그녀가 사망한 후에야 비로소 니체의 원래 의도가 복구될 수 있었다.

니체의 이야기는 유쾌하지 않지만 우리는 즐거운 이야기를 추구하고자 철학자 혹은 예술가, 작가가 되는 것이 아니다. 우리는 운명이 제공한 수단을 이용해 진리를 추구하고 그 결과에 따른 책임을 받아들인다. 1950년대에 출간한 베스트셀러 《아웃사이더》에서 콜린 윌슨은 이렇게 말했다. "아웃사이더는 편안하고 고립된 부르주아 세상에서 살 수 없는 사람들이다. 아웃사이더를 도발하는 체면치레를 단순히 경멸할 필요는 없다. 어떠한 희생을 치르더라도 진실을 말해야 한다는 것은 고통스러운 일이다." 니체는 윌슨이 말하는 아웃사이더에 속하며 우연치 않게 그 역시 독신이었다. 어떠한 희생을 치르더라도 진실을 말해야 하는 사람보다 외면당하는 사람은 없다. 비록 사후에는 존경을 받을지 모르겠지만 말이다.

짝짓기에 집착하는 사회에서 독신자는 궁정 광대 역할을 하며 국가나 교회법의 승인을 받은 사람들이 인식하지 못하거나 소리 내 말하기 꺼리는 공동체의 진실을 말한다. 그리스 신화의 선지자 카산드라는 고독과 독신의 수호신이다. 그녀가 아폴론의 구애를 거절하자 아폴론은 그녀의 입에 침을 뱉는다. 그 후 그녀는 항상 진실만을 말하지만 아무도 그녀의 말을 듣지 않는다.

◆　　　◆　　　◆

나는 정부가 승인하는 결혼보다는 우정에 기반을 둔 공동체를 추구한다. 성공적인 결혼을 한 사람들도 인정하듯 우정은 결혼 없이도 살아남지만 결혼은 우정 없이는 오래 지속될 수 없다. 연예 산업과 종교 단체가 우정을 찬양하는 노래나 책, 영화를 지원하지 않는 이유는 결혼과 달리 우정은 교회나 정부, 기업에 자본을 제공하지 않기 때문이다. 존중과 애정으로 맺어진 관계에서는 이익이나 권력을 얻기 힘들다.

우정이 결혼과 어깨를 나란히 할 수 있도록 우정의 위상을 높일 수는 없을까? 생 소뵈르 성당의 종탑이 결혼식뿐 아니라 모든 종류의 사랑을 축하할 있도록 사랑의 향연을 확장할 수는 없을까?

✦　　　✦　　　✦

이제 사람들은 명상과 사색, 기도를 자기 학대나 처벌의 행위로 보지 않고 변화의 수단이나 성장을 위한 도구로 이해하게 되었다. 우리가 추구하는 변화는 여기서 조금 더 나아간다. 고독을 불안하게 바라보는 시선에서 벗어나 유연한 태도로 존중하자는 것이다. 금욕주의를, 메리앤 무어의 말을 빌리자면 절제를 높이 평가하자는 것이다. 우리에게 맞는 삶의 규율을 지키고 서로에게 충실하며 진정한 자유를 누리는 데 핵심이 되는 금욕주의의 실천에 찬성하자는 것이다. 징벌의 수단이 되는 금욕주의는 단호히 거부한다.

안락 대신 자아의 연마를 위해, 그 과정에서 혼자라는 환상을 깨고 세상과 더욱 깊게 연대하기 위해, 구도자가 단식을 하듯 나는 고독을 이용한다. 무사안일에 집착하며 벽을 쌓아 올리는 우리 사회의 온갖 메시지와는 반대로 나는 고독을 통해 마음을 열고자 한다.

스스로 "신을 믿지 않는 신비주의자"라고 묘사한 고독한 철학자 에리히 프롬은 《불복종에 관하여》에서 다음과 같이 서술했다. "순종하지 않으려면 혼자일 수 있는 용기가 있어야 하며 실수를 하고 죄를 지을 수 있는 용기가 있어야 한다. 하지만 용기만으로는 충분치 않다. 사람이 완전히 성숙한 개인이 되어 스스로 생각하고 느낄 수 있는 능력을 획득해야만 비로소 권력 앞에 '아니'라고 대답하며 순종하지 않는 힘을 가질 수 있다. 의심하고 비판하고 불복종하는 능력이야말로 인류의 미래와 문명의 종말 사이에 존재하는 전부일지도 모른다." 지구 온난화와 그에 따른 사회적·문화적 붕괴의 시대에 프롬의 메시지는 더욱 절실해진다.

그렇기에 고독 속에서 기쁨을 발견하고 그 진가를 알아보는 일이 중요한 것이다. 나는 침묵과 고독 속에 혼자 있을 용기를 키워 나간다. 그리고 침묵과 고독 속에서 '생각하고 느낄 수 있는 완전히 성숙한 개인'으로 설 수 있는 최고의 기회를 맞이한다.

프랑스 남부에서 은퇴한 교사이자 교장을 역임했던 미망인을 만났다. 세 딸의 안부를 묻자 그녀는 딸들이 모두 북부에 산다며 이렇게 말했다. "하지만 나는 이곳에 살기로 했어요. 나는 태양이 좋고 수영하는 것도 좋고 바다 근처에 사는 게 좋거든요. 딸들과 가까이 북부에 살 수도 있겠지만 그거야 보고 싶을 때 찾아가면 되지요. 내가 선택한 곳이기 때문에 나는 이곳이 좋아요." 그녀는 자신이 삶의 대부분을 다른 사람을 위해 살았고 이제야 자신을 위해 살게 되었음을 강조하며 마지막 말을 했다. 자신의 운명을 스스로 개척해 나갈 기회를 한껏 즐기고 있었던 것이다. 이제 그녀는 유학생들에게 언어와 문화, 관습을 가르치며 그들의 엄마가 되어 주고 있다. 고독 속에서 그녀가 할 일을 해 나가고 있다.

✦　　　　✦　　　　✦

나는 20대에 아이를 낳지 않기로 결심했다. 그 결심은 내게 슬픔과 상실감을 가르쳐 주었다. 나는 형제자매와 친구의 아이들에게서 부모로부터 학습된 제스처나 말투를 보곤 한다. 그런 일에서조차 관계의 깊이, 그리고 결혼의 깊이를 느낀다.

하지만 숲과 탁 트인 하늘은 그들이 내게 속해 있듯 나 역시 모든 생명체에 속해 있음을 깨닫게 한다. 생물학적 자손만을 인정하는 것은 관대함과 이타주의를 향한 인간의 위대한 욕구를 부정하는 일이다. 창의적 글쓰기 수업을 듣는 많은 학생들이 자신의 생물학적 부모로부터 받은 상처를 치유하고자 애쓰는 모습을 보며 나는 또 다른 종류의 사랑을 경험한다.

고독과 침묵은 더 큰 목표를 이루기 위해 스스로 선택하는 영웅의 여정이다. 다음은 이단 선고를 받은 잔 다르크의 이야기를 각색한 조지 버나드 쇼의 희곡《성녀 존》의 일부다.

존: 내가 혼자라고 해서 나를 겁줄 생각은 하지 마시오. 프랑스는 혼자요. 그리고 하느님도 혼자요. 내 나라와 내 하느님이 외로운데 나의 외로움이 웬 말이오? 나는 이제 하느님의 외로움이 곧 그의 권능이라는 것을 알게 되었소. 그러니 나의 외로움도

내게 힘이 되어 줄 것이오. 내게는 하느님이 있으니 더 낫소. 하
느님은 나를 버리지 않을 것이오. 하느님의 계획과 사랑이 나와
함께할 것이오. 하느님의 권능 안에 나는 죽을 때까지 용감하고
용감하고 또 용감할 것이오.

부처와 예수는 고독을 수양하기 위해 안락한 삶을 버리고 집을
떠나 길을 나섰다. 그들은 가르침을 전파하기에 앞서 오랜 고독의 시
간을 가졌다. 영웅의 여정이라고 해서 반드시 히말라야 산기슭으로
군대를 이끌거나 십자가를 지고 골고다 언덕을 넘어야 할 필요는 없
다. 그 여정은 집에서, 책상에서, 캔버스에서, 안락의자에서, 정원에서
도 가능한 일이다. 유도라 웰티는 이렇게 말했다. "나는 안락한 삶을
살아온 작가입니다. 안락하게 사는 삶도 용기가 필요한 일일 수 있습
니다." 고독한 자아는 우리를 태우고 외로움을 넘어 고독을 향해 내
적 여행을 떠난다.

◆   ◆   ◆

1970년대에 영국의 한 TV 인터뷰에서 사회자가 제임스 볼드윈에
게 물었다. "당신이 작가로 활동을 시작했을 때 당신은 흑인이고 가
난했고 동성애자였습니다. 참으로 불리한 조건을 가졌다고 스스로
생각하지 않았나요?" 그 질문에 볼드윈은 이렇게 대답했다. "아니요,
저는 대박을 터뜨렸다고 생각했습니다. 제 대답이 어이없어 더 이상

묻지 못할 텐데요. 다른 방법을 찾아보시죠."

다르게 태어나는 것은 명백히 보임에도 무엇이 다른지 알아내기 위해 내면을 들여다봐야 하는 일이었다. 남과 다른 성적 취향을 가지고 태어난 아이는 물론 어느 사회에서 태어났든 거의 대부분의 여성은 이러한 내면 탐색에서 선택의 여지가 없었다. 외부 세계가 지나치게 적대적이었으므로 우리는 안으로 숨을 수밖에 없었다. 그 결과 일기와 회고록이 성장과 표현의 주요 수단이 되었다. 하지만 최근까지도 학교에서는 그것들을 문학이라 칭하거나 교실에서 가르칠 만한 가치가 없다고 일축해 버린다.

아웃라이어로서 우리의 위치, 우리가 느끼는 고독은 창조성의 원천이다. 앞서 소개한 나의 독신자들은 그 어떤 결혼 서약보다 약속의 의미를 잘 이해하고 있었다. 이기심 없는 그들의 평생에 걸친 실천은 남들과 다른 풍부한 창의력과 불안, 특이성과 고독에 뿌리를 두고 있다. 그들은 예술에 대해 깨지지 않는 맹세를 했고, 청중에게 인류의 삶을 보여주는 데 삶을 바쳤다. 예술 작품을 통해 우리가 그토록 두려워하는 고독이 환상일 뿐이며, 우리 모두가 한배를 타고 있다는 사실을 보지 못하게 막는 가림막에 지나지 않는다는 것을 보여 주었다. 우리는 하나다.

◆   ◆   ◆

2017년 봄, 에이즈 발병이 정점에 달했던 샌프란시스코를 배경으로 한 회고록을 출간하고서 처음으로 회고록에 대해 강의를 했다. 이는 내가 개인적으로 목격한 것들과 내적 탐색의 과정, 잊지 말아야 할 것들에 대해 이야기했다는 뜻이다. 마지막 강의에서 나는 학생들에게 결혼과 우정 중 무엇을 더 중요하게 생각하는지 물었다. 그곳에는 결혼한 학생도 몇몇 있었다. 총 열네 명 중에서 열세 명이 우정이 더 중요하다고 대답했다. 나는 믿기지 않은 나머지 한 번 더 숫자를 세는 동안 손을 들고 있어 달라고 부탁했다. 그들이 들어 올린 손에서 나는 희망을 보았고, 월트 휘트먼이 동지애를 부르는 소리를 들었다.

동지여, 그대의 무릎에 머리를 두고 누워 있다네.
내가 했던 고백을 다시 시작하네. 밖에서 그대에게 했던 말을 다시 시작하네.
내가 안절부절못하고 다른 사람들도 그렇게 만든다는 걸 알고 있네.
······왜냐하면 내가 평화와 안전, 그리고 정해진 모든 법과 맞서 그들을 불안하게 하고 있으니······
동지여! 고백하건대 나와 함께 전진하자고 그대를 재촉해 왔고 여전히 그러고 있다네, 우리의 목적지가 어디인지 전혀 알지도 못한 채.
우리가 승리를 거둘지 아니면 완전히 침묵하고 패배할지도 모른 채.

휘트먼은 평생토록 인류애로 이루어 낸 동지들의 공동체를 꿈꿔 왔다. 대서양 반대편 프로방스에서는 빈센트 반 고흐가 동생 테오에 게 보낸 첫 편지를 통해 예술가 공동체를 위한 정교한 계획을 제시했 다. 고흐는 예술가들을 모아 작품의 가격을 올리는 동시에 끊임없이 빈곤에 허덕이며 작업하는 예술가 집단을 돕고자 했다. "나는 매일 이 예술가 협회를 생각해." 고흐는 드가와 모네, 르누아르와 피사로 도 힘을 합쳐 "우리 그림은 예술가들의 것"이라고 함께 외쳐 주기를 바랐다.

고흐는 일찍부터 예수의 말에 따라 살고자 사람들에게 자신을 내주려 애썼다. 하지만 그의 노력은 늘 어긋났고, 고흐는 그러한 이 상주의에 반하는 전형적인 사례가 되었다. 세상 모두를 향해 고흐가 보여 준 사랑의 힘과 의미를 묵묵히 증언하는 그의 그림을 보기 전 까지는 나 역시 그런 줄로만 알았다.

휘트먼과 고흐가 그랬듯 나도 가까이 살며 서로 나누고 보살필 수 있는 공동체를 찾아다녔다. 그리고 그들이 찾지 못했듯 나도 그러 한 공동체는 찾지 못할 것이다. 하지만 그 과정 속에서 깊이 느낀 바 가 있다. 그 공동체는 내 마음속 북극성과 같았으며, 그것을 찾아가 는 나의 여정을 가치 있게 만들어 주었다.

◆   ◆   ◆

어느 날 겟세마니 수도원에서 마틴 드로치 수도사와 이야기를 나

녔다. 그는 아프리카계 미국인 트라피스트회 수도사로, 나의 아버지
가 그에게 배관 기술을 가르쳐 주었고 지역 배관공 조합에서 주는
자격증을 받도록 도와주었다. 그 덕분에 마틴은 그가 그토록 사랑하
는 수도 생활을 잘해 나갈 수 있었다. "그래서 수도사가 되는 거야.
하느님과 단둘이 있는 거지. 마침내 우리는 모두 수도사가 된다네.
우리 모두 말이야. 우리는 원하는 만큼 사회적 관계를 맺을 수 있지.
하지만 마지막 순간이 되면 우리는 모두 혼자야."

위기 상황에서 누군가 우리를 도우려 하겠지만 우리는 결국 혼자
다. 길 위에, 법정에, 응급실에, 영안실에, 병에 걸려서, 책을 읽을 때,
글을 쓸 때, 마음속 침묵 중에, 우리는 혼자다. I. 도리아 양식의 기둥
처럼 생긴 이 알파벳은, 소프트웨어가 대문자를 고집하는 이 알파벳
은, 적어도 우리 언어의 중심성은 1인칭이라는 것을 나타낸다.

◆   ◆   ◆

메리앤 무어는 신학자 마르틴 부버의 말을 인용했다. "자유로운
사람은 운명을 믿으며 운명이 자신을 필요로 한다는 것을 안다." 무
어는 숙명 대신 운명이라는 말을 사용했다. 숙명은 정해진 것이고 운
명은 우리가 만들어 가는 것이다. 숙명은 삶의 상황을 받아들이는
것을 암시하지만 운명은 적극적인 참여를 암시한다. 숙명은 전능한
힘이나 인물 앞에 굴복해야 하고 그 앞에서 무기력한 것을 의미하지
만 운명은 나라는 존재가 매일매일 순간의 결정에 따라 완벽하게 표

현되는 무한한 창조의 발현임을 의미한다. 깨달음의 경지에 이른 독신자는 숙명을 운명으로 만든다.

누군가는 결혼의 부름을 받고 누군가는 독신의 부름을 받는다. 누군가는 삶의 다른 시점에 둘 중 하나의 부름을 받는다. 일부러 수동적으로 표현한 것으로, 어떤 부름에 이름표를 붙일지는 개인적 선호의 문제다.

나는 어떤 이름이나 단어의 사용을 금기시했던 고대 정책을 좋아한다. 인간이 아무리 조롱하고 위반하고 무시하더라도 질서를 이길 수는 없다. 의식적이든 아니든 나는 나를 선택한 숙명과 내가 선택한 운명 사이에 균형을 맞추고자 노력한다. 전자가 중요하다는 것을 믿어 의심치 않지만, 운전대를 돌리는 데 우리 각자의 역할이 있다는 것도 믿는다. 고독은 그 역할을 인지하고 실천할 수 있는 최고의 수단이다.

만약 개인의 정체성과 권리에 대한 위대한 실험이 지구를 파괴하고 더 큰 시장 점유율을 확보하는 것 이상의 의미를 지닌다면 그 실험은 숙명이 아닌 운명을 추구해야 한다. 우리는 숙명의 거미줄에 걸렸다. 하지만 우리는 거미줄을 만드는 다수에 속해 있다. 거미줄을 만드는 일에 우리의 희망이 있고 우리의 운명이 놓여 있다. 결혼이나 동반자 관계가 주어지는 것이 아닌 만들어 가는 관계인 것처럼 독신자도 의식적으로 고독을 받아들이며 살 수 있다. 세잔은 스스로 습득하지 않으면 믿지 않았다. 웰티는 자신이 늘 자신의 선생님이었다고 말한다. 그녀는 단편소설 〈스페인에서 온 음악*Music from Spain*〉을

통해 샌프란시스코에서 연주하는 스페인 출신 기타 연주자를 다음
과 같이 묘사한다.

예술가, 이방인, 방랑자의 삶은 결국 똑같다. 그는 고난과 도전
을 추구하는 것인가? 남자는 연주에 심취한 것을 숨기려 들지
않고 자신이 다른 누군가를 기쁘게 했다는 것에 관심을 갖거나
신경을 쓰지도 않았다. 열정은 그의 손에 들려 있고 사랑은 그
에게 복종하며 심지어 절망은 그가 잘 보이는 곳에서 이리저리
종종거리고 돌아다니는 작고 순한 동물이 되었다.

웰티가 기타 연주자를 선택한 것은 단편소설 작가나 수필가와 마
찬가지로 기타 연주자가 커다란 명성이나 막대한 보수를 받을 가망
이 거의 없다는 점을 말하기 위해서였다. 예술가, 이방인, 방랑자, 독
신자, 그리고 기타 연주자는 삶 자체만큼이나 무한하고 풍요로운 곳
에 자신의 삶과 영혼을 쏟아붓는다. 고난과 도전을 추구하고 고통으
로 가는 입구를 찾으며 아름다움을 위해 봉사한다. 고독 속에서 가
수가 목소리를 단련하고 화가가 눈을 훈련하듯 우리는 의식을 악기
처럼 연주하는 법을 배울 수 있다. 기타 연주자는 모든 고통과 사랑,
어둠과 절망을 끝내 아름다움으로 창조해 낸다. 예술에 헌신하며 더
나은 세상을 만들어 가지만 그것이 그의 첫 번째 관심사는 아니다.
그의 첫 번째 관심사는 아름다움이다.

나는 로레토 수녀원에서 보살핌을 받고 있는 고령의 어머니를 자주 찾아갔다. 어머니의 건강 상태가 좋은 날이 점점 줄어든다. 어머니는 자신이 루이스 신부라고 불렀던 토머스 머튼을 낡은 빨간색 포드에 태워 기차역까지 데려다준 이야기를 들려주었다. 그 이야기는 그가 방콕의 어느 호텔 방에서 감전사해 시신으로 돌아온 이야기로 이어졌다. 머튼의 시신은 군 수송기로 이송되기까지 일주일가량 태국에 있었다. 신비주의 수도사이자 평화주의자 머튼은 시신 가방 안에 고독의 모습을 하고 누워 있었다. 신원 확인을 위해 시신은 우리가 살던 작은 마을의 장례식장으로 운반되었다. 검시관이 몇몇 수도사와 나의 아버지를 불렀지만, 열대기후 속에서 일주일 넘게 방치된 탓에 시신이 부패되어 의치를 제외하고는 알아볼 수 없었다. 어머니는 아직도 머튼의 담당 치과의사가 그 의치를 가지고 있다고 믿고 있다.

　　이야기는 머튼의 장례식으로 넘어갔다. 땅속에 묻을 시신에게는 관이 필요했다. 하지만 그것은 격식을 갖춘 가운만 입혀 매장하는 트라피스트의 통상적 관행과 달랐다. 1968년의 일이다. 죽은 자들을 깨우기 위해 사원의 커다란 종이 몇 시간씩 울렸다. 나는 수도원 묘지가 내 삶에서 사라진 많은 사람들을 품고 있다는 사실을 깨달았다. 이곳 겟세마니에는 내 마음속에 묻힌 채 속세로 돌아간 수도사들과 내 이름을 따온 클레멘트, 그리고 나를 고독의 소명으로 이끌어 준 핀탄의 십자가가 있다.

나는 독신자를 존경의 대상으로 여길 것을 제안한다. 이것이 무리한 요구처럼 보인다면 미국의 성인 월트 휘트먼에 대해 이야기하겠다. 독신의 고통을 감내하며 혼자 살아가는 법을 가르쳐 준 휘트먼의 동지, 고독한 성인 에밀리 디킨슨을 이야기하겠다. 당뇨로 무너져 내리면서도 그림을 고치고 또 고치며 일주일에 여섯 날을 고독 속에서 그림 그렸던 폴 세잔을 이야기하겠다. 홀로 지내며 결혼이라는 타락한 요새를 신랄하게 묘사한 헨리 제임스를 이야기하겠다. 신비주의를 적대시하는 세상에 신비주의 불꽃을 키우고 흑인 여성 혼자서도 지혜로써 사슬을 끊을 수 있다는 것을 보여 준 조라 닐 허스턴을 이야기하겠다. 아름다움에 헌신하는 교육의 이상을 지키고 발전시킨 라빈드라나드 타고르를 이야기하겠다. 가브리엘 가르시아 마르케스가 십 대였을 때 마법 같은 사실주의 작품을 쓴 유도라 웰티를 이야기하겠다. 세상을 향한 넘치는 사랑으로 사진을 찍었던 빌 커닝햄을 이야기하겠다. 그리고 예수를 이야기하겠다. 공동체를 지향한 독신자 예수는 우리에게 "네 이웃을 네 몸과 같이 사랑하라"는 천년 전 히브리서에 기술된 교훈을 상기시켜 주었다. 또한 고타마 싯다르타를 이야기하겠다. 그는 7년간 고독하게 앉아 모든 사람과 모든 사물이 하나라는 깨달음을 얻었다.

환경 파괴, 지구 온난화, 빈부 격차, 통제 불가능한 인구 증가, 무제한의 소비와 같이 우리 사회에 악마가 증식하면서 그것들을 몰아낼 소음의 크기도 점차 증가했다. 문자 메시지나 트위터, 페이스북, 인스타그램과 같이 일상 속 재잘거림과 기분 전환용 매체들은 악마의 접근을 저지하는 데 어느 정도 도움이 된다.

하지만 소음은 더 이상 적절한 대응이 아니다. 이제는 고독이 오히려 적절한 대응이라 할 수 있다.

혼자를 선택하는 것은 악마가 들어갈 수밖에 없는 공간을 만들어 덫을 놓는 일이다. 그 공간으로 들어온 악마들은 치유의 말과 예술, 침묵의 기적을 통해 이름 붙여지고 글이 되고 길들여진다.

디킨슨이 말했다. "나는 삶 속에서 황홀을 발견한다. 살아 있다고 느끼는 것만으로도 충분히 기쁜 일이다." 그녀가 말하는 황홀과 기쁨, 그것이 금욕주의자나 독신자에게 국한된 것은 아니지만 그것은 짝을 이룬 사람들을 특정한 방식으로 거부하기도 한다. 환영은 독신인 예언자에게 나타난다. 계시는 침묵과 고독 속에 내려온다. 가장 심오한 감정은 자제 속에 모습을 드러낸다.

나의 독신자들은 오직 고독 속에서 우리에게 가르침을 준다. 오랫동안 기억되는 독신자 예수처럼 그들은 내가 얻으려고 하는 이상을 내 앞에 변함없이 가져다준다. 그들은 삶의 의미와 기대치를 높여 준다. 그들의 이상으로 향하고자 노력하면서 나는 할 수 있다고 생각했던 것보다 더 좋아질 수 있다는 가능성을 얻었다.

나는 문 옆에 에스키모인지 확실치 않지만 어쨌든 그쪽 사람들의 가면을 걸어 두었다. 그 가면은 인간과 기상천외한 동물 사이 그 중간쯤 되는 얼굴을 하고 있다. 이 가면에 대한 이야기를 꺼내는 이유는 우리가 동물이라는 사실을, 그러니까 동물 왕국의 사회화가 잘못된 시민이라는 사실을 이누이트족은 알고 있고 백인은 잊었다는 것을 말하고 싶어서다. 그 가면은 수도사 클로드 융비르스가 만들었는데, 그의 성을 언급하는 이유는 다른 많은 트라피스트회 수도사의 성이 그렇듯 새롭고 낯선 땅에 정착하기 위한 방법으로 종교와 신앙을 고수했던 중서부 북부 지역의 거대한 이민자 공동체를 떠올리게 하기 때문이다.

　　나는 클로드 수도사를 잘 알지 못한다. 다만 세심하고 정확하게 가면을 만든 솜씨에서 숙련된 목공임이 드러났다. 어쩌면 아버지보다 10년은 손위로, 아버지에게 목공 일을 가르쳐 준 스승이었을지도 모른다. 그는 우리 집을 정기적으로 찾는 수도사는 아니었지만 집에는 그가 만들어 준 것들이 많이 있었기에 분명 아버지와 친했을 거라 생각한다. 손노동에 기반을 둔 두 사람의 무언의 관계는 아버지가 자신의 허용 범위 안에서 어떻게 사랑을 했고 어떻게 사랑받았는지를 보여 준다. 아버지가 지은 집이 우리 가족을 떠나고 난 지금에 와서야 아버지가 자신의 일을 얼마나 사랑했는지 이해할 수 있었다. 벽돌 하나하나, 판자 하나하나, 못 하나하나 아버지의 손길과 눈길이 지나지 않은 곳이 없었다.

가면의 추상적인 형상이 나의 호기심을 자극했다. 그것 외에 클로드 수도사가 호두나무로 급하게 조각한 새도 있다. 그것은 새라기보다 새의 본질에 가깝다. 클로드는 세세한 것들보다 기본적인 형태에 끌렸던 모양이다. 문 옆에 걸린 가면은 그가 장식품으로 조각한 것이 아니라 독실한 신앙인을 위해 하나의 토템으로 조각한 것이었다. 가면이 지닌 정확한 의미는 그와 함께, 어쩌면 내 아버지와 함께 묻혔을지도 모른다. 가면을 선물하면서 그는 아버지와 가면의 의미에 대해 이야기했을 것이다. 물론 우리가 가면을 쓰고 감추려 드는 그 친밀한 감정에 대해 아버지가 이야기했을 거라고 상상하기는 어렵지만 말이다.

어린 시절 나는 동성애 혐오증 같은 것이 있는 줄 몰랐고 동성애자가 존재한다는 것도 몰랐다. 그저 나의 어떤 본질적인 면이 회복할 수 없을 만큼 남들과 아주 다르다고 생각했고, 살아남기 위해 무슨 일이 있어도 어떤 대가를 치르더라도 그것을 숨겨야 한다는 것은 알고 있었다. 하지만 정확히 무엇을 숨겨야 하는지는 알지 못했다. 처음 '더러운 놈'이라는 말을 들었던 때를 분명히 기억하고 있다. 7학년, 여름날 저녁, 강둑의 계단, 경고등. 그때 나는 어떻게 하면 무리에 속할 수 있는지, 어떻게 하면 그들처럼 될 수 있는지, 어떻게 하면 혼자가 되지 않는지 알아내기 위해 필사적으로 동네 아이들과 어울려 다녔다. 내 사촌은 특정한 사람에게 특정한 모욕을 주기 위해서가 아니라 품위를 떨어뜨리는 인간의 모든 지저분한 행동을 통칭하기 위해 그 단어를 사용했다. 그때까지만 해도 나는 충분히 다른 사람이 될 수 있다고 생각했고 정신이 육체를 지배할 수 있다고 믿었다. 하지만 사촌이 그 말을 내뱉자 문득 깨달았다. '그래, 그가 말하고 있는 것이 바로 나였어.' 아무리 노력해도 나와 다른 사람들 사이의 간극은 좁혀지지 않을 거라는 사실을 깨달으며 집으로 돌아왔다. 조라 닐 허스턴의 적절한 비유를 빌리자면, 나는 고요한 바다 한가운데 있는 소리 없는 섬이었다. 나는 가면을 만들어 써야 했는지도 모른다.

하지만 클로드도 아버지도 그리고 나도 가면의 의미를 성 정체성에 국한하지는 않을 것이다. 두 사람 모두 그보다 순진하고 교양이 있었다. 이누이트족은 가면을 쓰면 영적 세계와 소통할 수 있다고 생각했다. 오스카 와일드는 "그 사람에게 가면을 씌우면 진실을 말할 것이오"라고 했다. 클로드와 아버지는 가면이 현실의 심오하고 방대하며 불가사의한 본질을 말해 줄 거라 믿었을지도 모른다. 즉 겉으로 보이는 세상과 발달된 현대 사회가 유지하려고 애쓰는 경험주의의 환상 너머에 존재하는 영적 세계, 독신자와 고독의 세계에 대해 무언가 말해 줄 거라고 생각했는지도 모른다. 처음 의식이 생기면서부터 내가 살아온 세상, 그 표면 너머에 존재하는 세상을 불러일으키는 것은 가면이 주는 엄청난 선물이다.

가면 자체를 현실의 한 측면으로 이해하고 가면 뒤에 숨은 현실을 들여다보기 위해 노력하는 일, 그것은 우리를 신과 하나가 되게 하는 종교라 부를 수 있다. 슬프게도 나는 제도화된 종교의 폐해와 참상, 태만을 제대로 인식하게 되었다. 현재 선진국의 붕괴와 분열은 본질적으로 제도화된 종교와 과학을 고집하고, 우리 자신과 세상의 모든 신성한 것을 수용하기 위해 힘을 한데 모으기보다 점점 세력을 확장하는 교리와 신조에 응해 왔기 때문이다.

만약 우주를 지배하는 물리학이 우리의 세상 또한 지배한다고 인정한다면, 만약 아인슈타인이 말한 것처럼 우리가 물리학을 믿는다면, 별을 존재하게 한 물리학의 기본적인 힘이 우리에게 작용하고 우리를 지배한다고 믿는다면, 비록 비현실적이기는 하지만 별이 빛나는 밤과 인간의 세계 사이에 유사점이 내포되어 있을 것이다. 이 사고의 실험에서 독신자는 태양에 해당되고 커플은 쌍성계에 해당된다. 천문학 용어로 설명하자면 대다수의 별은 짝을 이루거나 무리를 이루어 움직이지만 태양은 아웃라이어이고 두 개의 별은 서로 원을 그리며 서로를 끌어당기는 힘에 의해 하나의 유닛이 된다. 어쩌면 독신 별과 쌍생 별, 그리고 무리로 움직이는 별의 비율은 독신자와 커플, 그리고 무리를 이루어 사는 사람들의 비율과 일치할지도 모른다. 지구가 우리고 우리가 지구라는 것을 이해한다면 우리는 지구를 더 아끼고 사랑하게 될 것이다. 지구상에 우리의 피난처가 없고 모두가 각자 고독하게 태어났다면, 그리고 이것을 다행이라고 생각한다면 우리는 더 깨끗하고 더 조용하고 더 느리고 더 온화한 세상을 만들고 유지하기 위해 노력하게 될 것이다. 고독을 인지한다면 서로에게 그리고 지구에게 더 친절하게 될 것이다. 프랑스의 철학자 블레즈 파스칼이 "모든 인간의 문제는 조용한 방에 혼자 앉아 있지 못하는 데서 비롯된다"고 쓴 이유도 어쩌면 그래서일 것이다.

나의 죽음을 상상해 본다. 그곳이 병원이든 호스피스 병동이든 내 방이든, 음악이 잔잔하게 흐르고 사랑하는 사람들에 둘러싸여 있는 모습일 것 같지가 않다. 혼자 있는 내 모습이 보인다. 우리보다 현명하고 자신이 죽을 때를 아는 동물은 고독하게 죽음을 맞이하기 위해 주인이나 무리, 새끼를 찾지 않고 멀리 떨어져 있는 구석진 곳이나 작은 빈터를 찾는다.

　겨울 풍경 속에 홀로 죽어 가는 내 자신이 보인다. 상상 속 나는 부모님이 지은 켄터키의 집 밖에 서 있다. 캐나다에서 넘어온 북극 공기가 길게 드리우고 드넓은 밤하늘에 별들이 반짝이는 춥고 청명한 밤, 나는 800미터쯤 되는 길을 걸어 어린 시절에 찾았던 작고 초라한 롤링 포크 강으로 향한다. 가는 길에 석회암 평상과 작업실, 서리를 맞아 죽어 버린 정원을 지나 판돌을 깔아 만든 테라스를 걷는다. 그리고 담장을 넘어서 바퀴 자국이 깊이 팬 채 얼어붙은 들판을 지난다. 가지만 앙상하게 남은 채 강둑을 따라 줄지어 늘어선 단풍나무와 플라타너스를 향해 걸어간다. 틀림없이 서리가 내린 들판 위로 보름달이 떠올라 별빛처럼 반짝일 것이다. 가는 길에 나는 한참을 멈춰 서서 옷을 하나씩 벗어 깔끔하게 개어 놓는다. 문명을 뒤로한 채 드디어 벌거벗은 몸으로 강에 도착한다. 별빛 아래 아무것도 걸치지 않은 채. 나보다 앞서 용기를 내 나의 삶을 가능하게 만들어 준 이들을 기리고, 또한 그들이 이뤄 낸 것들을 나 역시 조금이나마 이뤄 내고 싶은 바람으로 버번위스키 한 잔의 도움 없이도 그렇게 할 수 있는 용기가 생길 거라고 믿고 싶다. 위스키는 오히려 감각을 깨울 뿐 무디게 하지 않는다. 밝고 푸른 겨울 아침, 이 세상에 올 때처럼 세상을 떠나게 되어 행복한 모습으로, 혼자지만 혼자가 아닌 채, 나를 지금의 나로 만들어 주고 먼저 떠난 그들과 비로소 함께할 수 있어 만족해하는 모습으로, 껍질이 벗겨져 얼룩덜룩해진 거대한 플라타너스에 기댄 나를 발견하게 될 것이다.

◆   ◆   ◆

미국인이 충분히 구매하고 있지 않다는 정치인이나 경제학자들의 말에 나는 희망을 걸고 있다. 학생들이 말하는 '지속 가능성'이나 '마인드풀니스' 같은 것에 희망을 걸고 있다. 내가 대학을 다닐 때에는 없었던 말들이다. 탐욕의 예찬과 같은 지배적인 모델에 맞서는 공통된 저항으로 만들어진 '퀴어'의 개념 확장과 그러한 용어를 점점 더 많이 사용하는 것에 희망을 걸고 있다. 늘어나는 독신자의 수와 사색과 명상, 관상기도에 대한 관심이 높아지는 것에 희망을 걸고 있다. 세상에 알려지고 그에 합당한 시간이 주어진다면 진리와 사랑이 그 대의를 실현할 것이라고 믿는다.

나는 관습적 정치에는 그다지 희망을 품지 않는다. 주류를 이루는 정당들은 지속 불가능한 끝없는 성장에 지나치게 투자한다. 권력의 영속에 관심을 두는 관습적 종교에도 희망을 품지 않는다. 그 대신 나는 우리와 지구를 향한 사랑에서 희망을 발견한다. 나는 덜 사고 덜 소비한다. 현대 시설의 여러 유혹에도 불구하고 자급자족한다. 나는 관계의 기반으로 우정에 최선을 다한다. 어떻게 하면 내 친구들의 사회가 올 수 있을지에 대해 연구하고 이야기한다.

관습적 경제와 관습적 정치, 관습적 종교는 우리를 우리 자신으로부터 구제하지 못한다. 육체와 세상이 마음과 분리된 이 아이러니의 시대를 계속 발전시키며 살아갈 수 있을까? 나는 소비와 소음, 쾌락의 시대를 대신해 고독과 침묵의 시대를 꿈꾼다. 비록 그러한 시대는 인간의 삶과 죽음이 신비에 싸여 있다는 신념과 인간의 모든 노력은 자신과 상대방을 위한 존중에서 시작되고 끝난다는 확신을 바탕으로 하지만, 나는 과학의 지식을 충분히 수용하는 고독과 침묵의 시대를 그린다.

또한 윌리엄 제임스와 토머스 머튼이 제안한 세속적 수도 생활을 꿈꾼다. 이는 수도서원의 용어로는 방식의 위대한 전환이며, 메리앤 무어의 용어를 빌리자면 "고행 속 풍요로움"이다. 이러한 생각의 전환에는 수도원과 기도원이 중요한 역할을 했다. 우리는 집에서도 고독을 실천할 수 있고 실천해야 하지만 주기적으로 여럿이 함께 고독을 수행해야 더 효과적이다. 그럴 수 있는 장소가 존재한다는 사실만으로도 격려와 위로가 된다.

미국의 선(禪) 수행자 노만 피셔의 불교 공동체 '에브리데이 젠 *Everyday Zen*'은 일상 속 고독과 침묵의 예를 보여 준다. 기독교 교단도 움직이고 있다. 비록 교단의 수는 감소했지만 교단의 원칙에 충성을 서약하는 사람들의 수는 늘어나고 있다.

내가 꿈꾸는 멋진 신세계에서는 우정이 최고의 덕목이며 결혼을 포함한 모든 인간관계의 토대가 된다. 신중하게 계획되어 자리 잡은 가정은 우리와 그들, 안과 밖을 이루는 국가의 축소판이다. 우리는 가정이라는 익숙한 요새에 관련되지 않은 새로운 이야기를 창조해 간다. 우리는 온갖 사랑을 표현하는 데 자신을 개방하고 사랑의 위계질서를 없앤다. 자녀를 향한 부모의 사랑, 주인을 향한 반려견의 사랑, 길을 향한 산책하는 사람의 사랑, 활자를 향한 독자의 사랑, 세상 모든 것을 향한 아이의 사랑, 엄마를 향한 아들의 사랑, 아빠를 향한 딸의 사랑, 친구를 향한 사랑, 그리고 무엇보다 자신을 향한 사랑. 사랑의 향연이 열리는 커다란 테이블에 이 모든 사랑을 둘러앉힌다. 점점 더 많은 사람들이 다가와 앉으면 점점 더 커지는 테이블, 절대 바닥나지 않는 음식과 결혼한 사람들을 위한 자리도 마련된 테이블에 말이다.

내 꿈이 이상적이고 거창하며 우리를 현혹한다고 생각된다면 온갖 대중매체가 매시간 쏟아 내며 소비를 부추기는 현상에 대해 정치인들이 제시하는 비전의 실패 사례를 꺼내 들겠다. 나의 비전은 그들이 진지하게 생각하는 화성 식민지, 우주 태양열 시설, 대양의 열전도, 난공불락의 핵폐기물 보관소, 대초원 지대에 이산화탄소 저장과 같은 수백 가지 제안에 비하면 터무니없지 않다. 내 비전은 수조 달러에 달하는 기술 투자를 요구하지도 않는다. 역사는 우리에게 문제를 해결하면 그에 상응하는 혹은 그보다 큰 문제가 생기기 마련이라고 가르친다.

머튼은 독신자에 대해 "사랑의 소리 없는 목격자, 사회적 허구를 수용하기보다 고독의 모습으로 비밀스럽고 심지어 보이지 않게 사랑을 표현하는 사람"이라고 묘사했다. 그렇다면 우리의 독신자들은 어떤 사랑을 소리 없이 목격하고 있을까? 홀로 위대하신 분의 전지전능함, 이원성이 없는 것의 무한한 가능성. 여러분과 내가, 화자와 청자가, 무용수와 그가 추는 춤이, 작가와 독자가, 사람과 우주가 하나라는 것. 그것을 목격하고 있지 않을까?

감사의 말

도움을 준 애리조나 예술 위원회에 깊이 감사드립니다. 위원회가 개인 예술가에게 주는 보조금 덕분에 독신자들의 집과 스튜디오를 다녀올 수 있었습니다. 존 사이먼 구겐하임 기념재단에도 감사드립니다. 연구와 집필을 위해 휴가를 낼 수 있도록 편의를 봐준 애리조나 대학교 영문학부 동료들에게도 감사의 말을 전합니다. 프랑스 카시에 있는 카마르고 재단과 엑상프로방스에 있는 미국대학 학회, 그리고 필립과 로렌스 브리든 부부에게 내가 사랑하는 프랑스에 머무는 동안 시간과 자리를 마련해 준 것에 대한 특별한 감사를 전합니다.

가끔씩 고집부리는 나를 격려해 준 노턴 출판사의 편집장 앨런 메이슨, 훌륭하고 세심한 교열 담당자 알레그라 휴스턴, 뉴욕과 다른 지역의 노턴 직원들에게도 감사의 마음을 전합니다. 나의 에이전트 엘렌 러빈과 친절하고 인내심 깊은 그녀의 조수 마사 와이디시에게도 고맙습니다. 나의 원고 컨설턴트, 특히 마이클 본, 멜라니 빈, 리처드 캐닝, 수잔 마스, 그렉 밀러, 폴 퀘논, 리사 라포포트, 진 루킬라, 당신들에게 많은 도움을 받았습니다.

하퍼스 매거진의 크리스 베하와 엘렌 로젠부시는 훌륭한 조언을 해 주었습니다. 이 책의 인쇄를 앞두고 사망한 설리 애보트에게는 고개 숙여 감사의 인사를 전합니다. 평생을 이어 온 편집 일과 편지로 주고받은 우리의 사랑 기억할게요. 참 좋았습니다. 이 책의 최종본이 독자 여러분의 지적 호기심과 노고 그리고 사랑에 충분히 보답이 되기를 바랍니다. 덕분에 제 글이 명쾌해졌고, 많은 실수를 고칠 수 있었습니다. 남은 것이 있다면 전적으로 저의 책임입니다.

◆   ◆   ◆

이 책의 일부는 2015년 4월에 발행된 하퍼스 매거진에 실린 〈혼자 나아가다: 고독의 가치와 도전Going It Alone: The Dignity and Challenge of Solitude〉에서 각색되었고, '7. 진정한 용기는 안에서 시작된다·유도라 웰티'는 2012년 봄에 발행된 〈조지아 리뷰The Georgia Review〉에 실린 동명의 에세이를 각색한 것입니다.

저작권 관련

고독의 창조적 기쁨

초판 1쇄 발행 2021년 9월 13일

지은이 펜턴 존슨
옮긴이 김은영
펴낸이 이광재

책임편집 김난아
디자인 이창주   **마케팅** 정가현   **영업** 노시영, 허남

펴낸곳 카멜북스   **출판등록** 제311-2012-000068호
주소 서울 마포구 성지길 25 보광빌딩 2층
전화 02-3144-7113 **팩스** 02-6442-8610 **이메일** camelbook@naver.com
홈페이지 www.camelbooks.co.kr   **페이스북** www.facebook.com/camelbooks
인스타그램 www.instagram.com/camelbook

ISBN 978-89-98599-84-3 (03800)